Fritz Peter Heßberger

Hagen von Alzay

Roman

Der Autor:

Fritz Peter Heßberger, Jahrgang 1952, geboren in Großwelzheim, heute Karlstein am Main, studierte Physik an der Technischen Hochschule Darmstadt; 1985 Promotion zum Dr. rer. nat.; von 1979 bis zum Eintritt in den Ruhestand 2018 als wissenschaftlicher Angestellter in einer Großforschungsanlage tätig.

Bibliographische Information der Deutschen Nationalbibliothek:

Die Deutsche Nationalbibliothek verzeichnet diese Publikation in der   Deutschen Nationalbibliographie; detaillierte bibliographische Daten sind im Internet über http://dnb.d-nb.de abrufbar

© 2022 Fritz Peter Heßberger
Herstellung und Verlag
BoD – Books on Demand, Norderstedt

ISBN 978-3-7557-6666-7

Inhalt

1. Die Flucht

Am Tag nach der Sommersonnenwende erreichte der Ritter Dietmar von Ackelbach gegen Abend mit seinem Gefolge das Städtchen Frankenbach und nahm Quartier im besten Gasthaus des Ortes. Er und seine Mannen beherrschten bald die Schankstube, orderten was Küche und Keller zu bieten hatten und begannen unmäßig zu trinken. Die anderen Gäste verließen rasch den Raum, denn Dietmar und seine Getreuen galten als streitsüchtig und gewalttätig. Die Blicke des Ritters hefteten sich bald auf das Schankmädchen Anna, einer jungen, hübschen und wohlgestalteten Jungfrau. Seine Begierde nach ihr steigerte sich immer mehr. Schließlich packte er sie und zerrte sie in Richtung seines Gemachs, welches in einem im Hinterhof stehenden Gebäude, abseits vom Lärm der Straße, lag um sie dort zu mißbrauchen. Anna schrie laut um Hilfe. Jork, der Geselle des Stadtschmiedes, dessen Werkstatt in unmittelbarer Nachbarschaft zum Gasthof lag, hörte dies und eilte herbei. Kurzerhand schlug der kräftige, junge Mann den Wüstling nieder und ermöglichte Anna die Flucht. Dietmar rappelte sich auf, rief seine Mannen. Diese umringten Jork, ergriffen ihn. „Dieser elende Bursche hat die Hand gegen mich, einen Ritter, erhoben !" schrie Dietmar laut, „nach den Gesetzen des Reiches hat er damit sein Leben verwirkt. Erhängt ihn auf dem Marktplatz, so daß jeder sehen kann, wie es denen ergeht, die sich an einem Edelmann vergreifen." Die Männer schleppten ihn weg, begannen dann an Ort und Stelle sofort einen provisorischen Galgen zu errichten. Jorks Schicksal schien besiegelt.

Doch Dietmar war nicht der einzige hohe Gast in der Stadt. Am frühen Nachmittag war Graf Kuno von Steinbach, der Landesherr eingetroffen und hatte das 'Adelshaus' bezogen, ein für hochwohl geborene Gäste errichtetes Gebäude. Aufgrund des Lärms begab er sich zum Marktplatz. „Was hat dies zu bedeuten, Ritter ?" fragte er Dietmar. „Dieser Schmiedebursche hat mich, einen Ritter, niedergeschlagen. Nach dem Gesetz hat er damit den Tod verdient. Wir werden die Hinrichtung vollstrecken." Der Graf blickte den Ritter scharf an.

„Den Tod hat er freilich verdient falls die Anschuldigung wahr ist. Hat ein Richter das Urteil gesprochen ? Zeigt mir die Urkunde."

„Ein Urteil gibt es nicht. Der Fall liegt doch klar, Graf."

„Nein, Ritter Ackelbach, dem kann ich nicht zustimmen. Niemand im Reich darf ohne richterliches Urteil hingerichtet werden. Wohin sollte es denn führen solches zuzulassen? Doch nur zur Willkür ! Außerdem ist es bereits Abend und es ist nicht üblich Todesurteile nach Sonnenuntergang zu vollstrecken."

Das Gesicht des Ritters verfinsterte sich, Zorn stieg in ihm auf, doch wagte er nicht dem Landesherren zu widersprechen.

Kuno erkannte das, versuchte Dietmar zu beruhigen.

„Wenn der Fall wirklich so klar liegt wie Ihr sagt, dann wird die Gerichts-verhandlung sehr kurz sein und er wird noch vor dem Mittagsläuten baumeln. Ihr müßt lediglich Eure Ungeduld etwas zügeln."

Inzwischen war auch der Bürgermeister mit einigen Bütteln hinzuge-kommen.

„Sperrt den Kerl in den Kerker und benachrichtigt den Stadtrichter", ordnete der Graf an.

Die Büttel führten Jork weg.

Straftaten waren in Frankenbach selten und so gab es auch keinen festen Kerker in der Stadt. Als Gefängnis diente vielmehr ein ehemaliger Stall dessen Fenster vergittert waren.

Es war aber an diesem Tag noch ein weiterer Fremder in der Stadt einge-troffen – Hagen von Alzay, ein Mann von etwa dreißig Jahren, dessen Name im Reich wohlbekannt und auch gefürchtet war. Seine Herkunft lag im Dunkeln. Es hieß, er sei als Findelkind am Hofe des Fürsten Friedrich von Hohenberg aufgewachsen, habe in den Knabenjahren zunächst als Küchenjunge, später als Stallbursche gedient. Eines Tages sei jedoch dem Fürsten der aufgeweckte Knabe aufgefallen und er habe ihm eine gute Erziehung zukommen und ihn auch im Gebrauch von Waffen unterrichten lassen, da er der Ansicht war, er sei zu etwas besserem zu gebrauchen als zu einem Pferdeknecht. Und Hagen enttäuschte den Fürsten nicht. Er lernte rasch, war stets offen und ehrlich, treu und verschwiegen. Und so plante der Fürst ihn zu seinem Geheimschreiber zu machen. Doch dazu sollte es nicht

8

kommen. Als Hagen etwa achtzehn Jahre alt war, begleitete er einmal den Fürsten auf einer Fahrt von Hohenberg zur Reichsstadt Frankfurt. Im Odenwald wurden sie von Männern des Erzbischofs von Mainz, der mit dem Fürsten in Fehde lag, überfallen. Hagen erwies sich als tapferer Kämpfer und unter seiner Führung gelang es der fürstlichen Eskorte die erzbischöflichen Schergen in die Flucht zu schlagen. Er tötete in dem Gefecht acht der Angreifer. Aus Dankbarkeit schlug der Fürst ihn am Tage nach der Ankunft in Frankfurt zum Ritter, verlieh ihm den Namen Hagen von Alzay, da er einst nahe dieser Stadt aufgefunden worden war. Doch unglücklicherweise hatte der Fürst bei dem Gefecht eine schwere Verwundung erlitten, von der er sich nicht mehr erholte. Er starb bald nach der Rückkehr nach Hohenberg. Adolf von Hagenfels, der Vetter und Nachfolger des alten Fürsten, mochte jedoch Hagen nicht leiden und so verließ jener den Fürstenhof und zog nun bereits seit etwa zehn Jahren durch das Reich. Er war als tapferer aber wenig geachteter Mann bekannt, denn es hieß, er ließe sich nicht nur als Söldnerführer, sondern auch als Schwertkämpfer anwerben. Und gerade letzteres brachte ihm einen üblen Ruf ein. Es hieß, er verkaufe sich an Adelige, die einem Zweikampf aus dem Wege gehen wollten, indem er den Gegner aufsuchte und ihn tödllich beleidigte, so daß dieser ihn zu einem sofortigen Zweikampf auffordern mußte um nicht seine Ehre zu verlieren. Und Hagen siegte bisher stets.

Auch er war an diesem Tag in Frankenbach eingetroffen, hatte sich im Gasthof eingemietet, saß nun unbehelligt vom Lärm in der Schankstube an einem Tisch vor dem Haus. Die Schergen Ackelbachs ließen ihn in Ruhe, sie wollten ihm keine Gelegenheit geben, einen von ihnen zum Schwertkampf zu fordern. Hagen unterhielt sich mir dem Stadtschmied. Er pflegte Verkehr mit Menschen jeglichen Standes, weil er als unstet Umherziehender über alle Geschehnisse im Reich unterrichtet sein und natürlich auch wissen wollte, wie man in den verschiedenen Gauen über ihn dachte. Den Schmied kannte er von einem früheren Aufenthalt in der Stadt recht gut und so hatte dieser ohne Scheu am Tisch Platz genommen als er Hagen erblickte.

„Man sagt, ich sei ein käuflicher Schwertkämpfer", belehrte er gerade den Schmied, „der für Gold feige Herren vor ihnen unangenehmen Zweikämpfen bewahrt, hält mich deshalb für einen unehrenhaften Mann, im

Grunde nicht würdig ein Ritter zu sein. Viele behaupten sogar, ich sei ein Mann, der sich als Mörder dingen läßt. Das ist nicht so ganz richtig. Es gibt in unserem Reich viele Adelige wie dieser Ackelbach, die selbst nicht würdig sind, Ritter oder Grafen genannt zu werden. Sie sind habgierig, grausam, verschlagen, plündern ihre Untertanen aus und versuchen den Besitz ihrer Nachbarn an sich zu reißen. Und sie kennen ihre Opfer. Wissen diese Unedlen, daß sie eine bessere Klinge führen als ihre Gegner, so fordern sie diese unter einem Vorwand zum Schwertkampf um sie zu töten und sich als Entschädigung für die ihnen angeblich zugefügte Beleidigung deren Besitz anzueignen. Und ich kämpfe für die Schwachen. Bevor ich einen Auftrag überneme schaue ich mir beide Parteien genau an. Ich kämpfe niemals für eine mir ungerecht erscheinende Sache, möge der Lohn auch noch so hoch sein. Ich kann natürlich nicht ausschließen, daß ich mich gelegentlich irre und mich dem Unrechten verdinge."

In diesem Augenblick wurde Jork aus dem Gasthaus herausgeführt und in Richtung Marktplatz gezerrt.

„Mein Gehilfe", bemerkte der Schmied, „was mag er wohl verbrochen haben ? Ich werde den Wirt fragen."

Er erhob sich; kurze Zeit später kam er zurück.

„Er hat Dietmar von Ackelbach niedergeschlagen", berichtete er, „und nach den Gesetzen des Reiches ist dies ein todeswürdiges Verbrechen. Niemand kann ihn mehr vor dem Galgen retten."

„Aber aus welchem Grund tat er das ?" fragte Hagen.

„Der Wirt sagte, Ackelbach habe das Schankmädchen Anna auf seine Kammer zerren wollen um sie dort zu mißbrauchen. Und Jork hat sie vor der Schändung bewahrt."

Hagen runzelte die Stirn.

„Dann liegt ja der Fall etwas anders. Aber es wird ihm nicht helfen. Ein Schankmädchen zählt nicht viel. Und es vor dem Mutwillen eines Adeligen zu bewahren rechtfertigt nicht den Angriff eines Gemeinen auf einen Edelmann. Wäre Jork ein Ritter, dann sähe die Sache natürlich anders aus."

„Er ist ein guter und anständiger Mensch, mehr wert als dieser ruchlose Ackelbach", stieß der Schmied hervor, „ihn hinzurichten ist Mord."

Hagen lächelte.

„Es entspricht aber der göttlichen Ordnung. Und dafür ist schließlich Jesus

10

am Kreuz gestorben."

„Versündigt Euch nicht durch solche ketzerischen Reden."

Der Schmied erhob sich und ging. Hagen blieb zurück. Was hier begangen werden würde, erschien ihm in der Tat als Mord. Aber gegen die Meute konnte er allein nichts unternehmen. Auch konnte er die Geschehnisse auf dem Marktplatz nun in der Dämmerung nicht so recht verfolgen. Doch bald sah er, daß Jork abgeführt und in einem Gebäude eingeschlossen wurde. Kurz danach kam der Schmied heran. Hagen winkte ihm zu.

„Was bedeutet das ?"

„Graf von Steinbach hat von Ackelbach verboten Jork ohne Urteil hinzurichten", antwortete der Schmied, „der Prozeß soll morgen früh stattfinden. Aber es wird ihm nicht helfen, sein Leben nur um ein paar Stunden verlängern."

„In ein paar Stunden kann vieles geschehen", entgegnete Hagen, „gibt es einen sicheren Ort außerhalb der Stadt, an der er sich verstecken kann ? Aber er darf nicht zu weit entfernt sein."

„Ihr wollt ... ?"

„Kein Worte ! Gibt es einen solchen´Ort ?"

Der Schmied überlegte.

„Es gibt da einen Brunnen auf einer kleinen Lichtung unweit des Waldrandes. Er ist jetzt ausgetrocknet. Auf seinem Grund befindet sich eine Höhlung, in die man von oben nicht einblicken kann. Jork kennt diesen Platz."

„Gut, dann besorge ein Pferd für ihn, das andere werde ich erledigen."

Hagen schlenderte noch kurz umher, besah sich die Örtlichkeit. Der Plan schien ihm nicht allzu gefährlich. Der Kerker ließ sich leicht aufbrechen. Die Stadtmauer war nicht sehr hoch, ließ sich leicht erklettern. Ihre Türme waren nicht besetzt, nur der Nachtwächter drehte seine Runden. Hagen wartete bis nach Mitternacht. Er befreite rasch Jork, teilte ihm mit, wo er sich verstecken solle, er werde ihn dann aufsuchen und ihm die Losung 'Donar kommt' zurufen. Er selbst müsse die Stadt verlassen ohne Verdacht zu erregen und auch sicherstellen, daß sie nicht verfolgt werden, so daß er wohl erst am Nachmittag zu ihm kommen werde.

Jork überwand die Mauer, verschwand dann in der Dunkelheit, Hagen kehrte zum Gasthof zurück. Niemand hatte etwas bemerkt.

11

Als man am nächsten Morgen feststellte, daß der Gefangene entflohen war, fiel der Verdacht sofort auf den Schmied. Doch der konnte bezeugen, daß er während der gesamten Nacht das Haus nicht verlassen hatte. Dietmar forderte zwar ihn einem hochnotpeinlichen Verhör zu unterziehen, doch der Bürgermeister stimmte dem nicht zu, da der Schmied ein ehrbarer Bürger der Stadt sei, dessen Worten man unbedingten Glauben schenken müsse. Dietmar kam auch der Gedanke, Hagen, der gestern angekommene Ritter von zweifelhaftem Ruf, könne etwas mit der Flucht des Schmiedegesellen zu tun haben, doch fürchtete er, von diesen zum Zweikampf gefordert zu werden, falls er ihn ohne Beweie beschuldigte. Und es würde auch schwerfallen, seinen Verdacht dem Grafen und dem Bürgermeister gegenüber zu begründen, da Hagen an den Ereignissen des Vorabends keinen Anteil genommen hatte. Er beließ es daher mit dem Beschluß ihn beobachten zu lassen.

Hagen ließ sich am Morgen Zeit, da er argwöhnte Eile könne ihn mit der Flucht Jorks in Verbindung bringen. Der Schmied hatte ein Pferd besorgt. Der Sattel wurde in einem großen Sack verstaut und das Tier wurde so beladen, daß man es für ein Packpferd halten mußte. Kurz vor Mittag verließ er dann die Stadt. Zwei Schergen Dietmars folgten ihm. Hagen hatte das in Betracht gezogen, entfernte sich von der Stadt, führte die Verfolger in dem hügeligen Gelände der Umgebung in die Irre, konnte sie schließlich abschütteln. Erst am späten Nachmittag suchte er den Brunnen auf und holte Jork aus dem Loch. Der bedankte sich überschwenglich für die Rettung, denn in der Nacht war hierfür keine Zeit gewesen. Doch Hagen wiegelte ab.

„Es ist doch selbstverständlich einem tapferen Mann zu helfen, der einer Frau gegenüber einem Wüstling beistand."

Er bewog Jork nicht weiter zu reden, denn noch befanden sie sich nicht in Sicherheit, waren noch zu nahe der Stadt. Die von Dietmar von Ackelbach beauftragten Verfolger hatte er zwar abschütteln können, aber sicherlich hatten auch der Bürgermeister und der Graf Leute ausgesandt um Jork zu suchen. Er war zwar niemandem begegnet, aber das erschien ihm kein Grund zur Beruhigung.

„Weit werden wir heute aber nicht kommen, denn es wird bald dunkel. Wir werden uns im Wald verirren. Offenes Gelände müssen wir aber meiden, da man uns dort leicht entdecken wird", meinte Hagen.

„Keine Sorge, Herr", entgegnete Jork, „ich kenne den Wald. Mein Vater war Köhler. Ich werde Euch führen."

Nach Mitternacht erreichten sie eine kleine Lichtung, an deren Rand sie übernachteten.

„Was wirst du nun tun ?" fragte Hagen am nächsten Morgen als sie frühstückten, „du bist jetzt vogelfrei. Hier kannst du nicht bleiben."

„Ich weiß", antwortete der, „ich werde weit fortgehen, in den Osten, nach Böhmen oder nach Schlesien. Ich denke, ein tüchtiger Schmied wird überall sein Auskommen finden. Und was habt Ihr vor ?"

„Ich ziehe seit zehn Jahren durch das Reich. Mein Leumund ist schlecht. Man wird zwar keine Beweise vorbringen können, daß ich etwas mit deiner Flucht zu tun habe, aber man sagt mir soviel nach, daß man auch davor nicht zurückschrecken wird. Was kümmert es mich ? Vor einigen Jahren erzählte mir einmal ein Mönch, er nannte sich Vater Morgana, der von einer Pilgerreise ins Heilige Land zurückkehrte, weit im Osten, liege ein Land, das man China nennt. Dort soll es prächtige Städte geben, viel größer und reicher als die Städte hier. Die Häuser sollen dort goldene Dächer haben und die Menschen Kleider aus einem feinen und glänzenden Gewebe tragen, das man Seide nennt. Bei uns ist Seide sehr teuer und nur reiche Fürsten können sich Gewänder daraus leisten. Dort aber ist dieser Stoff so billig wie bei uns Linnen und jedermann kann sich Kleidung daraus leisten. Und ich erfuhr noch viel mehr wunderbare Dinge. All das möchte ich einmal mit eigenen Augen sehen. Lange habe ich gezögert, doch nun habe mich entschlossen dorthin zu reisen. Hier im Reich habe ich nichts mehr verloren."

Jorks Augen begannen zu strahlen.

„Das alles möchte ich auch einmal sehen. Ich komme mit, wenn Ihr mich mitnehmt."

Hagen schüttelte den Kopf.

„Die Reise ist gefährlich. China liegt zweihundert Tagesreisen von hier entfernt, sagte Vater Morgana. Man muß tiefe Wälder, unendlich weite Graslandschaften und Wüsten, das sind Gebiete wo kein Grashalm wächst, man nur Sand und Geröll findet, durchqueren. Wasserstellen liegen dort oft tageweit von einander entfernt. Man muß auch hohe Gebirge überqueren. Und man stößt nicht nur auf wilde Tiere; es leben in den weiten Steppen räuberische und kriegerische Völker, deren Gebiete man auf dem Weg nach China durchqueren muß. Vielleicht werde ich mein Ziel nie erreichen, vorher sterben. Deshalb kann ich dir nicht raten mitzukommen."

Jork lachte.

„Ich bin gerade dem Galgen entronnen, jeder weitere Tag meines Lebens ist mir geschenkt. Ich bin vogelfrei, heimatlos, was habe ich noch zu verlieren. Nein, ich habe mich entschlossen, ich komme mit, wenn Ihr mich mitnehmt."

„Du bist ein freier Mann und es ist deine Entscheidung. Ich willige ein, aber verfluche mich nicht, wenn das Unglück über dich kommt. Du hast es so gewollt. Ich habe es dir nicht befohlen."

Hagen pausierte kurz, fuhr dann fort.

„Ich weiß aber wenig über China und den Weg dorthin. Die Berichte Vater Morganas waren sehr ungenau, vielfach auch verworren. Ich werde daher zunächst nach Konstantinopel ziehen. Das ist eine große Stadt, in der Menschen aus allen Weltteilen leben. Dort werden wir sicherlich erfahren, welche Wege wir nehmen müssen um an unser Ziel zu gelangen."

2. Reiseziel Konstantinopel

Sie ritten nach Südosten, zeigten keine große Eile, hatten nach sechs Wochen das Reich der Magyaren fast durchquert ohne nennenswerte Abenteuer zu erleben.

Eines Nachmittags bot sich ihnen ein seltsamer Anblick. Ein Reisewagen stand am Wegrand, ein älterer, kostbar gekleideter Mann saß im Staub, das Gesicht mit den Händen bedeckt. Er jammerte. Um ihn herum standen in gebührendem Abstand einige Männer, als warteten sie auf Befehle, schienen aber nicht zu wagen, ihn, der offenbar ihr Herr war, anzusprechen. Mehrere von ihnen waren verwundet, einige Tote lagen neben dem Weg.

„Was ist geschehen?" fragte Hagen in griechischer Sprache.

Der kostbar Gekleidete antwortete nicht, statt dessen trat ein kräftiger Mann zu Hagen heran und antwortete.

„Ein großes Unglück ist geschehen. Fürst Dracul hat uns überfallen. Wir haben gekämpft wie die Löwen, glaubt es mir, aber konnten nicht verhindern, daß die Tochter unseres Herrn geraubt wurde."

„Er wird sicher ein Lösegeld fordern."

Der Mann schüttelt den Kopf.

„Nein, das glaube ich nicht. Er wird sie zu seiner Frau machen wollen."

„Wie kommst du darauf?"

„Fürst Dracul hielt um Elenas Hand an. Doch unser Herr wies ihn ab. Der Fürst ist nichts weiter als ein Räuber."

„Und warum läßt ihn der König gewähren?"

Der Mann schwieg kurz.

„Der Magyarenkönig führt ständig Kriege im Norden und Osten. Um die Angelegenheiten hier im Süden seines Reiches kümmert er sich nicht. Und so kann Fürst Dracul seinen Untaten ungestraft nachgehen."

„Und wer ist dein Herr?"

„Es ist der Kaufmann Boreslaw aus Plowdew. Und ich heiße Michail, bin der Anführer seiner Leibwache. Helft uns die Tochter zu retten und mein Herr wird Euch großzügig belohnen."

„Wie kann ich das tun? Ich bin allein. Was kann ich gegen eine Räuberbande ausrichten?"

15

„Ihr seid ein Held, das sehe ich Euch an. Und ich werde mit Euch ziehen."
„Wann geschah die Tat ?"
„Vor etwa zwei Stunden."
„Dann sind Fürst Dracul und seine Mannen doch bereits über alle Berge. Und wenn er seine Burg erreicht, dann können wir nichts ausrichten."
„Er wird seine Burg nicht vor Einbruch der Dunkelheit erreichen. Er wird lagern, dessen bin ich mir gewiß. Denn er fühlt sich sicher."
Hagen überlegte kurz.
„Gut, ich werde euch helfen. Aber ich kann nicht versprechen, daß ich etwas ausrichten kann. Brechen wir also auf, es ist keine Zeit zu verlieren."
„Warte noch einen Moment."
Michail gab den Männern einige Anweisungen, sprach kurz mit dem Kaufmann. Dann ritten sie in die Richtung, in welche die Räuber verschwunden waren. Michail führte ein zusätzliches Pferd am Halfter.
Jork blieb zurück.

Nach etwa vier Stunden, es war bereits finster, nur der halbe Mond spendete etwas Licht, gewahrten sie in der Ferne einen Feuerschein am Rande eines Hains.
„Das wird wohl ihr Lager sein", raunte Hagen Michail zu, „pirschen wir uns vorsichtig heran.
Knapp zwei Dutzend Gestalten lagerten um ein Feuer. Einige Schritte entfernt stand ein Zelt.
„Vermutlich wird Elena im Zelt gefangen gehalten", flüsterte Michail, „Wachen haben sie nicht aufgestellt. Sie scheinen sich wirklich sicher zu fühlen."
„Das ist gut für uns, schleichen wir uns heran."
„Warte hier", sagte Hagen leise als sie noch einige Schritte vom Zelt entfernt waren, „ich werde versuchen Elena zu befreien. Hoffentlich ist sie alleine. Halte dich bereit mir zu Hilfe zu kommen, falls es notwendig ist."
Hagen schnitt vorsichtig einen Ritz in die Zeltwand, lugte hindurch in das Innere. Im schwachen Schein eines Feuers sah er eine Gestalt liegen.
„Hoffentlich ist sie es. Ich muß es wagen."
Er schnitt die Zeltwand soweit auf, daß er bequem hindurchschlüpfen konnte. Er kroch zu der Gestalt hin. Sie war gefesselt.

16

„Bist du Elena ?" flüsterte er leise in der Hoffnung, daß sie ihn verstand.
„Ja", antwortete sie.
„Ich werde dich befreien."
Er schnitt ihre Fesseln durch, sie krochen zum Schlitz in der Zeltwand hin.
In diesem Augenblick wurde die Matte, welche den Ausgang verschloß, zurückgeschlagen. Eine Gestalt trat herein. In aller Eile schob Hagen Elena ins Freie.
„Schnell weg", raunte er Michail zu, „kümmert euch nicht um mich."
Hagen drehte sich um, erblickte einen kräftigen, kostbar gekleideten Mann, der sein Schwert erhob und 'du Hund' brüllte. Hagen zögerte keinen Augenblick, zog seinen Dolch aus dem Gürtel, das Schwert hatte er bei dem Pferd zurückgelassen, da es beim Anschleichen hinderlich war, stürzte sich auf den Gegner, rammte ihm das Messer in die Brust. Der stieß einen Schrei auf, sackte zusammen. Hagen kümmerte sich nicht darum, kroch aus dem Zelt, rannte einige Schritte weg, blieb kurz hinter einem Baum stehen.
Die Männer, welche am Feuer lagerten, waren durch den Schrei aufgeschreckt worden, liefen zum Zelt.
„Fürst Dracul", stieß einer hervor.
„Da habe ich wohl der Richtigen erwischt", dachte Hagen und rannte davon.
Elena und Michail hatten bereits die Pferde bestiegen, waren zurück geritten. Hagen folgte ihnen, holte sie nach kurzer Zeit ein. Ein fahles Mondlicht wies ihnen den Weg.
Als sie den Ort des Überfalls erreichten, sie hatten unterwegs kein Gespräch geführt, stand der Reisewagen bereits zur Abfahrt bereit. Die Knechte schwangen sich in ihre Sättel, man brach auf.
Hagen berichtete Michail nun kurz von dem Kampf.
„Eurer Beschreibung nach habt Ihr Fürst Dracul niedergestoßen. Hoffentlich ist der tot oder wenigstens schwer verwundet. Ohne ihn werden uns seine Räuber nicht verfolgen."
In der Morgendämmerung erreichten sie einen breiten Fluß.
„Die Donau", lächelte Michail, „sie bildet die Grenze. Auf der anderen Seite beginnt das Reich der Bulgaren, das Gebiet des Fürsten Nenaw. Er ist ein guter Freund des Kaufmanns. Dracul wird nicht wagen es zu betreten, selbst wenn er noch leben sollte. Wir sind in Sicherheit."

17

„Noch nicht", gab Hagen zu bedenken, „wir müssen erst den Fluß überqueren."

„Keine Sorge", gab Michail zur Antwort.

Erst jetzt gewahrte Hagen die am Ufer liegende Fähre. Einer der Knechte hatte bereits den Fährmann aus dem Schlaf geholt. Man setzte über, zunächst den Reisewagen mit dem Kaufmann und seiner Tochter, sowie Hagen und Jork, dann folgte Michail mit den Knechten.

„Wie kann ich euch bloß danken?" sprach Boreslaw während sie am Ufer warteten.

„Es ist die Pflicht eines Ritter Unrecht zu bekämpfen", antwortete Hagen.

„Kommt mit nach Plowdew, Seid unser Gast, solange es Euch beliebt."

Hagen schüttelte den Kopf.

„Vielen Dank für Eure Einladung, welche eine große Ehre für mich ist, aber ich muß weiterziehen, wir wollen nach Konstantinopel und von dort aus nach China."

„Wie Ihr wollt, ich kann Euch keine Befehle erteilen. Wartet."

Er bestieg den Reisewagen, kam kurze Zeit später mit einem Beutel zurück, überreichte ihn Hagen.

„Hier ist Eure bescheidene Belohnung. Es sind nur etwa einhundert Goldstücke. Ihr hättet weit mehr verdient. Aber viel mehr führe ich nicht mit mir. Und das ist alles, was ich entbehren kann."

Hagen und Jork bedankten und verabschiedeten sich.

„Wir hätten die Einladung des Kaufmanns annehmen sollen. Ihr sagt doch immer, wir wären nicht in Eile, niemand dränge uns. Was hätten da ein paar Tage ausgemacht, ein paar angenehme Tage, ein weiches Bett, köstliches Essen, einen hervoragenden Wein", meinte Jork, nachdem sie eine Weile geritten waren.

Er war sichtlich enttäuscht.

„Es ist besser so", entgegnete Hagen lachend, „hast du nicht Elenas Blicke gesehen? Sie hätte sicher alles getan um uns zum Bleiben zu bewegen. Glaubst du etwa, ich will als Gehilfe eines bulgarischen Kaufmanns enden?"

Acht Tage später erreichten sie Konstantinopel. Sie quartierten sich in einem einfachen Gasthof ein. Hagen durchstreifte die Stadt, bestaunte ihre Pracht, ihre Paläste, ihre Kirchen, insbesondere die Hagia Sophia, das religiöse Zentrum der Ostkirche. Jork sah er nur abends, er trieb sich tagsüber auch herum, erzählte aber nicht, was er so erlebt hatte.

Hagen versuchte auch Näheres über China und die Reisewege dorthin zu erfahren, doch die meisten gingen ihm aus dem Weg und die wenigen, mit denen er ins Gespräch kam, konnten ihm keine nennenswerte Auskunft geben.

Sie hielten sich bereits etwa drei Wochen in der Stadt auf. Hagen saß vor einer Schenke bei einem Becher Wein. Ein Mann trat heran, fragte, ob er Platz nehmen dürfe. Hagen überlegte kurz, fragte sich, was er wohl von ihm wolle. Vielleicht war er ein Händler, vielleicht einer jener Männer, die Huren anboten. Er sah keine Gefahr in einem Gespräch mit ihm, bat ihn Platz zu nehmen.

„Ich heiße Alexos", stellte sich der Mann vor, „ich bin ein Gelehrter, möchte alles über die Völker des Nordens wissen. Du bist doch ein Nordmann ?"

„Wie kommst du darauf ?"

„Dein Bart und deine Haare sind hell und von leicht rötlicher Farbe."

„Nun ja, ein wirklicher Nordmann bin ich nicht, sondern ein deutscher Ritter. Ich mußte mein Land verlassen, will nun die Welt kennenlernen."

„Und wo willst du hin ? Ins Heilige Land ?"

„Nein, nein, ich habe von einem märchenhaften Reich weit im Osten, das China genannt wird, gehört. Dahin möchte ich reisen."

„Das is weit, sehr weit."

„Ich weiß, aber ich habe kein Heim, habe Zeit, niemand drängt mich."

„Nun, wie du willst. Es steht mir auch nicht an dir Vorschriften zu machen. Aber wenn du wirklich nach Osten ziehen willst, dann höre meine Ratschläge. Du bist ein deutscher Ritter, meide daher Asien. Die Seldschuken haben die Schmach der Niederlage in der Schlacht von Ikonion, welche ihnen euer Kaiser zugefügt hat, nicht vergessen. Sie sinnen auf Rache. Wenn du ihnen in die Hände fällst, dann bist du verloren. Wenn du Glück hast, dann töten sie dich gleich, wenn nicht, dann landest du in der Sklaverei, dann erwartet dich ein elendes Leben. Wähle daher den Weg nördlich des Meeres. Aber auch dann mußt du ein wildes Land durchqueren. Die Macht der Fürsten von Kiew reicht nicht weit. Es gibt dort keine Herrscher, sondern nur Clans, die sich gegenseitig bekämpfen. Es gibt kein allgemein gültiges Recht, jeder Clan hat seine eigenen Gesetze. Und ihre Gesetze sind höchst unterschiedlich. Und wegen der ständigen Kriege der Clans untereinander werden Fremde mißtrauisch betrachtet, gelten zunächst einmal als Spione. Meist werden sie getötet, bevor sie ihre Unschuld beweisen können."

„Kann man da überhaupt reisen? Es erscheint doch unmöglich wochenlang durch das Land zu ziehen ohne einen Menschen anzutreffen", wollte nun Hagen wissen.

„Es gibt Handelsstraßen, deren Unverletzlichkeit von den Clans respektiert wird, auf denen sie keine Reisenden attackieren. Aber sicher sind die auch nicht. Dort ist man nicht sicher vor Räubern."

„Räubern?"

„Die Regeln der Clans sind sehr streng und wer gegen sie verstößt, wird ausgestoßen. Das ist die mildeste Form der Bestrafung. Und ein Ausgestoßener wird von keinem Clan mehr aufgenommen. Und man wird ihn auch nicht in einer Stadt entlang einer Handelsstraße dulden. Es bleiben ihm nur zwei Möglichkeiten: entweder er schließt sich mit anderen zu einer Räuberbande zusammen oder er verdingt sich bei einem fremden Herrscher als Soldat. Auch wir haben eine Legion solcher Fremden. Sie heißt Chasaren – Legion, obwohl ein nur Teil der Männer Chasaren sind. Viele Ausgestoßene ziehen auch ins Reich Chartonistan. Dennoch, eine Reise nördlich um das Meer ist für dich weniger gefährlich als eine Reise durch das Land der Seldschuken."

„Vielen Dank, ich werde deinen Rat beherzigen. Ich habe ohnehin noch keinen Reiseweg gewählt."

„Und noch etwas anders; du solltest den Steppendialekt lernen."

„Den Steppendialekt? Was ist das?"

„Es ist eine Sprache, die von allen Völkern zwischen dem Atil – Strom und dem Land der Mongolen verstanden wird."

„Und wo soll ich diese Sprache lernen?"

„Ich kenne eine alten Mann aus dem Volk der Usbeken, der kann sie dich lehren. Sie ist nicht schwer zu erlernen, kennt keine komplizierte

Grammatik wie Griechisch oder Latein. Du wirst aber keine großen philosophischen Dispute führen können. Aber das ist auch nicht notwendig, die Steppenvölker kennen ohnehin keine Philosophie. Es ist nur wichtig, daß du dich verständigen kannst."

Er pausierte kurz.

„Du sprichst unsere Sprache, verstehst du auch die griechische Schrift zu lesen ?"

„Ja, das verstehe ich."

„Dann habe ich etwas für dich. Es kostet nur drei Hyperpyra."

Er zog ein Büchlein aus seiner Umhängetasche hervor.

„Es enthält die wichtigsten Worte des Steppendialektes und ihre griechische Bedeutung."

„Drei Hyperpyra sind viel."

„Bedenke, welchen Nutzen dir das Buch bringen wird. Und ich gebe dir auch die Adresse des Usbeken."

Hagen überlegte nicht lange. Der Grieche wollte Geld verdienen, ihm die Ratschläge nicht kostenlos geben. Und vielleicht waren sie wertvoll. Er willigte ein.

Hagen blieb vier weitere Monate in Konstantinopel, lernte fleißig den Steppendialekt. Der Usbeke war nicht nur ein hervorragender Sprachlehrer, er berichtete ihm auch über die Gegenden, welche er auf dem Weg nach China durchqueren werde, aber auch über die Handelsstädte entlang der Handelsstraßen, über die Völker, die dort lebten, über ihre Lebenweise, ihre Sitten. Hagen erfuhr auch, bei welchen Stämme er großzügige Gastfreundschaften geniesen könne und welche Stämme er besser meiden solle.

3. In Chartonistan

„Wir ziehen weiter", sagte Hagen eines Abends zu Jork, „du kannst hierbleiben, wenn du magst."
„Nein, ich ziehe mit."
Sie hielten sich zunächst nach Norden, überquerten die Donau, reisten dann entlang der Küste. Sie fanden gastliche Aufnahme, Ablehnung, aber keine wirkliche Feindseligkeit, blieben von Überfällen verschont. Sie waren mittlerweile mehrere Wochen unterwegs, hatten bereits den Atil überquert.
Eines Nachmittags kamen ihnen etwa ein Dutzend Reiter entgegen, die sie unvermittelt attackierten.
Die beiden wehrten sich tapfer, wären aber aber der Übermacht der Räuber erlegen, wenn sie nicht unerwartete Hilfe erhalten hätten. Ein Reiter sprengte heran, fuhr unter die Räuber als sei er der Teufel in Person. Nachdem er innerhalb weniger Augenblicke fünf Räuber niedergesteckt hatte, verloren diese den Mut, flohen.
„Vielen Dank für deine Hilfe, Fremder", rief ihm Hagen zu, hielt ihm die Hand hin.
Der Reiter nahm sie entgegen, lächelte abei.
„Ihr gehört einem Volk des Westens an, bei uns ist es nicht Sitte, die Hand zum Gruß zu reichen."
„Ja", antwortete Hagen, „ich bin ein Ritter aus dem Deutschen Reich. Dort leben mehrere Stämme unter der Herrschaft eines Kaisers. Mein Name ist Hagen von Alzay. Ich gehöre dem Stamme der Franken an."
„Ich habe von eurem Kaiser gehört. Er ist ein tapferer Mann. Er hat die Seldschuken in der Schlacht bei Ikonion besiegt nachdem der verräterische Sultan sein Versprechen brach und das Heer heimtückisch überfiel."
„Der Kaiser starb kurze Zeit später. Nun regiert sein Sohn."
„Nahmst du auch an dem Feldzug teil?"
„Nein, das liegt schon einige Jahre zurück. Wir beide mußten aus der Heimat fliehen, ziehen nun durch die Welt."
„Und wo wollt ihr hin?"
„Ich weiß es nicht genau, vielleicht nach China."
„Das ist weit. Kommt mit mir."

„Wer bist du ? Und wo willst du hin ?"

„Verzeih, ich habe ja meinen Namen noch nicht genannt. Ich heiße Tartur, gehöre dem Volk der Chasaren an. Früher hatten wir einmal ein mächtiges Reich, doch es ist untergegangen und nun leben wir verstreut in der Steppe."

„Und wo willst du hin ?"

„Ich bin ein Ausgestoßener."

„Ein Ausgestoßener ?"

„Ja, der Sohn unseres Clanhäuptlings hatte es auf ein Mädchen abgesehen, das allerdings nichts von ihm wissen wollte. Doch der bedrängte sie. Einmal, als er ihr Gewalt antun wollte, eilte ich ihr zu Hilfe, schlug den Kerl nieder. Dies galt als eine schwere Beleidigung. Die Sache kam vor den Rat der Ältesten. Der entschied auf einen Zweikampf. Ich siegte, doch der Vater sann auf Vergeltung, erreichte, daß ich ausgestoßen wurde. Ich will nicht Räuber werden, bin daher auf der Reise nach Chartonistan. Ich will König Gurdulan meine Dienste anbieten. Er braucht Männer im Kampf gegen verräterische Fürsten, die ihn vom Thron stoßen wollen. Kommt mir mir, er bezahlt gut, wie ich hörte. Laßt euch aber nicht als einfache Soldaten anwerben. Da habt ihr ein elendes Leben. Das mindeste ist Scharführer, sehr gut wäre natürlich Führer einer Hundertschaft, aber die Aussichten als Fremder eine solche Stellung zu erhalten sind gering, sage ich euch."

Hagen überlegte kurz.

„Du sagtest er bezahlt gut. Nun, wir sind arme Reisende, besitzen nicht viel mehr als unsere Pferde. Und es wäre nicht schlecht, den Beutel für die Weiterreise zu füllen. Was meinst du, Jork ?"

„Was fragt Ihr mich ? Ihr seid der Herr, Ihr entscheidet."

„Also gut", meinte Hagen zu Tartur, „wir reiten mit dir. Laßt uns aber erst die toten Räuber untersuchen."

Sie hatten tatsächlich zahlreiche Kostbarkeiten bei sich.

„Ich rate dir, nimm nur das Geld", mahnte nun Tartur, „Krieger der Clans streifen stets umher um die Räuberbanden zu bekämpfen. Wir müssen damit rechnen auf solche Männer zu stoßen. Es hat keinen Zweck ihnen Widerstand zu leisten. Sie werden uns durchsuchen. Geld ist unverdächtig, aber daß die Schmuckstücke dir gehören glaubt dir keiner. Sie werden dich

23

für einen Räuber halten, dir auch nicht glauben, daß du sie einem Räuber abgenommen hast. Sie werden dich töten."

Drei Wochen später, sie befanden sich bereits in Chartonistan, stießen sie im Gebirge auf einen verunglückten Reisewagen, der halb über einem Abgrund hing und jeden Augenblick abstürzen konnte. Mehr als ein Dutzend Männer, Diener und Soldaten wie es schien, standen unschlüssig herum.

„Was ist geschehen?" fragte Hagen im Steppendialekt, in der Hoffnung, daß ein jemand verstand.

„Was fragt Ihr? Seht Ihr nicht, was geschehen ist. Der Reisewagen hängt über dem Abgrund, kann jeden Augenblick abstürzen. Und die Hohe Frau Jasmin, die Lieblingsfrau unseres Königs Gurdulan befindet sich noch darin."

„Und warum rettet ihr sie nicht? Sie könnte doch vorsichtig herauskriechen?"

„Du verstehst nichts", raunte Tartur nun Hagen zu, „sie ist kein Weib aus einem Steppenvolk, sondern eine Hohe Frau, sie kann nichts alleine tun. Das hat sie nie gelernt."

„Auf den Wagen zu klettern, das ist gefährlich", gab nun der Soldat, der sich als Hauptmann ihrer Leibwache ausgab, zu bedenken, „er könnte abstürzen. Und wir wissen nicht einmal, ob sie noch lebt. Sie hat bisher nicht auf unser Rufen geantwortet. Falls sie tot ist, begeben wir uns unnötig in Gefahr."

„Ja, falls sie tot ist. Aber vielleicht ist sie auch nur ohnmächtig. Das muß doch untersucht werden."

„Es ist zu gefährlich", entgegnete der Hauptmann.

„Nun, dann werde ich es untersuchen", bekräftigte Hagen.

„Wenn Ihr den Wagen zum Absturz bringt", warnte der Offizier, „dann habt Ihr Euer Leben verwirkt."

Hagen lachte.

„Das habe ich dann ohnehin, weil ich mit abstürzen werde. Habt Ihr Seile?"

„In der Tasche eines der Packpferde findet Ihr welche."

Hagen suchte nach geeigneten Stellen am Wagen und am Rande der Schlucht, an denen er die Seile befestigen konnte. Nach Beendigung der

Arbeit prüfte er das Ergebnis.

„Abstürzen kann der Wagen nun nicht mehr", meinte er dann zu Jork und Tartur, „gefährlich bleibt das Unternehmen dennoch, der Wagen kann nach unten kippen und dann kann die Person im Wagen herausrutschen."

„Man könnte Pferde anspannen, welche den Wagen halten", schlug Jork vor.

Doch der Hauptmann lehnte ab.

„Falls der Wagen doch abstürzt, werden die Tiere mit in die Tiefe gerissen."

„Ist Euch Eure Königin keine vier Pferde wert?"

Der Hauptmann blickte Tartur und Hagen finster an.

„Sie ist nicht die Hauptfrau König Gurdulans, somit auch nicht unsere Königin. Man nennt sie die Lieblingsfrau des Königs, aber das ist kein Titel. Die Lieblingsfrauen wechseln häufig."

Hagen antwortete nicht darauf, kletterte auf den Wagen, wies Jork an bereitzustehen um die Hohe Frau entgegenzunehmen. Sie lag ohnmächtig auf dem Wagenboden, die Füße ihm zugewandt. Er kroch vorsichtig näher, zog sie dann zu sich heran. Schließlich beschloß er sie zu umfassen und hochzuheben. Das war eine gefährliche Angelegenheit, denn er mußte hierzu an ihr vorbei ein Stück nach vorn kriechen. Aber es gelang. Er hob sie hoch, reichte sie Jork. Der Wagen geriet dabei allerdings in Bewegung, kippte nach unten. Hagen klammerte sich geistesgegenwärtig an der Wagenrückwand fest, zog sich langsam hoch, kletterte dann ins Freie.

„Nun, das war knapp, Herr", bemerkte Jork, deutete dabei in den Abgrund, „es fehlte nicht viel und ihr würdet jetzt zerschmettert da unten liegen wie die Pferde."

Hagen blickte schaudernd in die Tiefe auf die Leiber.

„Sie sind aus den Zügeln gefallen als der Wagen über den Abgrund geriet", bemerkte jetzt der Hauptmann, „das war das Glück der Hohen Frau. Sie hätten sonst den Wagen in die Tiefe gerissen."

„Wie ist das geschehen?" fragte Hagen nun.

„Ein Leopard tauchte plötzlich auf, erschreckte die Zugtiere und diese brachen dann aus", antwortete der Offizier fast gleichgültig.

Die Hohe Frau hatte mittlerweile wieder die Besinnung erlangt, fühlte sich sehr erschöpft. Es wurde daher beschlossen, nicht weit entfernt, auf einen kleinen Plateau, wo etwas mehr Platz vorhanden war, das Nachtlager

aufzuschlagen und erst am nächsten Morgen die Reise fortzusetzen
„Wir haben unsere Arbeit erledigt, können jetzt weiterreiten", schlug Jork vor.
„Weiterreiten ?" erwiderte Tartur, „wir haben noch keine Belohnung erhalten. Nein, ich bleibe."
„Auf eine Belohnung bin ich nicht aus", meinte nun Hagen in deutscher Sprache zu Jork, „aber es ist bereits spät, weit werden wir vor Anbruch der Dunkelheit nicht mehr kommen. Und wenn sich in der Gegend Leoparden herumtreiben, dann werden wir wachsam sein müssen. Wir sind nur zu zweit. Und ich bin müde, möchte schlafen."

Die Sonne stand bereits hoch am Himmel als sie aufbrachen. Sie hatten für Jasmin einen weich gepolsterten Sattel angefertigt, so daß sie bequem reiten konnte. Gegen Mittag tauchte erneut ein Leopard vor ihnen auf. Die Pferde scheuten. Während die Männer ihre Reittiere rasch zügeln konnten, galoppierte Jasmins Pferd in wilder Flucht davon, der Leopard folgte ihm. Die Reiterin stürzte nach etwa zweihundert Schritten aus dem Sattel. Während die Leibwache noch vor Schreck erstarrt schien, sprengten Hagen und Tartur hinterher. Hagen erreichte den Leoparden als erster, sprang vom Pferd, holte zum Hieb aus. Er traf schlecht, verletzte die Raubkatze nur am Vorderlauf. Das Tier sprang weiter auf die Frau zu. Kurz bevor er sie erreichte war Tartur heran, traf besser als Hagen, trennte ihm den Kopf vom Rumpf.
Jasmin, die unverletzt geblieben war, erhob sich.
„Vielen Dank, meine Herren, Ihr habt mir innerhalb eines Tages zum zweiten Mal das Leben gerettet."
Die Truppe zog weiter, erreichte am frühen Nachmittag des folgenden Tages die Burg des Grafen Zamir.
„Hier werden wir gastliche Aufnahme finden", erklärte der Hauptmann den Dreien, „der Graf ist unserem König treu ergeben. Wir werden allerdings einige Tage hier verweilen, denn es muß ein neuer Reisewagen für die Hohe Frau hergerichtet werden."
Hagen lächelte.
„Uns genügt es, wenn wir hier für eine Nacht ein weiches Bett finden."

Graf Zamir empfing die Ankömmlinge ungewöhnlich freundlich.

„Ich schätze mich glücklich, daß Ihr die Lieblingsfrau unseres verehrten Herrschers, Gott möge ihm ein langes Leben bescheren, aus höchster Gefahr gerettet habt. Seid meine Gäste."

Tartur und Hagen erhielten große, prächtig ausgestattete Zimmer, die üblicherweise hochrangigen Besuchern vorentalten waren. Jork, in dem der Graf wohl den Knecht sah, erhielt nur eine bescheidene Kammer, wie auch auch die Leibwache der Hohen Frau. Lediglich der Hauptmann erhielt eine etwas bessere Unterkunft. Jasmin wurde ein Gemach im Frauenpalast sowie eine Zofe zugewiesen. Als es dunkelte erschien ein Diener, der Hagen zum Festmahl abholte. Hagen wurde der Platz zur Rechten des Grafen zugewiesen, Tartur, der kurze Zeit später den Saal betrat nahm den Platz zur Linken des Grafen ein. Hagen blickte sich um, Jasmin sah er nicht. Dies kam ihm seltsam vor, denn einige Frauen saßen in der Runde; es war daher offenbar nicht Sitte des Landes, daß Frauen an Festmahlen nicht teilnehmen durften, wie es morgenländischen Gegenden oft der Brauch war. Der Graf beobachtete Hagen genau, erriet wohl seine Gedanken, sprach mit süßer Stimme, lächelte dabei.

„Die Hohe Frau fühlt sich nicht wohl, zwei Tage Ritt auf einem Pferd durch die Berge haben sie völlig erschöpft."

Hagen beruhigten diese Worte nicht so richtig, denn seiner Beobachtung nach, zeigte Jasmin keine nennenswerten Ermüdungserscheinungen als sie in der Burg ankamen. Er begann an der Aufrichtigkeit des Grafen zu zweifeln.

Nachdem das Mahl beendet war, ließ Graf Zamir ein halbes Dutzend Frauen in den Saal rufen. Er wandte sich erst zu Hagen hin, dann zu Tartur, sprach feierlich.

„Den großen Helden, welche unsere geliebte und verehrte Hohe Frau aus höchster Lebensgefahr errettet haben, gebührt eine besondere Belohnung. Hier seht ihr die wundervollsten Perlen unter den Sklavinnen meines Palastes. Tretet hervor, beschaut sie, wählt eine aus."

Tartur erhob sich, schritt auf die Frauen zu, die sich nebeneinander aufgestellt hatten. Er winkte Hagen, der ihm zögernd folgte.

„Stell dich nicht an wie ein verzärtelter Jüngling, such dir eine aus", raunte er ihm zu.

„Was soll ich mit einer Frau anfangen. Sie wird mir bei meiner Reise nur hinderlich sein", erwiderte Hagen.

„Na und ? Wenn sie dir lästig ist, dann lasse sie einfach zurück. Nun such dir eine aus, alles andere wäre eine Beleidigung des Grafen. Du wirst seine Gastfreundschaft verlieren."

„Wähle du zuerst."

Tartur blicke kurz zu den Frauen hin, winkte dann einer wohlgestalteten, hübschen Frau mit leicht bräunlicher Gesichtsfarbe, dunklen Augen und schwarzen Haaren.

Hagen dagegen blickte die Sklavinnen etwas unschlüssig an. Eine von ihnen schien nicht so richtig zu den anderen zu passen. Sie war hübsch und wohlgestaltet wie alle, doch ihr Blick war nicht dumpf, sondern verriet Klugheit und Bildung wie er meinte. Er winkte sie zu sich.

„Ihr habt klug gewählt, meine Herren", sprach der Graf, „ich wünsche Euch nun eine vergnügliche Nacht."

Hagen deutete die Worte dahingehend, daß der Graf ihnen damit die Erlaubnis gegeben hatte sich zurückzuziehen.

„Du brauchst keine Angst zu haben", sagte Hagen zu der Frau als sie sein Gemach erreicht hatten, „ich werde dich nicht mißbrauchen, werde dir keine Gewalt antun. Der Graf hat mir eine Sklavin geschenkt und ich habe dich gewählt, weil du mir nicht so dumpf erschienest wie die anderen. Ich sehe dich nicht als Sklavin an, die mir zu unbedingtem Gehorsam verpflichtet ist und mir immer zu Willen sein muß wenn ich es wünsche. Ich bin kein Barbar aus der Steppe, sondern ein deutscher Ritter, der edle Frauen achtet. Mein Name ist Hagen von Alzay. Und du siehst aus wie eine edle Frau. Wer bist du ?"

„Mein Name ist Adalena. Mein Vater war Kaufmann in Gorgan. Vor fünf Jahren wurde unsere Stadt von den Seldschuken geplündert. Ich wurde verschleppt, kam in den Besitz eines ihrer Amirs. Es ist eine lange Geschichte."

„Ich habe Zeit, nimm Platz. Magst du Wein ?"

„Gerne."

Hagen schenkte ein. Adalena lachte.

„Mein weiteres Schicksal werdet Ihr mir nicht glauben. Aber es ist die

Wahrheit. Ich lüge Euch nicht an. Mein erster Herr, der Amir, schenkte mich seinem Sohn Arslan. Er war ein merkwürdiger Mensch. Man erzählte, er habe eine Vision gehabt. Der Erzengel Michael sei ihm erschienen und habe ihm verkündet er werde ein großer Held und Herrscher über alle Seldschuken werden, ein Reich regieren, das von Ägypten bis zum Indus reicht. Er werde alle Gefahren meistern, denn eine Jungfrau werde ihn beschützen. So sah er nun das Geschenk seines Vaters als erstes Zeichen zur Erfüllung der Prophezeihung und mich als die verheißene Jungfrau an. Er berührte mich nicht, lehrte mich reiten, mit dem Schwert kämpfen und das Bogenschießen. Dann zogen wir in die Schlacht gegen den Schah von Choresm. Unser Heer wurde geschlagen, Arslan fiel im Kampf. Der Amir verkaufte mich an den Grafen Choroncal. Der wollte mich zu seiner Mätresse machen. Ich sagte ihm, ich sei eine Walküre, dem Gott Odin geweiht. Ich werde ihm nur zu Willen sein, wenn er mich vorher im Kampf besiegt."

„Woher weißt du von Gott Odin und den Walküren?" unterbrach sie Hagen.

„Ein normannischer Ritter, der einst in die Gefangenschaft Sultan Saladins geriet und auf Umwegen als Sklave an meinen Vater verkauft wurde, hat mir davon erzählt."

„Fahre nun fort mit deiner Erzählung."

„Meine Entschlossenheit beeindruckte ihn offensichtlich, denn er rührte mich nicht an, erklärte mir, er werde es sich überlegen. Drei Tage später hatte ich ein seltsames Erlebnis. Eine Mitsklavin bat mich kurz nach Mittag mit ihr zu kommen. Sie führte mich zu einem unweit gelegenen See. Nahe des Ufers stand ein großer Baum, an dessen Stamm ein Schwert lehnte, was mich verwunderte. Plötzlich sprangen drei Bewaffnete aus einem nahen Gebüsch und stürzten sich auf mich. Ich ergriff das Schwert. Sie verstanden es ihre Waffen zu gebrauchen und so entbrannte ein heftiger Kampf. Ich stieß einen von ihnen nieder, die beiden anderen flohen."

Hagen lächelte.

„Vermutlich hatte der Graf sie geschickt um herauszufinden, wie gut du mit dem Schwert umgehen kannst, bevor er dich zum Zweikampf forderte."

„Ja, das denke ich auch, denn er forderte mich nicht, kam mir auch nicht zu nahe, vergab mich vielmehr an seinem Bruder Kacsi."

„Vergab dich ?"

„Ja, er schenkte mich ihm nicht, er übergab mich ihm nur, erlaubte ihm, bei mir zu liegen."

„Nun ?"

„Ich weigerte mich natürlich, forderte ihn zum Kampf, besiegte ihn, hängte ihn nackt an einen Haken neben der Tür seines Schlafgemachs."

„Hat man dich nicht deswegen getötet."

Adalena schüttelte den Kopf.

„Nein, das war doch Teil einer Intrige. Kacsi durfte mich nicht anrühren, ich war doch Eigentum seines Bruders. Hätte er mich getötet, dann hätte Choroncal das Recht besessen ihn hinrichten zu lassen."

„Du sprachst von einer Intrige. Welches Spiel wurde da gespielt ?"

„Kacsi war der ältere Sohn, hätte eigentlich Anspruch auf die Grafenwürde gehabt. Doch der Vater bevorzugte Choroncal, setzte ihn zum Erben ein. Kacsi klagte vor dem König. Der wies zwar die Klage ab, gestand ihm aber das Recht einer Fehde gegen seinen Bruder zu. Choroncal war ein Schwächling und feige, fürchtete sein Bruder würde ihn besiegen, sann daher auf einen Weg, ihn vor allen der Schande preiszugeben noch bevor dieser gegen ihn ins Feld zog. Und es gelang. Kacsi ging in die Fremde."

Sie nahm einen Schluck Wein.

„Ich besaß nun für Choroncal keinen Wert mehr und daher verkaufte er mich an den Grafen Izimira. Der ließ sich von meiner Rede nicht beeindrucken, versuchte mich mit Gewalt zu nehmen und als er im Kampf zu unterliegen drohte, rief er seine Wachen, die er vor der Tür des Schlafgemachs postiert hatte. Die Männer packten mich. 'Entweder, du bist mir zu Willen oder ich lasse dir fünfzig Peitschenhiebe aufzählen', schrie er mich an. 'Lieber sterbe ich', entgegnete ich. Und ich erhielt fünfzig Peitschenhiebe. 'Bist du nun bereit oder möchtest du fünfzig weitere Hiebe ?' fragte er dann höhnisch. Mein Rücken blutete und ich litt furchtbare Schmerzen. Ich wurde schwach, ließ ihn gewähren. Und er tat mir weh, er genoß es mir weh zu tun. Doch die Qual währte nicht lange. Izimira lag in Fehde mit dem Grafen Zamir. Wenige Wochen später stürmten dessen Truppen die Burg, Izimira wurde getötet und ich fiel in die Hände des Siegers. Auch er verging sich an mir unter Androhung der Peitsche. Doch sein Interesse an mir war gering. Er suchte mich nur selten auf."

30

Hagen lächelte.

„Und was ziehst du bei mir vor, die Peitsche oder den Kampf?"

„Was fragt Ihr mich? Wenn Ihr ein ehrenwerter Mann seid, dann wählt Ihr den Kampf."

„Gut, dann tragen wir es gleich aus. Hier."

„Hier, Herr?"

„Nimm mein Schwert, mir genügt der Dolch."

Adalena hob es auf, stand nun etwas unschlüssig vor Hagen, das Schwert in der Hand. Der wartete, hielt sie fest im Auge. Sie griff nun an, Hagen unterlief ihren Hieb, schlug ihr mit aller Kraft unter die Achsel. Sie ließ das Schwert fallen. Hagen stieß sie zu Boden, setzte ihr den Dolch auf die Brust.

„Gib zu, daß ich dich besiegt habe!"

„Ja", hauchte sie.

Hagen warf den Dolch zur Seite, streichelte ihren Kopf, küßte sie.

„Du brauchst keine Angst vor zu haben. Ich tue dir keine Gewalt an. Aber treibe keine Scherze mit mir. Legen wir uns schlafen."

Am nächsten Morgen traf Hagen Jork auf dem Burghof.

„Ich weiß nicht, was es zu bedeuten hat, Herr", sagte er, „aber die Bediensteten haben über die Mannen der Hohen Frau so seltsam getuschelt. Ich habe aber nichts von dem verstanden, was da gesprochen wurde. Doch ich fürchte, es ist etwas Übles im Gange."

Beunruhigt suchte Hagen Tartur auf, berichtete ihm von seinem Verdacht gegen Graf Zamir."

„Er führt etwas im Schilde. Und es ist nichts Gutes."

Doch Tartur winkte ab.

„Du siehst Gespenster. Der Graf ist ein redlicher Mann und dem König treu ergeben. Wir haben der Lieblingsfrau des Königs aus großer Not geholfen und dafür eine Belohnung erhalten. Damit ist die Sache abgetan. Was geht sie uns an? Wir sind nicht für sie verantwortlich. Sie hat ihre Diener und ihre Leibwache."

Doch Hagen blieb besorgt. Er begab sich zum Hauptmann der Leibwache.

„Was redest du da Fremder? Nimm dich in Acht! Graf Zamir ist ein getreuer Diener des Königs. Er läßt einen neuen Reisewagen für die Hohe

Frau herrichten. Und in zwei bis drei Tagen werden wir weiterziehen."
Hagen befriedigte die Antwort nicht. Es blieb ein ungutes Gefühl. Führte
der Graf wirklich Übles im Schilde, so war er ein lästiger Zeuge und damit
in Gefahr. Es erschien ihm am besten unverzüglich die Burg zu verlassen.
Er ließ sich dem Grafen melden, dankte für die Gastfreundschaft, teilte ihm
mit, daß er nun aufbrechen wolle. Er habe die Hohe Frau sicher hierher
geleitet und sie befinde sich nun in bester Obhut. Er habe damit seine
Pflicht als Edelmann erfüllt. Er habe noch eine lange Reise vor sich, die
keinen Aufschub dulde. Er bat um ein Pferd für Adalena, bot auch eine
Bezahlung, doch der Graf schenkte es ihm. Hagen wurde das Gefühl nicht
los, daß Zamir über den Wunsch zur raschen Abreise gar nicht ungehalten
war, eher erfreut darüber. Tartur teilte die Bedenken allerdings nicht.
„Ich lebe hier bequem, in einem komfortablen Gemach, genieße das gute
Essen und die schöne Sklavin. Wann werde ich es jemals wieder so
angenehm haben ? Ich bleibe."

Hagen, Jork und Adalena brachen noch vor Mittag auf. Gegen Abend
erreichten sie eine kleine Stadt, fanden Unterkunft in einem Gasthof.
„Warum seid Ihr so hastig aufgebrochen, Herr ? Haben Euch das Gemach
und das Essen nicht gefallen ? Tartur blieb doch auch."
„Tartur ist ein Mann der Steppe. Er ist nur Karges gewohnt. Er hat bisher in
einem Zelt gelebt, meist auf hartem Boden geschlafen, kennt nur einfache
Mahlzeiten. Er läßt sich durch die Bequemlichkeiten und die schöne
Sklavin, die ihm seine Nächte versüßt, blenden. Ich fürchte aber, der Graf
führt Böses im Schilde. Und jede Stunde, die wir blieben, vergrößerte die
Gefahr für uns. Halte den Grafen nicht für dumm. Er hat genau gemerkt,
daß ich mißtrauisch war und bald hinter seine Pläne kommen würde. Es
gab also für ihn die Möglichkeit uns gefangen zu nehmen oder uns
möglichst rasch loszuwerden bevor ich Beweise für seine üblen Absichten
fand. Und letztere Möglichkeit schien ihm daher noch als die bessere."
„Was sollte er denn für üble Absichten haben ?"
„Er könnte die Hohe Frau als Gefangene behalten. Das Reich ist in Aufruhr,
Fürsten haben sich gegen den König verschworen, manche Namen sind
vermutlich bekannt, andere nicht. Und es gibt sicher etliche, die noch
abwarten, um sich auf die Seite dessen zu schlagen, der siegen wird. Aber

eine solche Rechnung kann einen Fehler enthalten. Auch wenn es für einige Zeit so aussieht als würde eine Partei siegen, so kann sie am Ende doch unterliegen. Schließt sich der Graf also den Aufrührern an, unterliegen diese aber am Ende, so befindet er sich in einer üblen Lage. Die Hohe Frau kann ihm dann als Unterpfand, als Schutz vor einer Bestrafung dienen."

„Oh, Herr, Eure Überlegungen mögen klug sein. Ich bin aber nur ein Mann aus dem Volk, ein einfacher Schmied, nicht gelehrt. Ich verstehe von all dem nichts. Aber warum wollte uns der Graf loswerden?"

„Weil ich noch nichts Sicheres weiß. Ich bin ein Fremder und wenn ich erzähle, daß Zamir die Lieblingsfrau des Königs gefangen hält, so wird mir niemand glauben."

„Aber wenn sie nicht zurückkehrt?"

„Der Graf wird sich schon irgendwelche Gründe hierfür ausgedacht haben. Er wird vielleicht vorbringen die Hohe Frau sei schwer erkrankt, könne nicht reisen. Er wird erst dann die Katze aus dem Sack lassen, wenn er sich seiner Sache sicher ist."

Adalena hatte bisher schweigend zugehört.

„Ich verstehe Eure Sprache nicht, weiß daher nicht, was Ihr mit Euren Knecht beredet. Aber Ihr habt recht getan, die Burg so schnell wie möglich zu verlassen. Graf Zamir gibt sich freundlich, doch sein Herz ist schwarz. Es genügt ihm nicht Graf zu sein. Er möchte einer großer Fürst werden."

„Und warum meinst du will er Jasmin in seine Gewalt bringen?"

„Und Ihr fragt ein dummes Weib?"

„Du bist kein dummes Weib, du weißt sicher eine Antwort."

„Ich glaube Ihr kennt die Antwort selbst. Wenn er sich den Rebellen anschließt, dann wird er nach deren Sieg Ländereien der unterlegenen Königstreuen und sicher auch einen Fürstentitel erhalten. Aber er weiß auch, daß das Spiel gefährlich ist, will sich daher absichern. Verlieren die Empörer und seine Mitwisserschaft und Mitwirkung wird ruchbar, dann fällt er der Ächtung anheim. Und die hohe Frau Jasmin kann ihm als Pfand dienen um der Bestrafung zu entgehen."

„Nun, dann sind wir einer Meinung. Das ist genau das, was ich meinem Gefährten mitgeteilt habe."

„Wißt Ihr, Graf Zamir, ist machtgierig und gibt sich treu, aber der König hält keine großen Stücke auf ihn. Er mußte sich daher mit einer kleinen

Grafschaft begnügen. Daher schmiedete er auch eine Ränke gegen den Grafen Izimira, erreichte dessen Ächtung und die königliche Genehmigung der Durchführung der Acht. Und als Lohn erhielt er dessen Grafschaft."

Am nächsten Tag setzten sie die Reise fort, gelangten am Nachmittag zu einem zerstörten Dorf, die Brände waren noch nicht alle erloschen. Überall lagen Erschlagene herum. Sie durchsuchten den Ort, zogen eine noch lebende Frau und wenig später einen noch lebenden Mann aus den Trümmern hervor. Sie waren nur leicht verletzt, allerdings sehr verstört, beruhigten sich allnählich, Ihre Namen waren Grosgata und Emil.
„Was ist geschehen ?" fragte Adalena.
„Es waren die Horden des Grafen Harbanolis. Er ist einer der Rebellen, die den König vom Throm stoßen wollen. Wir aber sind königstreu."
Adalena wandte sich zu Hagen hin.
„Was soll mit ihnen geschehen, Herr ?" fragte sie, „sollten wir sie nicht besser zurücklassen ?"
Hagen überlegte.
„Ich weiß nicht so recht, was ich mit ihnen anfangen soll. Sie besitzen keine Pferde, sie sind uns nur hinderlich."
Die drei rüsteten zum Aufbruch.
„Nehmt uns mit", flehten die beiden nun, „wir haben Angst, daß die Schergen zurückkommen und uns töten."
„Es wird nicht gehen", entgegnete Adalena, „wir sind auf dem Weg nach Katbaluz. Und mit euch kommen wir nicht vorwärts. Ihr habt keine Pferde."
„Keine Pferde ? Wartet", antwortete Emil, „sie haben bestimmt nicht alles gefunden."
Er lief in einen nahem Wald, kehrte nach etwa einer halben Stunde mit vier Pferden zurück.
„Hier, wir haben Reittiere", rief er voller Stolz aus, „in Katbaluz können wir sie für gutes Geld verkaufen und Euch die Unkosten erstatten, die Ihr mit uns habt."
„Gut", entschied Hagen, „kommt mit."

Zwei Tage später erreichten sie Katbaluz, die Hauptstadt des Reiches.

Hagen mietete ein Haus am Stadtrand, die Einrichtung war einfach, Tische, Stühle, Betten aus rohem Holz zurechtgezimmert. Decken und Wäsche wirkten schmuddelig. Grosgata packte alles kurzerhand zusammen, ging damit zum nächsten Waschplatz. Sie kümmerte sich dann auch um den Haushalt, bereitete die Mahlzeiten zu, reinigte die Räume. Das Haus bot genügend Platz für alle. Auch ein Stall für die Pferde und ein kleiner Garten waren vorhanden.

Hagen durchstreifte in den nächsten Tagen die Stadt. Sie gefiel ihm nicht so recht. Die Straßen, auf denen sich zahlreiches Gesindel herumtrieb, waren voller Schmutz, die Häuser, auch die nach Herrschaftshäusern aussehenden, erschienen heruntergekommen, ungepflegt. Lediglich der Königspalast in der Mitte der Stadt wirkte prachtvoll. Der Zugang war aber durch starke Wachen verwehrt.

Die in den Basars angebotenen Erzeugnisse waren billig, aber auch von schlechter Arbeit.

Alle paar Tage fanden Sklavenmärkte statt; die zum Verkauf anstehenden Menschen waren allesamt nackt den Blicken der Kaufinteressenten preisgegeben. An fast jeder Straßenecke stand ein Hurenhaus, die Weiber standen davor, forderten die Vorbeigehenden auf mit ihnen zu kommen. Nur wenige Teehäuser sahen einladend genug aus um sich dort niederzulassen. Hagen saß dort stundenlang, dachte nach.

Es war wohl eine schlechte Entscheidung gewesen, Tarturs Vorschlag zu folgen und nach Chartonistan zu ziehen. Seine Kasse war dank des Geldes, das sie bei den Steppenräubern gefunden hatten, nicht so leer als daß er sich einem fremden König als Söldner hätte anbieten müssen. Und nun befand er sich in einem Land, in welchem ein Krieg herrschte, der ihn eigentlich nichts anging. Und er besaß zwei Bedienstete und eine Sklavin, die im Grunde eine Last für ihn waren. Grosgata und Emil waren freie Bewohner des Landes. Er konnte sie aus seinen Diensten entlassen und sie würden sicher in der Stadt ihr Auskommen finden. Aber was sollte aus Adalena werden? Er konnte ihr das Sklavenband abnehmen, sie freilassen. Sie war eine Fremde, verstand sich auf kein Handwerk, mußte also als Mätresse eines reichen Mannes oder in einem Hurenhaus enden. Dieser Gedanke behagte ihm nicht. Andererseits, sie war ihm fremd geblieben, er hatte sie auch nicht berührt, da er sich nicht vorstellen konnte, daß sie als Geliebte

Gefühle für ihn empfinden könnte. Daher sah er sie auch nicht als Kameradin an, die mit ihm durch die Welt zog. Er fühlte sich auch nicht verpflichtet sie mit genügend Geld auszustatten, so daß sie für längere Zeit versorgt war. Er besaß die Mittel hierzu auch gar nicht. Er konnte keine Entscheidung treffen.

Eines Mittags ertönte Lärm, Bewaffnete tauchten auf, stürmten auf den Königspalast zu, wurden aber nach heftigen Kämpfen von der Palastwache, die rasch Verstärkung erhielt, zurückgeschlagen. Die meisten Menschen flohen von den Straßen, auch Hagen suchte das Innere eines Teehauses auf. Die Kämpfer zogen sich nun in die Stadt zurück, begannen zu plündern. Die Palastwachen verfolgten sie nicht. Fünf Bewaffnete drangen in das Teehaus ein, forderten dem Wirt Geld ab. Voller Angst übergab er ihnen bereitwillig seine Kasse. Einer der Eindringlinge wurde nun auf Hagen aufmerksam, trat auf ihn zu, verlangte von ihm Geld. Hagen hatte bereits sein Schwert gezogen, stieß es dem Plünderer in den Leib. Aufgeschreckt durch dessen Todesschrei blickten die anderen nun zu Hagen hin, drangen auf ihn ein. Doch ehe sie sich versahen, stieß er zwei von ihnen nieder, die beiden übrig gebliebenen flohen. Hagen kam es nun in den Sinn, daß die Plünderer auch in sein Haus eindringen könnten. Er verließ das Teehaus, machte sich auf den Weg. Ein paar Straßen weiter kam ihm Jork entgegen. Er blutete an der Schulter.

„Gut, daß ich Euch treffe, Herr. Rebellen sind in unser Haus eingedrungen, haben furchtbar gehaust. Ich konnte sie nicht abwehren, mußte fliehen, sonst hätten sie mich erschlagen."

Hagen beschleunigte seine Schritte. Als er ankam bot sich ihm ein gräßlicher Anblick. Die Plünderer hatten das Haus mittlerweile verlassen; fast alle Möbel waren zerschlagen; zwei Tote lagen im Wohnraum, auch Emil war erschlagen worden. Grogata wälzte sich nackt auf der Erde, jammerte erbärmlich. Sie war mißbraucht worden. Im Garten lag Adalena, noch ein Schwert in der Hand, umringt von drei Toten. Auch sie war offenbar mißbraucht worden. Sie lebte noch, war ohnmächtig, schwer verwundet.

Das Geldversteck hatten sie nicht gefunden, allerdings die Pferde geraubt.

Grogata beruhigte sich allmählich, Adalena, die mittlerweile ins Haus gebracht und in ein Bett gelegt worden war erwachte aus ihrer Ohnmacht. Hagen wies Jork an die Toten vor das Haus zu legen. Hagen schaute sich etwas unschlüssig auf der Straße um. Ein junger Bursche trat etwas schüchtern auf ihn zu. Er beherrschte den Steppendialekt.

„Kannst du einen Arzt besorgen ?" fragte ihn Hagen.

„Das wird schwierig werden, Herr. Die Horden des Grafen Harbanolis haben in der Stadt gewütet, nachdem ihr Angriff auf den Königspalast zurückgeschlagen worden war. Viele brauchen jetzt einen Arzt. Ich werde aber mein Bestes tun."

Der Bursche entfernte sich, kehrte zwei Stunden später mit einem Arzt zurück. Der untersuchte Adalena, fand ihre Wunden zwar schwer, aber nicht lebensbedrohlich.

„Bei guter Pflege wird sie in ein paar Wochen genesen sein."

Er nahm ein Goldstück als Lohn, verließ dann das Haus.

Die Toten waren mittlerweile von einer Gruppe Sklaven, welche offensichtlich den Befehl hatten die Straßen von Leichen zu säubern, weggeschafft worden.

„Herr, könnt Ihr einen Diener gebrauchen", fragte der Bursche nun, „mein bisheriger Herr wurde erschlagen, ich bin jetzt alleine, denn meine Eltern sind bereits lange tot und Geschwister habe ich nicht."

Hagen überlegte nicht lange. Emil war erschlagen und der Junge machte keinen schlechten Eindruck.

„Gut, ich nehme dich. Wie heißt du ?"

„Manasser, Herr."

Jork kam nun heran.

„Was habt Ihr nun vor ? Ihr habt einen Diener eingestellt. Das bedeutet doch, daß Ihr noch länger bleiben wollt."

„Ich weiß es noch nicht so recht", antwortete Hagen.

Drei Tage später zog eine Gruppe Soldaten durch die Straße. In mehreren Sprachen, darunter auch im Steppendialekt, verkündeten sie, der König suche noch Soldaten für den Feldzug gegen den Grafen Harbanolis. Hagen trat zu ihnen heran.

„Ich habe Interesse. Führt mich zu eurem Hauptmann."

„Hauptmann ?" Einer der Soldaten verzog das Gesicht, „komm mit mir. Ich bringe die zum Scharführer. Der wird dich aufschreiben. Den Hauptmann kannst du nicht sprechen. Was bildest du dir eigentlich ein, du Kerl ?"

„Gut", erwiderte Hagen, „dann wird der König eben auf meine Dienste verzichten müssen."

Der Soldat blickte ihn finster an.

„Mach keine Sachen, komm mit."

Er zog sein Schwert.

„Laß es stecken, du hast kein Recht mich zu zwingen."

„Kein Recht ? Dir werde ich es zeigen, Bursche."

Doch ehe er sich versah hatte ihm Hagen die Waffe aus der Hand geschlagen, hielt ihm sein eigenes Schwert vor die Brust, sagte nur:

„Verschwinde."

Inzwischen war ein Mann herangetreten, der aufgrund seiner Uniform als Führer einer Hundertschaft zu erkennen war.

„Was geht hier vor ?" fragte er barsch.

Er benutzte den Steppendialekt.

„Dieser Kerl bedroht mich", antworte der Soldat.

„Ich bin kein Kerl", fuhr Hagen dazwischen, „sondern ein fränkischer Ritter, ein Mann aus der Kriegerklasse des Deutschen Reiches. Ich bot dem König mein Schwert an, aber dieser Kerl beleidigte mich. Ich bin kein gemeiner Soldat, fordere als Ritter dem Führer einer Hundertschaft gleichgestellt zu werden, außerdem ein Pferd für mich und meinen Knecht, denn unsere Pferde wurden von den Horden des Grafen Harbanolis gestohlen."

„Ihr seid stolz mein Herr", entgegnete der Offizier, „seid Ihr auch ein guter Kämpfer ?"

„Wäre ich es nicht, dann würde ich nicht so zu Euch sprechen, würde nicht diese Forderungen stellen."

„Nun", der Hundertschaftführer lächelte, „beweist es."

Er zog sein Schwert, Hagen zog das seine. Nach kurzem Kampf schlug Hagen seinem Gegner die Waffe aus der Hand, hielt ihm seine vor die Brust.

„Ich hoffe, dies genügt Euch als Beweis", Hagen lächelte, „Graf Harbanolis würde sich freuen, wenn sich seine Feinde gegenseitig töteten."

Der Offizier grinste.

„Ihr seid ein guter Fechter. Schon lange hat mir keiner mehr das Schwert aus der Hand geschlagen. Eure Forderungen sollen erfüllt werden. Der Tausendschaftführer muß das allerdings genehmigen. Ein Soldat wird Euch

das Schreiben vorbeibringen."
„Gut, wann soll ich mich einfinden ? Ich habe vorher noch einige Angelegenheiten zu erledigen."
„Die ersten Truppen ziehen in zwei Tagen los. Findet Euch also morgen drei Stunden nach Mittag bei der Palastwache ein. Dort werdet Ihr alles weitere erfahren."

Hagen teilte Jork seinen Entschluß mit, beauftragte dann Manasser während seiner Abwesendheit den Haushalt zu bestellen, für Grosgata zu sorgen und Adalena gesund zu pflegen, ließ ihm auch genügend Geld zurück. Zur angegebenen Zeit sprachen Hagen und Jork bei der Palastwache vor. Zwei Pferde standen bereit, ein Soldat geleitete sie zum Heerlager außerhalb der Stadt, wo sie ein Zelt zugewiesen bekamen. Am nächsten Morgen, kurz nach Sonnenaufgang, brach das Heer auf.
Drei Tage später stellte sich eine Streitmacht des des Grafen Harbalonis den königlichen Truppen entgegen. Eine Schlacht entbrannte. Hagen fiel ein gewaltiger Krieger auf, der die anderen mindestens um zwei Haupteslängen überragte. Er wütete unter den königlichen Soldaten. Hagen drang zu ihm vor, stellte sich ihm zum Kampf. Hagen erkannte bald, daß das Wüten des Gewaltigen alleine durch seine Kraft bewirkt wurde, er die Kunst des Schwertkampfes nur wenig beherrschte. Und so gelang es ihm, den Gegner am Oberarm zu verletzen. Der Riese strauchelte, ging in die Knie, ließ das Schwert fallen, doch bevor Hagen den tödlichen Stoß anbringen konnte, war der Feind von mehr als einem halben Dutzend Soldaten umgeben, die ihn schirmten und aus der Kampfeszome brachten. Hagen wandte sich nun anderen Gegnern zu. Bald darauf ertönte ein Signal, die Soldaten des Grafen Harbalonis zogen sich zurück. Erschöpft setzte sich Hagen nieder ins Gras. Kurze Zeit später erschien ein Soldat, der ihn aufforderte mitzukommen. Er führte ihn zu einer Gruppe Offiziere.
„Wer seid Ihr, Fremder ?" sprach ihn einer an.
„Mein Name ist Hagen von Alzay, Ritter im Dienste des Königs Gurdulan. Und wer seid Ihr, meine Herren ?"
„Ich heiße Urubalorus, ich bin Führer einer Tausendschaft und der Herr da drüben ist General Maorabator, unser Feldherr."
„Und warum wurde ich hierhergeführt ?"

„Was habt Ihr getan ?"

„Was sollte ich getan haben ? Ich habe gekämpft. Ich habe meine Pflicht getan. Ich bin mir keiner Verfehlung bewußt."

„Niemand wirft Euch eine Verfehlung vor, aber wie kamt Ihr dazu Tantaloris zum Kampf zu fordern ?"

„Wer ist Tantaloris ?"

„Ihr kennt ihn nicht ?"

„Nein, ich habe doch erst vor wenigen Tagen dem König mein Schwert angeboten."

„Ihr seid ein Fremder. Warum habt Ihr das getan ?"

„Die Horden des Grafen Harbanolis wüteten in Katbaluz, auch in meinem Haus. Sie zerschlugen die Möbel, mordeten meinen Diener, schändeten meine Dienerin, mißbrauchten und verletzten meine Sklavin. Und sie haben meine Pferde gestohlen. Muß da ein Mann nicht nur Bestrafung fordern, sondern auch an der Bestrafung mitwirken ?"

„Wohl gesprochen, Fremder, ich sehe Ihr habt Mut. Ihr kennt Tantaloris wirklich nicht ?"

„Nein, woher sollte ich ihn kennen ?"

„Er ist der gewaltigste Krieger im Reich und er ist der Heerführer des Grafen Harbanolis. Noch nie hat ihn jemand besiegt. Und Ihr habt ihn niedergestoßen ! Wie ist ist Euch das gelungen ?"

„Er besitzt gewaltige Kraft, aber er ist ein schlechter Schwertkämpfer. Das ist seine Schwäche und die erkannte ich ! Und warum ich den Kampf mit ihm suchte ? Nun, er wütete unter unseren Soldaten, hieb zahlreiche nieder. Dem wollte ich ein Ende bereiten."

Der General lächelte.

„Nachdem Ihr ihn verwundet hattet fehlte den Männern des Grafen der Führer. Deshalb haben sie sich zurückgezogen. Wir haben also im Grunde Euch den Sieg zu verdanken."

Hagen lächelte.

„Vielen Dank, General. Es ehrt mich zu hören, daß ich mich in der Schlacht bewährt habe."

Das königliche Heer zog weiter, vier Tage später erreichte es die Burg des des Grafen Harbanolis und schloß sie ein. Nach achtundzwanzig Tagen

40

Belagerung erhielten die Königlichen Verstärkung. General Maorabator entschloß sich zum Angriff auf die Burg. Hagen gehörte der zweiten Sturmabteilung an. Als er die Zinnen erreichte, tobten oben auf der Mauer bereits erbitterte Gefechte. Im Zentrum des Kampfes stand der wiedergenesene Tantaloris. Er hieb jeden nieder, der ihm in die Quere kam. Sein Blick traf Hagen. Er erkannte den alten Feind, stürzte sich auf ihn. Ein unbarmherzige Kampf entbrannte. Tantaloris hieb mit aller Kraft auf Hagen ein, der sich der Schläge kaum erwehren konnte. Doch endlich gab sich der Gegner eine Blöße und Hagen stieß ihm das Schwert in den Leib, durchbohrte ihn. Er sah noch wie Tantaloris stürzte, dann fühlte er eine große Schwäche, ihm wurde schwarz vor den Augen.

Als er wieder zu sich kam lag er in einem Bett in einem fast kahlen Raum. Nach einiger Zeit trat eine Frau ein. Hagen blickte sie gebannt an.
„Grosgata?" stieß er hervor, „bist du es wirklich oder träume ich?"
Der Frau traten Tränen in die Augen.
„Ihr seid zu Euch gekommen, Herr, Dank sei dem einzigen und wahren Gott!"
„Wo bin ich?"
„Ihr seid in Eurem Haus und liegt in Eurem Bett."
„Und wie komme ich hierher?"
„Ihr wißt es nicht?"
„Nein, ich kämpfte auf der Mauer der Burg des Grafen Harbanolis mit Tantaloris; ich stieß ihn nieder, sah ihn fallen. Mehr weiß ich nicht. Von da an fehlt mir jede Erinnerung."
„Ihr wart schwer verwundet, erhieltet einen Hieb in die Seite. Jork rettete Euch. Ihr lagt siebzehn Tage im Fieber. Vor drei Tagen brachte man Euch hierher. Nun pflegen Euch Adalena und ich. Der Arzt sagte, Ihr werdet wieder gesund. Ihr müßt aber viel Geduld aufbringen."
Grosgata rannte aus dem Zimmer.
„Der Herr ist wach! Der Herr ist wach!" rief sie.
Wenig später erschien Adalena, sie strahlte. Sie berührte sein Gesicht, küßte ihn auf die Stirn.
„Es ist wundervoll zu erleben, daß Ihr wieder wach seid. Ich werde Euch pflegen, soweit es in meiner Kraft steht. Ich bin selbst noch nicht völlig

genesen."

„Was mit Jork ?"

„Er blieb in der Schlacht unverwundet. Er zog mit dem Heer weiter."
Hagen fühlte sich schwach. Er schlief bald wieder ein.

Wochen verstrichen, seine Genesung schritt voran. Nach fünf Wochen
konnte konnte er aufstehen, nach neun Wochen wieder ein Schwert in die
Hand nehmen.

Hagen ließ nun Manasser im Garten ein Gestell errichten, an welchem ein
schwerer Holzklotz und ein mit Sand gefüllter Ledersack aufgehängt
waren. Von einem Schmied ließ er sich ein Schwert mit stumpfer Schneide
anfertigen, das in Größe und Gewicht seinem Kampfschwert entsprach.
Damit übte er nun täglich mehrere Stunden. An einem sonnigen Nachmittag meldete Grosgata die Ankunft eines Besuchers, sie lächelte dabei
süffisant. Während Hagen noch überlegte wer es sein könnte, betrat Jork
den Garten.

„Guten Tag, Herr", grüßte er, „es freut mich ungemein, Euch genesen zu
sehen."

Hagen lachte.

„Genesen bin ich noch nicht, aber schon wieder einigermaßen bei Kräften.
Und wie geht es dir ?"

„Die Feldzüge gegen die Aufführer sind siegreich zu Ende gegangen.
Gestern ist meine Tausendschaft nach Katbaluz zurückgekehrt."

„Dann wirst du jetzt wieder hierher zu uns kommen ?"

„Nein Herr, noch gehöre ich zu den Soldaten, muß daher im Feldlager bei
meiner Schar wohnen. Ich bin Scharführer geworden, müßt Ihr wissen.
Doch die Tausendschaft soll aufgelöst werden, dann werde ich entlassen.
Das kann aber noch einige Wochen dauern."

„Nun gut, und wie ist es dir ergangen ?"

„Nach dem Sieg gegen den Grafen Harbanolis marschierte das Heer zum
Fürstentum Cholchagons, des Führers der Aufrührer. Unterwegs erhielten
wir Kunde, daß Graf Zamir zu den Waffen gegriffen habe. Und so zogen
wir ihm entgegen. Am folgenden Tag stieß eine Tausendschaft als Verstärkung zu uns. Was glaubt Ihr, wen ich da getroffen habe ?"

Hagen grinste.

„Wenn du das so sagst, dann muß ich ihn kennen. Es kann sich also nur um Tartur handeln."

„Ja, Herr, er war es. Wir schlugen Zamirs Heer, stürmten dann seine Burg. Tartur war tollkühn; er war als erster auf den Zinnen, er wütete unter den Feinden als habe er den Teufel im Leib. Und er rettete im letzten Augenblick Jasmin, die Hohe Frau. Ihr hattet recht. Zamir nahm sie als Gefangene. Und als er seine Sache verloren sah, wollte er sie töten bevor er sich selbst in sein Schwert stürzte. Nun ja, das mußte er dann nicht tun, denn Tartur durchbohrte ihn. Dann zogen wir zu Cholchagons Burg. Nach vier Wochen Belagerung und Beschuß mit Katapulten stürmten wir sie. Tartur war zur Belohnung für seine Heldentat zum Führer einer Hundertschaft, der ich auf seinen Wunsch hin angehörte, ernannt worden. Wir waren die ersten, welche die Mauer erklommen. Er war ein harter Kampf, die meisten Rebellen wurden getötet, Zahlreiche konnten aber unsere Linien durchbrechen und entkommen, darunter auch der älteste Sohn von Cholchagons Bruder und seine Tochter. Ich wurde verwundet, zwar nicht allzu schwer, doch mußte ich das Krankenlager aufsuchen, während das Heer weiterzog um die geflohenen Rebellen zu jagen. Jetzt wißt Ihr alles."

„Und Tartur?"

„Er zog mit dem Heer weiter. Er wurde erzählt, er sei der neue Führer einer Tausendschaft geworden, nachdem der alte im Kampf gegen eine Gruppe versprengter Aufrührer gefallen war."

Hagen grinste.

„In ein paar Wochen vom chasarischen Ausgestoßenen zum Führer einer Tausendschaft, ein märchenhafter Aufstieg. Aber er hat es wohl verdient."

„Entschuldigt, Herr", sprach nun Jork, „ich könnte noch viel erzählen, doch ich muß gehen. Ich muß bis Sonnenuntergang wieder im Feldlager sein."

Er verabschiedete sich.

Einige Tage später, Hagen übte sich wieder im Garten, meldete Grosgata die Ankunft eines Fremden.

„Wer ist der Mann? Nannte er seinen Namen?" fragte er.

„Nein", antwortete die Dienerin, „aber er trägt eine kostbare Uniform, die eines hohen Offiziers der königlichen Armee. Und er behauptet ein guter Freund von Euch zu sein."

„Offizier ? Guter Freund ?" Hagen überlegte, „da kommt doch nur Tartur in Frage."

„Bringe ihn zu mir !" befahl er.

Der Mann trat in den Garten.

„Willkommen, Tartur", begrüßte ihn Hagen, „dein Besuch ehrt mich. Ich habe deinen Ruhm bereits vernommen."

„Sicher von Jork."

„Ja, setz dich, erzähle, ich hoffe du hast Zeit."

Tartur nahm Platz. Hagen gebot Grosgata Wein und Becher zu bringen, er schenkte dann ein.

„Ich habe auch von deinen Heldentaten gehört", begann nun Tartur, „man rühmt sie im ganzen Heer. Tantaloris war ein gewaltiger Krieger."

„Ja, das war er. Ich bin noch immer nicht völlig von der Wunde genesen, die er mir geschlagen hat. Und wie erging es dir ?"

Tartur wiegte den Kopf.

„Du hattest recht. Graf Zamir war ein Verräter. Er nahm die Hohe Frau als Gefangene. Aber sieh es mir nach. Ich bin ein Sohn der Steppe, kannte keine Bequemlichkeit und außerdem besaß ich eine Sklavin, Mirabella, eine Perle, die mir süßeste Stunden schenkte. Ich wollte einfach nur genießen. Graf Zamir sah ich kaum in dieser Zeit. Ich hatte deine Warnung im Ohr, war wachsam. Jasmin reiste nicht ab. Nach etwa einem halben Mond kam mir das verdächtig vor. Ich fragte den Hauptmann ihrer Leibwache. Er sagte mir, es sei alles in bester Ordnung, der Reisewagen stehe bereit, die Hohe Frau fühle sich allerdings unpäßlich. Es war unvorsichtig von mir, aber ich teilte ihm deine Bedenken mit. Doch er lachte, sagte, nein, er verbürge sich für die Ehrenhaftigkeit Graf Zamirs und er habe die Hohe Frau erst am Vortag gesprochen. Ich blieb mißtrauisch. Ich hatte die Burg mittlerweile schon recht gut erkundet, einen Reisewagen hatte ich aber bisher nicht gesehen. Ich schaute mich an diesem Tag noch einmal um, fand wieder nichts. Ich witterte Gefahr, zog in Betracht, daß ich die Burg einmal rasch verlasse müsse. Ich besorgte mir ein Seil, versteckte es auf der Mauer. Am nächsten Abend kam Mirabella völlig aufgeregt zu mir, sie zitterte am ganzen Leib, erzählte, sie habe die Hohe Frau gesehen, sie werde als Gefangene gehalten. Der Hauptmann sei ein Verräter und sie setze alle Hoffnung auf mich. Sie sagte weiter, die Hohe Frau wolle mich unbedingt sprechen, noch am gleichen Abend. Ich fragte, wo ich sie finden könne und Mirabella antwortete, sie werde mich führen. Ich war arglos, aber ihre Aufregung war nur Spiel gewesen. Sie führte mich in eine Falle. Sechs Bewaffnete lauerten mir auf. Ich konnte sie abwehren, floh über die Mauer aus der Burg. Ich lief die Nacht hindurch. Kurz nach Sonnenaufgang stieß ich auf drei Reiter. Zamir hatte seine Mannen ausschwärmen lassen um mich zu fangen. Ich zögerte nicht, riß einen vom Pferd, schwang mich in den Sattel, tötete die beiden anderen, sprengte davon. Ich besaß nun drei Pferde. Sie holten mich nicht ein. Zwei Tage später erreichte ich eine Stadt. Ich suchte den Stadthauptmann auf, sagte ihm, daß ich als Soldat in die Dienste des Königs treten wolle. Den Rest kennst du ja. Jork hat es dir erzählt."

Er nahm einen Schluck Wein.

„Ich sehe es dir an. Du willst wissen, ob ich meldete, daß Graf Zamir Jasmin gefangen hielt. Nein, das habe ich nicht getan. Der Graf stand damals noch in hohem Ansehen. Man hätte mir, einem chasarischen Söldner nicht geglaubt. Nun berichte mir, wie es dir seit unserer Trennung ergangen ist."

Nachdem Hagen geendet hatte, schloß er mit den Worten.

„Ich werde weiterziehen, wenn ich völlig genesen bin. Und du?"

„Ich habe mich entschlossen zu bleiben."

Eines Tages meldete Manasser die Ankunft eines Offiziers, der Hagen dringend sprechen wollte. Der Besucher teilte ihm mit, er werde am nächsten Tag zur einer Audienz im Königspalast erwartet.

Hagen wurde allerdings nicht von König Gurdulan empfangen, sondern vom 'Obersten Königlichen Berater' Consulcanior. Dieser bat ihn Platz zu nehmen, bot ihm Wein an.

„Ihr habt dem Reich einen großen Dienst erwiesen, Ritter Hagen. Ich darf Euch doch so nennen?" begann Consulcanior, „die Tötung Tantaloris war eine Heldentat, die dem Reich sehr viel Blut erspart hat. Ihr wißt, er war der Heerführer des Grafen Harbanolis. Mit seinem Tod sah sich der Graf seines größten Kriegers und fähigsten Offiziers beraubt, er verlor den Glauben an den Sieg und unterwarf sich General Maorabator, wie Ihr sicherlich wißt."

„Nein, ich weiß es nicht", antwortete Hagen, „ich wurde im Kampf schwer verletzt, lag viele Tage im Fieber."

45

„Aber das war nicht Eure einzige Heldentat. Ihr habt Jasmin, der Lieblingsfrau König Gurdulans zweimal das Leben gerettet. Und Ihr seid nicht nur ein Held, sondern auch klug, habt die Welt kennengelernt, wie mir berichtet wurde. Ihr habt eine hohe Belohnung verdient."

„Man lobt oft sehr viel", entgegnete Hagen, „aber ich denke, meine Verdienste waren nicht so sehr von Bedeutung. Ich habe dem König mein Schwert angeboten und ich habe nur meine Pflicht getan."

Consulcanior lächelte.

„Ihr seid bescheiden. Aber darüber müssen wir nicht disputieren. Ihr entstammt einem fremden Volk, dessen Sitten ich nicht kenne. Vielleicht gilt dort Bescheidenheit als höchste Tugend, während man woanders die Prahlerei liebt. Ich möchte aber nicht abschweifen. Graf Harbanolis war ein Rebell, er wurde geächtet, des Landes verwiesen. Und nun braucht seine Grafschaft einen neuen Herrn. Ihr wäret eine gute Wahl."

Hagen schüttelte den Kopf.

„Ich danke für das Vertrauen, das Ihr in mich setzt. Aber ich bin ein Fremder, der die Sitten des Landes nicht kennt. Wie könnte ich da ein guter Herrscher sein und sei es nur über eine Grafschaft ? Auch bin ich ausgezogen um die Welt kennenzulernen. Ich will das märchenhafte China besuchen. Dort kennt man vieles, was in unserem Reich noch unbekannt ist. Es zu erfahren wird für unser Reich von großem Nutzen sein. Ich werde mich erst dann niederlassen, wenn ich meine Ziele erreicht habe. Noch ist es zu früh."

Die Antwort gefiel dem 'Obersten Königlichen Berater' nicht, doch was sollte er tun ? Man kann einen Menschen in die Sklaverei zwingen, man kann ihn zum Kriegsdienst zwingen, aber man kann ihn nicht zwingen eine Grafschaft zu regieren. Nein, das schien unmöglich. Er setzte daher eine freundliche Miene auf.

„Wie Ihr wollt, Ritter Hagen."

Der lächelte.

„Nun, ich will nicht unbescheiden sein. Ihr habt mir eine Belohnung versprochen. Gebt also, was mir für meine weitere Reise von Nutzen sein wird."

„Und das wäre ?"

„Ein Beutel Gold und einen Königlichen Schutzbrief. Euer Reich ist mächtig und König Gurdulan steht in hohem Ansehen bei allen Völkern Asiens. Mehr verlange ich nicht."

Der 'Obersten Königliche Berater' lachte.

„Nein, ganz bescheiden seid Ihr nicht. Ihr wißt, was für Euch von Nutzen sein wird und fordert es. Aber Eure Wünsche lassen sich leicht erfüllen. Kommt in zwei Tagen wieder."

Damit entließ er ihn.

Zwei Tage später erhielt er einen Beutel mit tausend Goldstücken und ein Dokument, das den Namen 'Besonderer Königlicher Schutzbrief' trug.

Jork hatte nach seiner Rückkehr nicht mehr in Hagens Haus Wohnung genommen, suchte ihn auch nur noch selten auf. Hagen wunderte sich nicht darüber. Er war verwundet worden, hatte lange auf dem Krankenlager gelegen, während Jork an den weiteren Feldzügen gegen die Rebellen teilnahm. Er hatte allerdings nie über Heldentaten berichtet, doch aus Tarturs Erzählungen wußte er, daß Jork ein tapferer Soldat gewesen war, zahlreiche Verdienste erworben hatte, die auch belohnt wurden. Jork war nun selbstbewußt geworden, wollte nicht mehr der Knecht eines Ritters sein. Es war ihm aber auch klar, daß Jork als Gemeiner aus dem Volk sich nicht gleichrangig mit einem adeligen Mann fühlen würde. Es blieb ihm daher nur die Möglichkeit seinen eigenen Weg zu gehen.

Hagen saß im Garten als Jork erschien. Er grüßte.

„Herr, ich muß Euch etwas Wichtiges mitteilen."

„Sprich, aber ich ahne bereits, was du willst."

„Ja, ich muß Euch enttäuschen. Ich werde nicht mit Euch weiterziehen, sondern hierbleiben."

„Das habe ich bereits vermutet."

„Für meine Dienste im Krieg wurde ich reichlich belohnt. Und Tartur schenkte mir eine türkische Sklavin. Sie heißt Jirimelda. Ich habe sie lieb gewonnen und auch bereits geheiratet."

„Das war nicht recht von dir", tadelte Hagen, „du bist zwar nicht mein Knecht, sondern ein freier Mann, doch hättest du mir deine Braut wenigstens vorstellen können."

„Ich habe es bisher nicht gewagt, Herr. Aber nun ist sie bei mir."

Er ging zur Tür, rief einige Worte. Eine hübsche, zierliche Frau trat in den

Garten. Sie reichte Hagen die Hand.

„Das ist Jirimelda. Sie spricht nicht unsere Sprache, aber ich kann mich mit ihr verständigen. Ich habe während des Aufenthaltes hier in der Stadt und während des Feldzuges den chartonistanschen Dialekt bereits einigermaßen gelernt."

Er schwieg, während Hagen die Frau ausgiebig betrachtete.

„Ich habe einen Schmied kennengelernt", fuhr Jork dann fort, „er stellt hauptsächlich Waffen für den König her. Ein gutes Geschäft. Er hatte Pech, die Horde des Grafen Harbanolis hat ihm seine Schmiede niedergebrannt. Ich habe ihm Geld für den Wiederaufbau geboten. Ich bin nun Miteigner der Schmiede. Es ist alles von einem Advokaten durch einen Vertrag geregelt worden. Und das Niedergeschriebene entspricht den Vereinbarungen. Jirimelda hat es bestätigt. Sie kann lesen."

„Nun, dann wünsche ich dir viel Glück."

„Und ich wünsche Euch eine glückliche Reise nach China."

Dann verabschiedete er sich.

Etwa eine Woche später sprach ihn Adalena nach dem Abendessen an.

„Zürnt mir nicht, Herr", begann sie, „ich habe eine Bitte an Euch. Ich weiß, ich bin Eure Sklavin und habe nicht das Recht Euch um etwas zu bitten. Zürnt mir daher nicht."

„Was redest du da ? Habe ich dich jemals wie eine Sklavin behandelt ?"

„Nein, Herr."

„Um was geht es also ?"

„Ich erzählte Euch doch, mein Vater war ein Kaufmann in Gorgan. Und ich wurde von den Seldschuken geraubt. Nun traf ich vor einigen Tagen einen Händler, der mir erzählte, daß mein Vater noch lebt und in Gorgan sein Geschäft wieder aufgebaut hat."

„Und nun möchtest du nach Hause zurück."

„Ja, Herr."

„Und du bist sicher, daß der Händler nicht gelogen hat ? Vielleicht will er dich in eine Falle locken und dich in die Sklaverei verkaufen."

Adalena lächelte.

„Ich verstehe zu kämpfen. Und ich werde auch nicht mit dem Händler reisen, sondern mit einer Karawane. Ich habe bereits einige Erkundigungen

48

eingezogen. Einen der Kaufleute kenne ich. Er hat mir bestätigt, daß mein Vater noch lebt und wohlauf ist."

„Ich will dich nicht halten, ich werde Katbaluz bald verlassen und meine Reise nach China fortsetzen. Ich habe mich ohnehin schon viel zu lange hier aufgehalten. Ich schenke dir die Freiheit."

Er rief Manasser herbei, befahl ihm eine Zange zu bringen. Dann zerschnitt er die Sklavenkette. Tränen traten in Adalenas Augen. Sie drückte ihm einen Kuß auf die Stirn.

„Danke, Herr, Ihr seid zu gütig."

„Warte noch einen Moment", sagte er dann, ging in seine Schlafkammer, kam mit einem Beutel zurück.

„Hier hast du Geld für die Reise. Wann wird die Karawane aufbrechen?"

„In drei Tagen."

Am übernächsten Abend bestellte Hagen Grosgata und Manasser zu sich.

„Ich will euch nur mitteilen, daß ich euch aus meinen Diensten entlasse. Ich werde weiterziehen. Ich kann euch nicht mitnehmen. Er reichte Manasser ein Schriftstück und einen Beutel.

„Die Miete für das Haus ist noch für drei Monde entrichtet. Das ist in dem Schreiben bestätigt. Und in dem Beutel befindet sich Geld. Teilt es euch, es wird für einige Monde reichen. Aber ihr werdet es vermutlich sparen können. Jork ist Mitbesitzer einer Schmiede, hat eine junge Frau, einen eigenen Haushalt. Er kann einen Gehilfen und eine Dienerin brauchen. Ich habe bereits mit ihm gesprochen. Er will euch nehmen. Geht also ohne Scheu zu ihm."

„Wann werdet Ihr gehen, Herr? Und was wird aus Adalena?" fragte Grosgata.

„Hat sie euch nichts erzählt?"

„Nein, Herr."

„Sie kehrt in ihre Heimat zurück. Sie wird uns morgen verlassen. Und ich werde übermorgen abreisen."

49

4. Die 'eiserne Jungfrau'

Hagen ritt bereits sieben Tage nach Nordosten, näherte sich der Grenze des Reiches König Gurdulans.

Als er einen Bachlauf erreichte hörte er unvermittelt Waffengeklirr. Er spornte sein Pferd an, erblickte hinter der nächsten Wegbiegung einen Jüngling, der sich verzweifelt gegen sechs auf ihn eindringende, wild aussehende Gestalten, offensichtlich Raubgesindel, wehrte. Drei Männer hatte er bereits zu Boden gestreckt, ein vierter sank vom Pferd als Hagen den Ort des Kampfgeschehens erreichte. Ohne zu zögern eilte er dem Jüngling zu Hilfe. Im Nu hatte er drei der völlig überraschten Angreifer aus dem Sattel gestoßen, während der Jüngling einen weiteren mit dem Schwert durchbohrte. Der letzte, noch lebende Räuber wollte fliehen, doch Hagen trennte ihm den Kopf vom Leib. Der Jüngling ritt nun zu ihm heran und Hagen erkannte, daß es sich um eine Frau handelte.

„Hab Dank, Fremder", sprach sie ihn an, „die Begegnung mit den Räubern hätte mir leicht zum Verderben gereichen können."

„Was waren das für Räuber?" fragte Hagen.

„Räuber eben, Gesindel. König Gurdulan ist ein schlechter Herrscher. Er plündert das Volk aus, anstatt das Reich vor eindringendem Gesindel zu schützen. Die Grenze ist nur zwei Tagesritte entfernt. Und in der Steppe im Norden leben wilde Völker, Räuber, Nomaden, die heimlich ins Reich eindringen, Reisende und Kaufleute überfallen, Dörfer plündern und niederbrennen. Nur auf den großen Handelsstraßen ist man vor ihnen sicher."

„Und warum reist du als Frau alleine und nicht auf einem dieser sicheren Wege? Wer bist du eigentlich?" fragte Hagen.

„Und wer bist du? Wer gibt dir das Recht solche Fragen zu stellen?" entgegnete sie stolz.

Hagen lächelte.

„Ich habe nichts zu verschweigen. Mein Name ist Hagen von Alzay. Ich bin ein Ritter aus einem Land fern im Westen. Ich habe für König Gurdulan von Chartonistan gegen einen verbrecherischen Rebellen gekämpft, wurde verwundet und reise jetzt weiter nach China, meinem Ziel. Ich reite hier entlang, weil man mir in Katbaluz sagte, es sei der kürzere Weg nach

Sakirien als die Große Handelstraße, auf die ich nahe der Grenze wieder stoßen werde."

Die Frau hatte bei dem Ausdruck 'verbrecherische Rebellen' leicht das Gesicht verzogen.

„Gegen welchen Rebellen ?"

„Einen Grafen Harbanolis. Wieso fragst du ?"

Doch die Frau reagierte nicht auf die Frage. Sie lächtelte spöttisch.

„Nach China willst du ? Das ist weit. Was willst du dort ?"

„Die goldenen Städte sehen. Bei uns in Franken gibt es so etwas nicht."

„Franken ? Ich habe einmal davon gehört. Ein fränkischer Krieger ...", sie stutzte, „ach, das ist nicht von Bedeutung. Du willst wissen wer ich bin ? Nenne mich 'Larissa'. Stelle aber sonst keine Fragen."

„Larissa ? Das ist doch nicht dein wirklicher Name ?"

Die Frau lächelte süffisant.

„Nein, das ist er nicht. Aber meinen wirklichen Namen mußt du nicht wissen, auch nicht, wo ich herkomme. Ich habe dir schon gesagt, daß du keine Fragen stellen sollst."

Hagen blickte die Frau an: ein hübsches Gesicht, dunkle Augen, schwarzes, lockiges Haar, eine schlanke Gestalt, soweit das zu erkennen war. Und sie war zweifelsohne eine große Kämpferein. Sie gefiel ihm. Wer war sie ? Vielleicht eine Amazone, eine Anghörige jenes sagenhaften kriegerischen Frauenvolkes, das in den Steppen Asiens leben sollte. Sie war unfrendlich, abweisend. Er hatte ihr gegen die Räuber beigestanden, weil er zufällig vorbeigekommen war und nicht mit ansehen wollte wie eine Horde einen einzelnen Reisenden niedermachte. Die Räuber waren tot und er hatte keine weiteren Verpflichtungen ihr gegenüber, konnte einfach seinen Weg fortsetzen. Aber das mochte er nicht tun. Sie hatte seine Neugier geweckt. Ein Geheimnis umgab sie, dessen war er sicher. Und er wollte es ergründen.

„Nun, die Große Handelsstraße werden wir erst in zwei Tagen erreichen", setzte Hagen das Gespräch fort, „so lange bewegen wir uns noch auf unsicherem Gebiet. Vielleicht streifen noch mehr Räubebanden umher. Ist es da nicht besser, wenn wir zusammenbleiben ? Zu zweit sind wir wesentlich stärker. Der Kampf eben hat es doch gezeigt."

Larissa überlegte kurz.

„Wir haben denselben Weg. Ich möchte nach Jaralpindar in Sakirien. Auch

51

du mußt dorthin, wenn du nach China willst. Gut, reiten wir zusammen. Aber wage nicht mich zu berühren. Und stelle auch keine Fragen. Aber laß uns erst einmal die toten Räuber untersuchen. Vielleicht führen sie Brauchbares mit sich."

Sie steigen von ihren Pferden, durchsuchten die Leichen, fanden aber nichts was ihnen von Nutzen sein konnte, lediglich eine größere Menge weniger wertvoller Münzen.

„Zwei Pferde können wir mitnehmen", bemerkte dann Larissa, „mehr fallen uns nur zur Last. Und verkaufen können wir sie auch erst in Jaralpindar."

„Nicht an der Grenzstation?"

Sie schüttelte den Kopf.

„Nein, man wird wissen wollen, woher wir die Pferde haben und annehmen wir hätten sie gestohlen. Wir sehen doch nicht aus wie Pferdehändler. Die Räuber lassen wir liegen oder willst du dir die Mühe machen sie zu begraben. Wenn ja, dann werde ich nicht auf dich warten und alleine weiterreiten."

Hagen schüttelte den Kopf.

Sie brachen auf, redeten kaum miteinander. Gegen Abend erlegte Hagen zwei Hasen, die sie am Feuer brieten. Nach dem Essen legten sie sich schlafen, in einiger Entfernung voneinander. Am Morgen ritten sie weiter. Gegen Mittag näherten sie sich einer Hügelkette. Larissa hielt ihr Pferd an, zeigte in Richtung der Hügel.

„Ich habe dort etwas zu erledigen. Ich werde aber vor Sonnenuntergang zurück sein. Warte hier so lange auf mich, wenn es dir beliebt, aber wage es nicht mir zu folgen."

Sie ritt davon. Hagen ließ sich auf dem Boden nieder, begann nachzudenken. Er konnte sich keinen Reim auf das seltsame Verhalten der Frau machen: ein falscher Name, eine geheimnisvolle Herkunft, irgendwelche Geschäfte in der Einöde. Was hatte das alles zu bedeuten?

„Wer bist du?"

Eine schroffe Stimme schreckte ihn aus seinen Gedanken. Er schaute auf, erblickte einen Offizier der königlichen Armee, der eine Gruppe von mindestens einem Dutzend Soldaten anführte.

„Mein Name ist Hagen von Alzay. Ich bin ein Reisender, stamme aus einem fernen Land weit im Westen. Ich komme aus Katbaluz. Ich will nach Osten. Mein Ziel ist China. Und wer seid ihr?"

„Ich stelle hier die Fragen", donnerte ihn der Offizier an, „Reisender auf dem Weg nach China? Warum benutzt du nicht die Große Handelsstraße? Also, was machst du hier? Warum lagerst du hier mitten am Tag?"

„Ich sagte doch, ich bin ein Reisender, auf dem Weg nach China. Mein nächstes Ziel ist allerdings Jaralpindar. Und ich besitze einen Schutzbrief König Gurdulans."

„Einen Schutzbrief?"

„Ich zeige ihn dir. Warte."

Hagen erhob sich, ging zu seinem Pferd, wollte die Satteltasche öffnen.

„Hände weg von der Tasche. Ich öffne sie", kommandierte der Offizier, „du könntest eine Waffe hervorholen."

Der Offizier zog ein Pergament heraus, entfaltete und las es. Er runzelte die Stirn.

„Der 'Besondere Königlicher Schutzbrief'! Den erhalten nur Männer, die besondere Verdienste erworben haben."

„Ich habe an dem Feldzug des königlichen Heeres gegen den Grafen Harbanolis teilgenommern und im Zweikampf dessen Heerführer Tantaloris besiegt. Das wurde mir als besonderes Verdienst angerechnet."

Das Gesicht des Offziers hellte sich auf.

„Das ändert natürlich alles! Dann bist du der Franke, der mit einer kleinen Gruppe Tapferer den Befehlsstand des feindlichen Heeres gestürmt und den 'Riesen' getötet hat. Das war der Schlüssel zum Sieg über den unseligen Rebellen. Verzeih wenn ich grob war, ich konnte dies ja nicht wissen. Ich stehe selbstverständlich dir mit meinen Männern zur Verfügung, wenn du Hilfe brauchst."

Hagen lächelte, wunderte sich allerdings etwas über die Rede. Er hatte oben auf der Burgmauer Tantaloris besiegt, keinen Gefechtsstand gestürmt.

„So bilden sich Legenden", dachte er, entgegnete dann, „nein, Hilfe brauche ich nicht. Aber es sollen Räuber in der Gegend umherstreifen. Halte sie mir mit deinen Männern vom Leibe."

„Das wird nicht möglich sein, es sei wir treffen zufällig auf eine Horde. Wir sind auf der Suche nach der Tochter des Fürsten Cholchagon."

„Die Tochter des Rebellen, der sich mit Graf Harbanolis gegen den König verschworen hatte ?"

„Genau den meine ich. Diesen Räuber und Mörder samt seinem Sohn haben wir bei der Erstürmung seiner Burg getötet, aber seine Tochter Tamontalara konnte entkommen. Sie soll sich irgendwo nahe der Grenze verborgen halten. Wir sind auf der Suche nach ihr."

Hagen lächelte.

„Ein Dutzend Soldaten auf der Suche nach einer Frau ?"

„Spotte nicht, Franke. Sie ist mit dem Teufel im Bund. Kaum ein Mann im Land führt eine bessere Klinge als sie. Man nennt sie auch die 'Eiserne Jungfrau', weil kein Mann sich an sie heranwagt. Hüte dich vor ihr. Wenn sie dich fordert, dann wird es ein härterer Kampf werden als der gegen Tantaloris."

„Und woran erkenne ich sie ?"

Der Offizier gab eine kurze Beschreibung.

„Vielen Dank für die Warnung. Ich werde mich in Acht vor ihr nehmen."

„Ja, das rate ich dir. Und wenn du unsere Hilfe nicht brauchst, dann werden wir jetzt weiterziehen."

Sie ritten in die Richtung, aus der Larissa und er gekommen waren, davon. Hagen setzte sich wieder nieder. Er lächelte vor sich hin.

„Es gibt keinen Zweifel", sagte er zu sich selbst, „Larissa ist Tamontalara, die Tochter Cholchagons. Deshalb wollte sie ihren wahren Namen nicht nennen und ihre Herkunft nicht verraten."

Er dachte weiter nach.

„Und irgendwo in diesen Hügeln gibt es wohl ein geheimes Versteck, wo sie Waffen und Geld findet, das sie für ihre weitere Flucht braucht. Und das Geheimnis will sie natürlich nicht preisgeben. Das ist zu verstehen."

Unruhe überfiel ihn bald.

„Sie reiten den Weg, den wir gekommen sind. Da werden ihnen doch sicher irgendwann unsere Spuren auffallen und sie werden merken, daß vier Pferde unterwegs waren. Ich war aber alleine mit zwei Pferden. Das muß ihnen doch verdächtig erscheinen. Sie müssen doch annehmen, daß ich noch einen Begleiter habe, den ich ihnen verschwieg. Wenn sie nun um-kehren, dann ist Larissa in höchster Gefahr. Ich werde alles tun sie zu retten. Man kann sie doch nicht wegen der Untaten ihres Vaters töten."

Er grinste.

„Ich habe den 'Besonderen Königlichen Schutzbrief' in der Tasche und nun helfe seiner ärgsten Feindin."

Kurz vor Sonnenuntergang kehrte Larissa zurück.

„Wir müssen weiter", rief Hagen ihr zu.

„Ich bin aber müde, möchte rasten."

„Dazu ist keine Zeit; wenn du jetzt rastest, dann wirst du vielleicht bald auf ewig in der Hölle rasten."

„Was ist geschehen?"

„Stelle keine Fragen."

Sie ritten die gesamte Nacht hindurch, Hagen trieb die Pferde zu äußerster Anstrengung an. Sie wechselten sie des öfteren.

„Ich bin völlig erschöpft", sagte Larissa als der Morgen graute, „ich brauche dringend etwas Ruhe. Warum treibst du so zur Eile an? Warum willst du König Gurdulans Land so schnell verlassen. Verfolgt er dich? Ist das der Lohn für die Heldentaten, die du für ihn vollbracht hast?"

Hagen schwieg.

„Da drüben ist eine Buschreihe. Dort können wir uns verbergen. Gehe schon einmal hinüber. Ich reite mit den Pferden ein Stück weiter."

„Was soll das? Willst du mich alleine zurücklassen?"

„Nein, auf keinen Fall, vertraue mir. Du kannst ja die Satteltaschen nehmen."

Larissa war zu müde um zu widersprechen. Hagen ritt ein Stück weiter, erreichte einen kleinen Fluß.

„Das kommt mir gelegen", sagte er sich.

Er trieb die Pferde hinein, ritt zunächst ein Srück flußabwärts, in Richtung Grenze, kehrte dann um, ritt flußaufwärts, verließ ihn ein gutes Stück oberhalb des Weges, schlug einen großen Bogen zum Buschwerk hin.

Larissa schlief bereits. Hagen band die Pferde so an, daß sie fressen konnten, vom Weg aus aber nicht gesehen wurden, legte sich dann nieder.

Larissa weckte ihn kurz nach Mittag.

„Erst hast du zur Eile angetrieben und jetzt verschläfst du den Tag. Auf! Auf! Es ist nicht mehr weit bis zur Grenze."

Larissa bestieg ihr Pferd. Hagen führte das seine bis zum Weg, betrachtete den Boden.

„Es sind Reiter vorbeigekommen. Wir müssen vorsichtig sein."
Sie ritten mehrere Stunden ohne auf Verfolger zu stoßen.
„Der Fluß bildet hier die Grenze. Ich werde jetzt von der Straße abbiegen und ihn an einer seichten Stelle überqueren. Die Brücke kann ich nicht benutzen. Dort steht ein Zollhaus und es lagern Grenzwachen. Du kannst ja weiterreiten."
„Nein, ich bleibe bei dir, ich komme mit."
Nach einer kurzen Strecke hielt sie an.
„Hier können wir uns hinter Büschen verstecken und die Dunkelheit abwarten, da oft Reiter entlang der Grenze streifen. Du fragst gar nicht, warum ich die Grenze heimlich überschreiten muß ?"
„Ich sollte doch keine Fragen stellen."

Kurz nach Einbruch der Dunkelheit überquerten sie den Fluß, ritten noch bis nach Mitternacht weiter, erreichten dann eine neben der Straße stehende verlassene Herberge, in der sie Unterschlupf fanden.
Die Sonne stand bereits hoch am Himmel als Hagen erwachte. Larissa stand mit entblößten Oberkörper an einem nahen Brunnen und wusch sich.
„Guten Morgen, Tamontalara", rief er ihr zu, „ich hoffe, du hast gut geschlafen in der ersten Nacht in der Freiheit."
Sie drehte sich um, starrte ihn an.
„Woher kennst du meinen Namen ?"
„Es war nicht schwer zu erraten. Die Soldaten König Gurdulans suchen nach dir."
„Darüber bin ich mir im Klaren."
„Ich begegnete einer Streife als du im Gebirge unterwegs warst. Sie suchten nach der Tochter des Fürsten Cholchagon."
„Ich verstehe. Und deswegen triebst du zur Eile an ?"
„Ja, sie ritten in die Richtung aus der wir kamen und wenn ein erfahrener Spurenleser unter ihnen war, mußten sie doch irgendwann erkennen, daß vier Pferde unterwegs waren, ich also noch einen Begleiter hatte, den ich ihnen verschwieg. Und ich ging davon aus, daß sie dann zweifelsohne umkehren würden."
„Und der Kampf mit den Räubern ?"
„Den verschwieg ich ihnen. Der Ort lag auch mehr als ein Tagesritt

entfernt. Und wenn sie da erst erkannten, daß ich einen Begleiter hatte, war unser Vorsprung genügend groß."

„Du hättest mir von der Streife berichten sollen."

Das klang nach einem Vorwurf.

„Nein, ich hielt es für besser es dir zu verschweigen. Ich kenne dich nicht, weiß nicht wie du denkst, wie du reagiert hättest. Das hätte vielleicht nur zu unnützen Disputen geführt. Dazu hatten wir keine Zeit."

„Du hättest aber auch die Wahrheit sagen können. Du kanntest mich nicht, konntest du wissen, daß ich Fürst Cholagons Tochter bin ? Und du besaßest den 'Besonderen Königlichen Schutzbrief'. Du warst nicht in Gefahr."

„Hätte ich dich den Schergen König Gurdulans ausliefern sollen ?"

„Du standest in seinen Diensten, hast für ihn gekämpft. Ich bin also deine Feindin."

Hagen lachte.

„Ich ließ mich von einem Chasaren, er hieß Tartur, der mir in der Steppe gegen eine Räuberbande beistand, überreden mit ihm zu ziehen und in die Dienste Gurdulans zu treten, weil dieser gut zahle. Du siehst, ich bin ein Fremder, wollte mich als Söldner verdingen. Eure Händel gehen mich nichts an. Nachdem ich mich von Tartur getrennt hatte, zweifelte ich auch daran, ob es richtig sei, König Gurdulans Söldner zu werden. Erst nachdem ich die Verbrechen des Grafen Harbanolis mit ansehen mußte, entschloß ich mich dazu. Ich kämpfte gegen den Grafen, gegen Fürst Cholchagon, deinen Vater, hege ich keinen Groll, ich kenne ihn gar nicht. Ich bin aus dem Dienst beim König ausgeschieden, ihm nicht mehr zur Treue verpflichtet. Warum hätte ich also dich verraten sollen ?"

Er grinste.

„Vielleicht gefällst du mir auch und ich wollte nicht, daß sie dich töten."

Sie blickte ihn keck an.

„Ich habe dich doch gewarnt. Ich werde mich wehren, wenn du versuchst mich anzurühren."

„Das sagst du heute. Aber vielleicht denkst du in einem Mond anders. Aber darüber müssen wir uns jetzt nicht streiten. Laß uns etwas essen und dann weiterreiten. Wie lange. glaubst du, werden wir bis Jaralpindar brauchen ?"

„Es ist nicht allzu weit. Vielleicht sechs Tage. Du siehst, es bleibt kein Mond um mich anders zu besinnen."

Hagen grinste, sagte aber nichts. Sie nahmen ihr Essen ein, brachen dann auf. Die Landschaft war eintönig, eine Steppe, bedeckt mit dürrem Gras. Auf Dörfer stießen sie nicht, konnten daher auch kein Essen kaufen, mußten auf die Jagd gehen. Außer Hasen schien es hier kein jagbares Wild zu geben. Und es war schwierig, die flinken, vor ihnen fliehenden Tiere zu treffen. Doch Tamontalara war eine gute Bogenschützin und so machten sie reichlich Beute.

„Ich bin nur ein Fremder", begann Hagen als sie am Abend bevor sie Jaralpindar erreichten am Feuer lagerten und einen Hasen brieten, „kenne die Gebräuche der hier lebenden Völker kaum, kann also nicht beurteilen, was ihr als Recht und was als Unrecht bezeichnet. In meiner Heimat ist es so, daß oft Willkür herrscht, denn es gibt Edle, die mehr Rechte genießen als das gewöhnliche Volk. Und diesen Herren wird vieles verziehen, für das die Rangniederen vielleicht sogar mit dem Tode bestraft werden. Ich mußte außer Landes gehen, weil ich einen Schmiedegesellen vor dem Galgen rettete, der gehängt werden sollte, weil er die Schändung einer Jungfrau durch einen Ritter verhinderte, indem er den Unhold niederschlug. Und die Pfaffen, welche das Wort unseres Gottes verkünden, sagen, diese Vorrechte der Herren seien der Ausdruck des Willens Gottes und das Volk habe dies zu ertragen. Es gibt ein Sprichwort, das lautet 'was dem Zeus erlaubt ist, ist noch lange nicht dem Ochsen erlaubt'. Ich weiß nicht, ob König Gurdulan ein Tyrann ist und die Rebellion gegen ihn gerecht war. Ich lernte aber die Grausamkeit des Grafen Harbanolis kennen."
Tamontalara wiegte den Kopf.
„Recht oder Unrecht ! Vor einigen Jahren kam ein Mann namens Xamoralis, ein weiser Mann, in unser Reich. Mein Vater nahm ihn als Gast auf. Er lehrte, Gott habe alle Menschen gleich erschaffen, es dürfe sich also niemand über andere erheben. Er sagte jedoch auch, es dürfe schon Herrscher und Beherrschte geben, aber keine Unterdrückten und keine Sklaven. Jedermann sei frei und habe Anspruch auf ein menschenwürdiges Leben. Ein König muß daher dem Volke dienen und dies sicherstellen. Abgaben an den König, die Fürsten und die Grafen seien schon zu leisten, aber sie müssen sich in Grenzen halten. Es gehe nicht an, daß die Herrschenden das Volk ausrauben um in Saus und Braus zu leben, während die einfachen

Menschen in Armut und Elend dahinvegetieren. Er lehrte noch viele andere Dinge, die mein Vater in sein Herz aufnahm. Doch König Gurdulan achtete diese Lehren nicht, im Gegenteil, er verfolgte Xamoralis, ließ ihn in einen Kerker werfen wo er elend verschmachtete. Und er und seine Vasallen plünderten die Menschen weiterhin aus. Mein Vater empörte sich darüber, sammelte Getreue um sich, die wie er dachten und erhob sich gegen den Tyrannen."

Sie stutzte, verzog leicht das Gesicht.

„Ich weiß, dem Kampf gegen König Gurdulan schlossen sich nicht nur ehrenhafte Männer an. Vielfach waren es unredliche Schurken. Sie schmeichelten meinem Vater, gaben vor für Gerechtigkeit einzutreten, doch in Wirklichkeit trachteten sie danach ihre Macht auszuweiten und ihren Reichtum zu vergrößern. Mein Vater konnte wegen des Unwesens, das diese Kreaturen trieben, nicht das Vertrauen des Volkes gewinnen, mußte daher untergehen. Und ich bin nun ein landloser Flüchtling."

Sie schwieg.

„Wie stellst du dir dein weiteres Leben vor ?" begann Hagen nach einer Weile.

„Wie meinst du das ?" wollte Tamontalara wissen.

„Nun, du mußtest deine Heimat verlassen, wirst wohl für viele Jahre, vielleicht für immer, nicht zurückkehren können. Du bist allein in der Fremde."

Statt einer Antwort zu geben fragte sie.

„Und wie steht es bei dir ?"

„Ich will die Welt kennenlernen, umherziehen, Abenteuer erleben, Wissen sammeln. Eines Tages werde ich in meine Heimat zurückkehren. Ich habe sie zwar verlassen, aber doch nur wegen eines eher kleinen Vergehens. Auch glaube ich, man hat keine wirklichen Beweise gegen mich. All dies wird in ein paar Jahren vergessen sein. Wenn ich also das Glück habe, gesund in meine Heimat zurückzukehren, dann werde ich mir ein Gut kaufen und dort in Frieden leben. Ich hoffe doch sehr, daß ich in der Fremde mein Glück mache und nicht als armer Mann zurückkomme."

„Ich mache mir auch keine Sorgen, ich bin kein mittelloser Flüchtling, ich besitze doch den kleinen Schatz. Ich werde mich wohl in einer Stadt niederlassen und einen Handelskontor eröffnen."

„Als alleinstehende Frau ? Ist das möglich ?"

„Ich muß natürlich heiraten. Aber ich werde schon einen Tölpel finden, der mich und meine Geschäfte nicht stört. Er muß natürlich der 'Herr' sein, aber auf mein Vermögen wird er keinen Zugriff haben und den Gewinn aus dem Geschäft wird er großteils mir überlassen müssen."

Sie lachte.

„Das läßt sich durch einen Vertrag regeln. Auch wenn es so scheint als hätten die Männer alle Macht, es gibt viele vermögende Frauen. Und es gibt genügend Advokaten, die sich auskennen und entsprechende Verträge aufsetzen. Man muß nur die richtigen Gesetze heranziehen."

„Das Leben als Kauffrau mit einem Tölpel als Gatten stelle ich mir langweilig vor. Du kannst doch mit mir durch die Welt ziehen, China kennenlernen, solange du jung bist. Das Handelshaus kannst du auch in zehn Jahren noch eröffnen."

Sie wiegte den Kopf.

„Ich werde es mir überlegen."

Sie erreichten Jaralpindar, quartierten sich in einem Gasthof ein. Sie wollten sich erst einmal von den Strapazen des Rittes erholen. Hagen durchstreifte die Stadt alleine. Tamontalara ging Geschäften nach, wie sie es nannte, teilte ihm aber keine Einzelheiten mit. Nach vier Tagen sprach sie ihn an.

„Ich habe schlechte Nachrichten für dich, ich werde nicht mit dir weiterreisen."

„Willst du Handelsfrau werden ?" meinte Hagen lächelnd.

„Nein", entgegnete sie ernst, „ich werde kämpfen."

„Kämpfen ?"

„Ja, ich traf in der Stadt meinen Vetter. Er sammelt Flüchtlinge um sich, wirbt Soldaten an. Und der Schatz wird dabei helfen. Wenn wir stark genug sind, dann kehren wir zurück und stürzen den Tyrannen Gurdulan vom Thron."

Hagen brach zwei Tage später auf. Sein nächstes Ziel war die Stadt Tahoreban nahe der Grenze zum Choresm-Reich.

5. Soothi der Schmied

Hagen mochte wohl noch eine halbe Tagesreise von Tahoreban entfernt sein. Er durchritt eine felsige, unübersichtliche Schlucht, als er plötzlich ein lautes Geheul vernahm.

„Es hört sich nach Wölfen an", dachte er.

Er zog sein Schwert. Wenige Augenblicke später tauchte in der Tat ein kleines Rudel auf. Er sprang aus dem Sattel, hieb den ersten nieder, dann den zweiten, den dritten. Als er erneut zum Schlag ausholte, sprang ihn eines der beiden noch übrigen Tiere von der Seite an. Der Hieb ging fehl, das Schwert schlug gegen einen Felsbrocken, zerbrach. Hagen stürzte zu Boden. Im Liegen stieß er dem angreifenden Wolf das abgebrochene Schwert in den Leib. Dann richtete er sich halb auf, zog blitzschnell den Dolch aus dem Gürtel, stieß ihn dem Wolf in das Herz. Das letzte Raubtier floh. Er erhob sich nun völlig, beschaute die toten Bestien.

„Ekelhaftes Fleisch, kein wertvoller Pelz; ich lasse sie den Geiern zum Fraß, falls es hier welche gibt", sagte er zu sich selbst.

Er hob abgebrochene Stück Schwert auf, setzte sich in den Sattel, ritt weiter.

„Vielleicht finde ich der Stadt einen Schmied, der es wieder zusammen-flicken kann."

Am späten Nachmittag, gerade noch rechtzeitig vor Schließung der Tore, erreichte er Tahoreban, nahm Quartier in einem Gasthof, einer Herberge, die ihm einladend schien.

Am nächsten Morgen machte er sich auf den Weg in Richtung Marktplatz, da ihm der Wirt mitgeteilt hatte, er könne dort einen Schmied finden. In einer Seitenstraße saß ein Mann vor einem Haus, einen Tisch vor sich, auf dem vier Schwerter lagen.

„Du bist ein Schmied ?"

„Ja", antwortete der Mann.

Hagen legte ihm das zerbrochene Schwert auf den Tisch.

„Kannst du es wiederherstellen ?"

„Freilich kann ich das. Aber es wird keine brauchbare Waffe werden. Das Schwert war von schlechter Qualität. Und wenn ich es zusammenschmiede, dann wirst du damit einen Hund erschlagen können, aber beim ersten festen Hieb wird es zerbrechen. Weshalb sollte ich es also flicken. Ich habe vier Schwerter zum Verkauf, von bester Güte, viel härter und schärfer als deine alte Waffe."

Hagen blickte die Schwerter an, nahm eines in die Hand. Er zog dann ein dünnes Stück Holz aus der Tasche, streichte es über die Klinge, schnitt es mit Leichtigkeit in zwei Teile.

„Sicher hat es einen hohen Preis?" fragte er dann.

„Ich laß es dir für zehn Goldstücke."

Hagen überlegte.

„Scharf ist es ja, aber ist es auch hart?"

Der Schmied lächelte.

„Ein Schwert ist nur so gut wie der Mann, der es führt. Siehst du den Pfahl dort drüben. Er besteht aus festem Eichenholz. Zerschlag ihn, wenn du kannst."

Hagen betrachtete den Pfahl. Er mochte wohl eine Dicke von fast zwei Handspannen haben.

„Wenn das Schwert zerbricht, dann werde ich es dir nicht bezahlen."

Der Mann lächelte.

„Ich habe keine Sorge um mein Geld."

Hagen stellte sich vor den Pfahl, holte aus, hieb mit aller Kraft dagegen, zerschnitt ihn in zwei Teile."

Der Schmied lächelte.

„Ich sehe, du bist des Schwertes würdig. Gib mir sieben Goldstücke."

Hagen zog einen Beutel unter dem Wams hervor, reichte ihn das Geld.

„Nun Fremder, du scheinst ein großer Krieger zu sein, sicher ein Franke oder ein Normanne aus dem fernen Westen."

„Ja, ich bin ein Franke. Wie kommst du darauf?"

„Deine helle Haut, deine blonden Haare, deine blauen Augen verraten es."

Hagen schaute den Mann an. Er hatte eine braune Gesichtsfarbe, recht fein gezeichnete Gesichtszüge, schwarze Haare, schwarze Augen. Im fehlte der typische grimmige Blick der Steppenvölker. Er sah nicht aus wie ein Sakire.

„Du bist auch ein Fremder", bemerkte Hagen.

„Das siehst du recht. Ich komme aus einem Land südlich der hohen

Gebirge. Man nennt es Indien. Mein Name ist Soothi. Ich entstamme der Kaste der Kshatriyas, der Krieger. Und wer bist du ?"

„Mein Name ist Hagen von Alzay. Ich bin ein fahrender Ritter auf dem Weg nach China."

„Was ist ein Ritter ? Und warum willst du nach China ?"

„Ritter nennt man in meinem Land die Angehörigen der Kriegerklasse. Und nach China reise ich, weil ich das Land und seine Städte beschauen will. Es gibt dort vieles, was in meiner Heimat unbekannt ist. Das will ich sehen und kennenlernen. Ich will auch alles über das Land, seine Bewohner und ihre Sitten erfahren. Und ich will alles aufschreiben und dann zuhause darüber berichten."

Soothi blickte ihn mißtrauisch an.

„Schreiben ? Dann bist du aber ein Gelehrter. Du sagtest aber du seiest ein Krieger. Wie soll ich das verstehen ?"

„Der Weg von Franken nach China ist weit und voller Gefahren, er führt öde Steppen, ausgedehnte Wälder, hohe Gebirge und Wüsten. Man kann ihn nicht in einem gepolsterten Reisewagen zurücklegen. Nein, ein Gelehrter, der solch eine Fahrt unternimmt, muß auch ein Krieger sein. Sonst wird er unterwegs verderben, niemals die prächtigen Tempel und Päläste sehen und darüber berichten können. Ich brauche also nicht nur eine Feder zum Schreiben, sondern auch ein gutes Schwert."

Hagen schwieg kurz, fuhr dann fort.

„Du sagtest doch, du seiest ein Krieger und betätigst dich hier als Schmied. Wie kommt das ?"

„Ich werde es dir erklären. Setz dich", Soothi wies auf eine Bank neben der Eingangstür, „meine Rede wird lang. Du hast doch Zeit ? Ich sagte dir doch, ein Schwert ist nur so gut, wie der Mann, der es führt. Ein Mann allerdings, ist auch nur so gut wie das Schwert, das er führt. Mit einem schlechten Schwert, das beim ersten Schlag zerbricht, kann er keinen Kampf bestehen. Und weil ich ein echter, ein guter Krieger sein wollte, strebte ich natürlich danach zu wissen, wie man ein scharfes und hartes Schwert anfertigt, welche Metalle notwendig sind, wie man sie mischen und wie man sie schmieden muß. Ich wollte daher die Schmiedekunst erlernen. Doch in meiner Heimat war das nicht möglich. Die Menschen sind dort in unterschiedliche Stände eingeteilt, wir nennen sie Kasten. Und

63

die Trennung ist streng. Niemand darf Umgang mit Wesen aus niedrigeren Kasten haben, er verunreinigt sich sonst. Als Krieger bin ich Angehöriger der Kaste der Kshatriyas, ein Schmied gehört der Kaste der Shadras an. Die steht unter uns. Ich konnte daher nicht bei einem Schmied in die Lehre gehen, mußte in die Fremde ziehen. Der Schmied hier war mein letzter Meister. Er starb vor drei Monden. Ich habe aber nun alles gelernt, was ich wissen muß. Ich verkaufe die Ware, die vorhanden ist um das Geld für die Reise zu bekommen, dann werde ich zurückkehren."

Er pausierte einen Moment.

„Du gefällst mir", fuhr er dann fort, „hast du nicht Lust mit nach Indien zu gehen. Auch dort gibt es pächtige Paläste und Tempel und es gibt zahlreiche Geheimnisse, die du nicht kennst. Komme also mit mir, lerne das Land und seine Wunder, die Städte, die Menschen und ihre Sitten kennen. Nach China kannst du noch immer reisen."

„Dein Vorschlag gefällt mir. Ich werde darüber nachdenken."

„Laß dir Zeit, komme in drei Tagen wieder."

Hagen verabschiedete sich. Am Abend als er im Bett lag, dachte er über das Gespräch nach.

„Indien, das muß ein märchenhaftes Land sein, vielleicht noch wunderbarer als China. Und ich bin allein. Niemand zwingt mir eine Entscheidung auf, niemand zwingt mich auf einen bestimmten Weg."

Und der suchte Soothi bereits am nächsten Vormittag wieder auf.

„Ich habe mich entschieden. Ich komme mit. Wann wirst du aufbrechen?"

„In ein paar Tagen."

Er zögerte kurz.

„Aber eines muß ich dir vorher sagen. Ich werde zu meinem Vater zurückkehren und in die Dienste unseres Fürsten, des Maharadschas treten. Ich kann nicht mit dir das Land bereisen. Und sie verstehen dort den Steppendialekt nicht."

Er überlegte.

„Es gibt aber eine Sprache, die im ganzen Land verstanden wird, zumindest von den Angehörigen der oberen Kasten. Sie heißt Hindustani. Ich kann sie dich lehren, zumindest soviel, daß du dich zurecht finden wirst."

„Wir werden doch sicher auf der Reise genügend Zeit haben?"

„Ja, die haben wir."

„Gut", meinte Hagen, „dann treffen wir uns in drei Tagen um Einzelheiten zu besprechen und die Reise zu planen."

Soothi war zwar ein ehrenhafter Mann, doch war sein Vorschlag nicht uneigennützig. Er konnte von Tahoreban aus nach Taschkent reiten und von dort aus die Handelsstraße entlang über Samarkand, Buchara, Mary, Herat und Kabul nach Peshawar reisen, sich auch einer Karawane anschließen. Doch als Kshatriya wollte er diesen Weg nicht nehmen, schon zu lange hatte er als Schmied in biederen, friedlichen Verhältnissen gelebt. Er suchte nun das Abenteuer, wollte den kürzeren Weg über das Gebirge im Süden wagen, der viele Gefahren barg. Er fürchte weniger die räuberischen Stämme, sondern vielmehr die Saumpfade über den Hindukusch, auf denen man leicht verunglücken konnte und ohne Kameraden, der Hilfe leistete, verloren war.

„Der Weg nach Indien ist gefahrenvoll. Wir werden hohe Gebirge auf steilen Saumpfaden überqueren müssen, denn Handelsstraßen führen nicht hinüber. Aber er führt auch durch wundervolle Landschaften, an hohen mit ewigem Schnee bedeckten Bergen vorbei, durch tiefe Täler, schwindelnde Höhen und fast undurchdringliche Wälder, aber auch über ausgedehnte grüne Weideflächen, auf denen Schafe, Ziegen und auch gezähmte Büffel grasen. Ich vermute, du hast nie im Leben etwas Ähnliches gesehen."
Er lachte.
„Aber man muß ein Held sein um solch eine Reise zu unternehmen, denn es leben dort auch wilde Völker nach ihren eigenen Gesetzen. Unsere Sitten und Bräuche sind ihnen fremd. Ja, sie verachten sie sogar."
„Gibt es keinen anderen Weg nach Indien ?" fragte Hagen.
„Schon", lautete die Antwort, „man kann sich natürlich auch einer Karawane anschließen und die Handelsstraßen nehmen. Das ist aber eher eine Reise für bequeme Kaufleute, nicht für mutige Krieger. Du bist doch ein mutiger Krieger ?"
„Natürlich, ich komme mit."
„Dann sollten wir bald aufbrechen. Noch ist Sommer und die Saumpfade sind passierbar, wenn wir auch die Pferde oft am Zügel führen müssen. Doch im Herbst und im Winter, wenn Schneestürme toben und eisige Kälte

herrscht, ist es unmöglich sie zu überqueren. Denn gegen Naturgewalten kann selbst kein Held bestehen."

Nach acht Tagen erreichten sie die alte Handelsstadt Taschkent. Hier gönnten sie sich drei Tage Ruhe. Hagen wäre gerne länger geblieben um die Stadt näher kennenzulernen, doch Soothi drängte zum Aufbruch.

„Noch ist das Wetter gut, wir müssen die Zeit nutzen."

Sie zogen nach Süden, überquerten das Serawschangebirge.

„Soothi hat nicht übertrieben", dachte Hagen als sie atemberaubende Hochgebirgslandschaft durchritten.

Sie hatten auch Glück. Das gute Wetter hielt an, wenn auch die Nächte sehr kalt waren, was insbesondere dann unangenehm war, wenn sie im Freien schlafen mußten. Ab und zu fanden sie bei Nomaden gastliche Aufnahme, was Hagen verwunderte, denn hatte nicht Soothi von räuberischen Stämmen gesprochen ? Aber er konnte Hagen als er ihn darauf ansprach, auch keine befriedigende Antwort geben, bemerkte nur:

„Noch sind wir nicht am Ziel. Beklage dich also nicht, sondern genieße die Gastfreundschaft."

Sie erreichten Duschanbe, einen kleinen Marktflecken. Sie stiegen für einige Tage in dem einzigen Gasthof des Ortes ab, der allerdings wenig Bequemlichkeit bot. Doch benötigten insbesondere die Pferde einige Zeit Ruhe. Dann zogen sie weiter, gelangten ohne in größere Gefahren zu geraten nach Baghlan am Kunduz – Fluß. Soothi durchstreifte den Ort um Erkundigungen einzuziehen.

„Von hier aus führt eine Straße durch das Hindukuschgebirge nach Kabul", berichtete er am Abend, „du darfst dir darunter aber keine gut hergerichtete Handelsstraße vorstellen, aber sie ist auch mehr als ein Saumpfad. Selbst größere Karren können darauf fahren. Der Herbst rückt allerdings heran und auf der Höhe kann bereits Schnee liegen. Wir müssen uns mit warmen Decken versorgen. Es gibt zwar Herbergen entlang der Straße, aber wir können nicht damit rechnen, jeden Abend auf eine von ihnen zu stoßen."

„Und wie weit ist es nach Kabul ?"

„Die Entfernung ist nicht allzu groß. In der Ebene könnten wir die Stecke in vier Tagen zurücklegen. Hier in den Bergen wird es länger dauern."

„Gut, dann sollten wir baldmöglichst aufbrechen."

„Ja, es gibt allerdings noch etwas zu besprechen. Wir sollten noch zwei

Pferde kaufen. Der Ritt über die Berge ist anstrengend. Und so können wir unsere Tiere ein bißchen schonen. Ich habe bereits welche ausgesucht. Sie sind nicht teuer."

„Gut, ich bin einverstanden."

Sie brachen auf. Es ging gut voran, noch lag kein Schnee. Sie waren eine gute Tagesreise von Kabul entfernt, als ihnen ein Trupp verwegen aussehender Reiter entgegen kam. Sie griffen nach ihren Waffen, doch die Männer ritten an ihnen vorbei, ohne sie weiter zu beachten wie es schien. Sie mochten etwa einhundert Schritte entfernt sein, als sie ihre Pferde wendeten und auf Hagen und Soothi einstürmten. Die beiden zogen ihre Schwerter und es entbrannte ein erbitterter Kampf. Hagen hieb vier Angreifer nieder, dann erhielt er einen Schlag auf den Kopf, stürzte aus dem Sattel, verlor die Besinnung.

Als er wieder erwachte, lag er einem kahlen Raum auf einem hölzernen, roh gezimmerten Bett. Er war nicht gefesselt, schien daher kein Gefangener zu sein. Er fühlte eine Wunde an seinem Kopf, die verbunden war. Der Schädel schmerzte zwar, die Verletzung erschien ihm aber nicht schwerwiegend. Er erhob sich, schritt schwankend zur Tür, er fühlte sich schwach in den Beinen, öffnete sie, blickte in einen Raum, in welchem mehrere Männer saßen. Sie wurden auf ihn aufmerksam. Einer von ihnen schritt zu ihm hin, sprach ihn an. Hagen verstand nicht, was er sagte, versuchte es mit dem Steppendialekt. Der Mann rief seinen Gesellen etwas zu und einer von ihnen erhob sich, kam heran.

„Du sprichst den Steppendialekt, kommst also aus dem Norden. Welchem Stamm gehörst du an ? Du hast helle Haare und eine auffallend helle Haut. Männer wie dich habe ich bisher noch nicht gesehen."

„Ich werde dir antworten", entgegnete Hagen, „laß mich aber vorher sitzen. Meine Beine gehorchen mir noch nicht so recht."

„Du warst ohne Besinnung als wir dich fanden. Wir hielten dich für tot. Doch einer von uns bemerkte einen schwachen Atem. Deswegen nahmen wir dich mit."

Hagen ließ sich auf dem Bettgestell nieder.

„Mein Name ist Hagen von Alzay. Ich gehöre dem Stamm der Franken an, der mehr als hundert Tagesreisen entfernt im Westen lebt. Ich bin ausgezogen um die Welt kennenzulernen. In Tahoreban traf ich einen indischen Kshatriya. Er hatte die Steppen im Norden bereist und wollte wieder in seine Heimat zurückkehren. Er überredete mich, mit ihm zu ziehen. Wir kommen nun aus Baghlan, wollten nach Kabul und dann weiter nach Peshawar ziehen. Unterwegs wurden wir von Reitern überfallen. Wir wehrten uns nach besten Kräften. Während des Gefechtes erhielt ich einen Schlag gegen den Kopf, stürzte vom Pferd, verlor die Besinnung, erwachte erst hier wieder. Du hast mich nicht auf der Straße liegen lassen, sondern mitgenommen. Ich danke dir dafür. Und wer bist du?"

„Ich bin Araibandullah, das Oberhaupt des Corubulan – Clans. Unser Dorf liegt zwei Tagesreisen von hier entfernt in einem fruchtbaren Tal. Und ihr müßt hart gekämpft haben. Sieben Tote lagen am Wegrand. Ein Inder war aber nicht unter ihnen."

„Dann lebt er hoffentlich noch."

Araibandullah brummte etwas vor sich hin.

„Wie viele waren es?" fragte er schließlich.

„Etwa ein Dutzend."

„Ein Dutzend? Wie viele sind das?"

„Zwölf. Es können aber auch einige mehr oder weniger gewesen sein. Ich habe sie nicht gezählt. Sie ritten erst achtlos an uns vorüber, kehrten dann plötzlich um, stürzten sich auf uns."

„War ein Mann unter ihnen, der eine hohe Mütze aus weißen Fell trug, mit einem goldenen Stern oben drauf?"

Hagen dachte kurz nach.

„Ja, ich erinnere mich an ihn. Er war groß und kräftig, und er trug einen Wams aus Leopardenfell."

Araibandullah schlug mit der Faust auf die Bettkante.

„Dann war er es!"

„Wer?"

„Nasiranullah, der übelste Räuber in den Bergen. Wir sind auf der Suche nach ihm. Er hat unser Dorf überfallen, mehrere Greise getötet und unser Vieh gestohlen, während wir Männer bei unseren Vettern zu einem Fest waren."

„Tiere hatten sie nicht bei sich."

„Vermutlich hatten sie das Vieh in Kabul verkauft und waren auf dem Rückweg. Es können nicht alle gewesen sein, denn Nasiranullah verfügt

68

über etwa sechzig Männer."

Ein Strahlen glitt über sein Gesicht.

„Aber nun haben wir eine Spur und sie werden sie nicht verwischt haben, denn sie fühlten sich sicher. Aber ich habe gute Fährtenleser unter meinen Männern. Wir werden ihn finden und ihn samt seiner Brut in die Hölle schicken."

Er erhob sich, verließ den Raum. Wenig später brachte ein Mann Speise und Wasser. Hagen aß und trank. Er fühlte sich dann müde, legte sich nieder, schlief bald ein.

Als er erwachte fühlte er sich wesentlich besser. Der Kopf schmerzte zwar noch, doch konnte er wieder sicher auf den Beinen stehen. Er ging zur Tür. Einige Männer saßen in dem Raum, unter ihnen war Araibandullah.

„Ihr seid noch hier ?" fragte er.

„Ja", antwortete Araibandullah, „ich habe einen Boten in unser Dorf geschickt um Männer zur Verstärkung zu holen. Sobald sie angekommen sind, brechen wir auf."

„Und wann wird das sein ?"

„Ich rechne damit, daß sie am Abend eintreffen werden. Dann werden wir im Morgengrauen losziehen."

„Ich reite mit euch, wenn ihr mir eine Waffe und ein Pferd gebt."

„Du ? Schau dir die Wunde an deinem Kopf an. Kannst du in dieser Verfassung überhaupt reiten ? Und warum willst du mit uns ziehen ?"

„Die Wunde ist nicht schwerwiegend. Und die Räuber haben meine Pferde und meine Habe gestohlen. Die will ich zurück haben. Und außerdem. wenn kein Inder unter den Toten war, dann lebt mein Freund noch und er ist ihr Gefangener. Ich werde ihn befreien."

Araibandullah verzog das Gesicht.

„Vielleicht haben sie ihn bereits auf dem Sklavenmarkt in Kabul verkauft."

„Das mag sein. Aber wir werden es sehen. Ich komme mit euch, wenn du es erlaubst."

Araibandullah ging zu einem Stapel von Waren an einer Ecke des Zimmers, wühlte darin, entnahm schließlich einen Gegenstand, übergab ihn Hagen.

„Hier ist dein Schwert. Es lag neben dir als wir dich fanden. Und ein Pferd wirst du erhalten."

Kurz vor Einbruch der Dämmerung traf eine größere Gruppe Reiter, die Verstärkung, ein.

Im Morgengrauen des folgenden Tages brachen sie auf. Gegen Mittag meldeten die Fährtenleser, die Räuber seien in eine Seitenschlucht eingebogen. Arabaindullah schickte Späher aus. Kurz vor Sonnenuntergang kehrten sie zurück. Sie hatten ein Bergnest entdeckt, das offenbar Nasiranullah und seinen Männern als Unterschlupf diente, denn den Anführer hatte man gesichtet. Araibandullah rief seine tapfersten Kämpfer zu einer Beratung zusammen. Die Späher berichteten, das Dorf gliche einer Festung, doch sie hätten die Umgebung genau untersucht und Pfade gefunden, auf denen man eindringen könne. Man entwarf einen Schlachtplan. Der Angriff sollte auf ein Signal hin im Morgengrauen beginnen. Trotz der Dunkelheit brachen einige Trupps auf um die ihnen zugewiesenen Stellungen zu besetzen. Araibandullah suchte Hagen auf, berichtete ihm kurz was beschlossen worden war, wies ihm eine Aufgabe zu.

Der Angriff in aller Frühe noch vor Sonnenaufgang erwies sich als voller Erfolg. Die Räuber wurden im Schlaf überrascht, fanden nicht die Möglichkeit zu einer geordneten Gegenwehr. Bereits nach einer halben Stunde war das Bergnest erobert. Die Männer des Corubulan – Clans kannten keine Gnade. Niemand wurde verschont. Nasiranullah trennte man das Haupt ab um es als Zeichen des Sieges mit ins Dorf zu nehmen. Hagen fand Soothi in einer der Hütten. Er war verletzt, die Wunde war schlecht verbunden. Er fieberte. Einer der Männer reichte ihm einen Trank, der das Fieber bekämpfen sollte.

Die Beute, die man vorfand war beträchtlich. Auf Araibandullahs Befehl wurde zunächst ein Betrag zur Seite gelegt, welcher dem Wert des geraubten Viehs entsprach, der Rest wurde unter die Kämpfer verteilt. Hagen erhielt seine und Soothis geraubte Habe zurück, sowie einen Beutel Silbermünzen.

„Dein Freund wird seine Reise nicht fortsetzen können", sprach Araibandullah zu Hagen, „kommt mit in mein Dorf und seid unsere Gäste bis er genesen ist."

Hagen willigte ein, Soothi hatte Bedenken.

„Wir müssen weiter; wenn uns der Winter überrascht, dann sitzen wir viele Monde in dem Bergdorf fest."

„Nein, es geht nicht", erklärte Hagen bestimmt, „schon der Ritt in das Dorf wird anstrengend sein; du kannst dich ja kaum im Sattel halten. Und Karren haben wir nicht."

Das Clanoberhaupt lächelte.

„Nein, er wird nicht reiten müssen. Wir bauen Schleppgestelle für die Verwundeten."

Sie setzten das Bergnest in Brand, brachen dann auf. Am Abend des folgenden Tages erreichten sie das Dorf des Corubulan – Clans. Hagen und Soothi erhielten eine Hütte zugewiesen. Möbel gab es in ihr nicht. Strohsäcke dienten als Betten und Sitzgelegenheiten. Eine tief verschleierte Frau brachte Essen und Trinken für beide. Sie sprach kein Wort. Am nächsten morgen kam sie wieder, diesmal in Begleitung eines Jungen, der eine tönerne Flasche trug.

„Sie enthält Medizin für den Kranken. Auch Speise und Trank sind für den Kranken. Der gesunde Krieger wird gebeten seine Mahlzeiten im Kreise der Männer einzunehmen."

Die Frau erschien jeden Tag, legte ohne ein Wort zu sagen die Schüssel mit dem Essen und eine Flasche mit Wasser vor Soothi ab, nahm das Geschirr vom Vortag wieder mit.

Soothi schlief die meiste Zeit, erholte sich allmählich.

Hagen verbrachte die meiste Zeit im Freien, ging mit einigen Dorfbewohnern auf die Jagd. Am Abend nach dem Essen saß er lange mit den Männern im Ratssaal, einem großen, kahlen Raum, zusammen, mußte seine Abenteuer berichten. Araibandullah übersetzte seine Worte. Er merkte sehr rasch, daß er in seinen Erzählungen Frauen nicht erwähnen durfte, denn bereits bei der Nennung des Namens des Schankmädchens Anna hatte er mißbilligende Blicke des Clanoberhauptes auf sich gezogen. Ihm fiel auf, daß eine Seite des Saales durch eine mit einem Tuch verhängte Gitterwand begrenzt wurde, hinter der ab und zu während seiner Rede Gelächter erscholl. Er fürchtete aber einen Fehler zu begehen, wenn er fragte, was das zu bedeuten habe. Er wandte sich daher an Soothi.

Der lächelte.

„Du bist wirklich mit den Sitten hierzulande nicht vertraut. Das ist der Frauenraum. Du mußt wissen, Frauen zählen bei diesen Stämmen wenig.

Sie sind gut für niedere und auch schwere Arbeiten, welche die Männer nicht verrichten wollen und auch um Kinder zu gebären. Sie müssen stets ihren gesamten Körper bedeckt halten, auch das Gesicht, nur Sehschlitze für die Augen werden freigelassen. In andere Dörfer dürfen sie nur zusammen mit ihren Gatten reisen. In den Städten dürfen sie sogar nicht ohne Erlaubnis ihres Gebieters und nur in Begleitung eines Mannes oder eines Eunuchen ausgehen, müssen aber mindestens drei Schritte Abstand halten. Sie dürfen auch nicht mit Männern zusammensitzen. Daß sie deinen Erzählungen lauschen dürfen ist schon eine besondere Gunst, die ihnen gewährt wird."

Hagen schüttelte den Kopf.

„Und deswegen hat man extra den Ratssaal geteilt?"

Soothi lachte.

„Ach, du bist doch ein Dummkopf. Der Ratssaal dient doch auch als Gebetsraum. Auch beim Gebet sind die Frauen von den Männern getrennt. Aber sie sollen natürlich auch die Worte des Predigers hören."

Nach vierzehn Tagen fühlte sich Soothi kräftig genug um weiterzureiten, drängte zum Aufbruch. Hagen mahnte ihn, er sei noch nicht genesen, doch Soothi ließ sich nicht beirren. Sie verabschiedeten sich von den Dorfbewohnern. Drei Tage später erreichten sie Kabul, hielten sich aber nicht in der Stadt, zogen in Richtung Khaiberpaß nach Peshawar weiter. Gegen den Willen seines Begleiters schloß sich Hagen einer Karawane an. Soothi war der Ansicht, die Reise ginge nun viel zu langsam vonstatten. Hagen allerdings hatte bemerkt, daß bereits der Ritt nach Kabul Soothi äußerst angestrengt hatte, er schnell müde wurde, so daß größere Tagesstrecken gar nicht zurückgelegt werden konnten. Außerdem bot die Karawane einen Schutz vor Räubern. Da es Soothi nicht möglich war ein Schwert zu führen, hätte er bei einem Überfall nicht nur die Räuber abwehren, sondern auch noch den Freund beschützen müssen.

Sie erreichten Peshawar. Hagen fand bald einen geeigneten Gasthof, in dem sie abstiegen. Soothi war völlig erschöpft, fiel ins Bett, schlief ein, erwachte erst am späten nächsten Vormittag, fühlte sich matt, elend.

„Es hat keinen Zweck", sprach Hagen, „wir können nicht weiterreisen. Du bist völlig erschöpft, Du mußt erst genesen. Und wenn wir zwei Monde

hierbleiben müssen. Ich werde auch einen Arzt rufen lassen."
Hagen ließ einen Arzt rufen. Der blickte, nachdem er Soothi untersucht hatte, Hagen vorwurfsvoll an.
„So, im Hindukuschgebirge wurde dein Begleiter verwundet. Ihr hättet auf keinen Fall weiterreisen dürfen. Bei Schonung wäre er längst genesen. Es ist ein Wunder, daß er unterwegs nicht an Fieber gestorben ist."
„Mich trifft keine Schuld", verteidigte sich Hagen, „Soothi ist ein Krieger aus der Kshatriya – Kaste. Ihm kann man keine Vorschriften machen."
„Das kommt nur daher, weil sie an falsche Götter glauben. Aber ich bin Arzt, ich helfe allen, auch Ungläubigen. Ich werde eine Medizin für ihn brauen. Ihr könnt sie morgen bei mir abholen."

Die Genesung Soothis schritt langsam voran. Erst nach eineinhalb Monden war er völlig gesund und sie konnten weiterreisen. Er drängte zwar viele Tage vorher zum Aufbruch, doch gelang es Hagen ihn davon zu überzeugen, daß es notwendig sei die völlige Genesung abzuwarten, da er ansonsten nach einigen Tagen wieder so erschöpft wäre, daß sie in der nächsten größeren Stadt erneut einen langen Aufenthalt einlegen müßten.
Hagen blieb unterdessen nicht untätig, er durchstreifte die Stadt, lernte ihre Schönheiten kennen und er besorgte Papier, Schreibfedern und Tinte und begann seine bisherigen Reiseerlebnisse aufzuzeichnen.
Etwa zwanzig Tagen nach ihrer Abreise aus Peshawar erblickten sie gegen Mittag einen Reisewagen, der zu einer Hälfte noch auf dem Weg stand. Die andere Hälfte steckte offenbar neben der Straße in einem Graben fest. Zwei Männer, einer von ihnen trug kostbare Kleider und eine verschleierte Frau, standen offenbar etwas ratlos vor dem verunglückten Fahrzeug.
„Was ist geschehen? Können wir helfen?" fragte Soothi.
„Ich hoffe es", antwortete der kostbar Gekleidete, „ich heiße Abdul, bin Kaufmann in Lahore. Uns ist ein großes Unglück widerfahren. Und wer seid Ihr?"
„Mein Begleiter ist ein fränkischer Ritter, sein Name ist Hagen von Alzay. Er kommt aus einem Land fern im Westen und er ist ausgezogen um Abenteuer zu erleben und die Welt kennenzulernen. Und mein Name ist Soothi, ich bin ein Krieger aus der Kaste der Kshatriyas. Auch ich habe eine lange Reise durch die Länder nördlich der großen Gebirge unter-

nommen, bin jetzt auf dem Weg zurück nach Erinpur, meiner Heimat. Aber sagt mir, was ist geschehen ?"

„Ich befand mich auf einer Spazierfahrt um meine Gedanken zu ordnen. Die vielen Geschäfte belasten den Geist sehr stark, müßt Ihr wissen. Und da kam eine wilde Horde dahergesprengt. Ihr Lärm erschreckte die Pferde, sie brachen aus, der Diener konnte sie nicht mehr halten und nun steckt der Wagen im Morast fest und wir können ihn nicht mehr frei bekommen. Unsere Kräfte reichen nicht aus um ihn fortzubewegen. Und die Pferde antreiben wollen wir nicht, da wir fürchten, daß das Fahrzeug dann umkippt."

„Wir werden sehen, was sich tun läßt."

Soothi und Hagen stiegen vom Pferd, besahen den Wagen. Er steckte mit einem Rad in einem feuchten Graben. Gemeinsam konnten sie ihn etwas anheben.

„Wenn wir dem Rad einen festen Untergrund geben, so daß es nicht wegrutscht und dabei den Wagen anheben, müßte er sich aus dem Morast herausziehen lassen ohne daß er umkippt. Laßt uns nach Zweigen suchen", schlug Hagen vor.

Es kostete einige Zeit geeignetes Geäst zu finden, doch nach einer Stunde hatten sie eine ausreichende Menge zusammengelesen, machten sich an die Arbeit. Der Diener mußte die Zweige unter das Rad legen, während die beiden den Wagen etwas anhoben, dann platzierten sie das restliche Geäst vor das Rad in Richtung Straße. Soothi gebot dem Diener vorsichtig die Pferde anzutreiben, während er und Hagen den Wagen weiterhin anhoben. Mit einigen Mühen gelang es, das Fahrzeug auf den Weg zu ziehen.

„Er ist unbeschädigt", teilte Soothi dem Kaufmann mit, „Ihr könnt Eure Fahrt fortsetzen."

„Vielen Dank für Eure Hilfe, meine Herren", antwortete Abdul, „aber ich sehe Ihr seid von der Arbeit sehr schmutzig geworden. So könnt Ihr nicht weiterreisen. Man würde Euch für Strauchdiebe halten. Kommt daher mit nach Lahore in mein Haus, seid meine Gäste. Ihr könnt Euch dort reinigen, erhaltet frische Kleider."

Etwa eine Stunde später erreichten sie die Stadt. Ein Diener wieß ihnen bequem eingerichtete Zimmer zu, zeigte ihnen auch einen Baderaum, während ein anderer frische Kleider brachte.

„Mich wundert eines", sprach Hagen Soothi an, „der Kaufmann hat sich herzlich für die Hilfe bedankt, uns als Gäste in sein Haus aufgenommen. Aber die Frau in seiner Begleitung hat er uns nicht vorgestellt."
Soothi lachte.
„Du bist eben ein Fremder, kennst die Gepflogenheiten des Landes nicht. Abdul gehört dem Volk der Panjubis an. Sie haben andere Sitten als wir. Sie verehren einen Gott, den sie Allah nennen, der nach ihrem Glauben der einzige und wahre Gott ist."
„Mir scheint, es ist die Religion, der auch die Sarazenen anhängen."
„Das mag sein, das weiß ich nicht. Aber du mußt wissen, Frauen gelten bei ihnen wenig."
„So wie bei den Bergvölkern im Hindukusch?"
„Ja, so ähnlich; sie müssen in der Öffentlichkeit verschleiert gehen und dürfen nur in Begleitung eines Mannes das Haus verlassen. Es wäre daher für ihn eine Verletzung seiner Ehre gewesen, uns gegenüber, als Fremden auf der Landstraße, ihren Namen zu nennen oder sie uns gar vorzustellen. Unterlasse es daher auch nach ihr zu fragen, er würde das als Beleidigung auffassen. Wir sind nun keine Fremden mehr, sondern seine Gäste und er wird sie uns vorstellen, wenn er es für richtig hält. Merke dir eines, sprich niemals eine Frau an, es sei denn ihr Gebieter erlaubt es."
Ein Diener holte sie zum Abendessen ab.
„Ich danke Euch noch einmal für Eure Hilfe. Das hat mir sehr viel Ungemach erspart. Ich hätte sonst den Wagenlenker in die Stadt schicken müssen um Knechte zu holen. Das hätte viele Stunden in Anspruch genommen", begann Abdul, „Ihr seid in meinem Haus willkommen, verweilt so lange es Euch beliebt. Ich werde alle Kosten tragen."
„Habt herzlichen Dank für Eure Gastfreundschaft, die wir gerne in Anspruch nehmen", antwortete Hagen, „wir werden aber nur ein paar Tage bleiben können. Wie Ihr wißt bin ich ein Ritter aus einem fernen Land, der die Welt bereist. Ich möchte daher Lahore besehen, seine Schönheiten kennenlernen. Aber dann muß ich weiterziehen. Und mein Freund, wie Ihr wißt, will in seine Heimatstadt zurückkehren."
Er lächelte.
„Wie es Euch beliebt, aber habt keine Eile. Was ist schon Zeit?"
Er blickte Soothi an.

„Verzeiht, Herr, ich will Euch nicht kränken. Aber spielt es eine Rolle, ob Ihr ein paar Tage früher oder ein paar Tage später nach Erinpur zurückkehrt. Und Ihr, Ritter Hagen, Ihr seid ausgezogen um die Welt kennenzulernen. Wißt Ihr wie groß die Welt ist? Und wie lange wird es dauern sie zu bereisen? Ich selbst habe wenig von der Welt gesehen. Mein Geschäft hielt mich stets hier in Lahore fest. Das ist jammerschade, allerdings nicht mehr zu ändern. Nun bin ich alt und den Strapazen langer Reisen nicht meht gewachsen. Befreundete Kaufleute erzählten mir, daß sie oft mehr als hundert Tage mit einer Karawane unterwegs waren. Manche sind sogar bis nach Konstantinopel gelangt. Sie erzählten, daß sich nördlich der Stadt ein weites, wildes Land erstreckt, in dem es keine Städte, kaum Straßen, nur ausgedehnte, schier undurchdringliche Wälder, weite Sümpfe und Moore gibt. Es soll kalt dort sein und meist soll dichter Nebel über dem Land liegen. Ich glaubte stets, daß dort nur wilde Menschen leben, ohne Sitten, ohne Zivilisation. Doch nun lernte ich Euch kennen. Ihr seid doch ein Mann aus diesem Land?"

„Ja, das bin ich", Hagen lächelte, „aber das Land ist nicht so wild wie Ihr denkt und die Menschen nicht so sittenlos und unzivilisiert wie Ihr vermutet."

„Nun, das glaube ich jetzt auch, wo ich Euch kennengelernt habe, einen tapferen Mann mit Drang zum Wissen. Den habt Ihr doch. Würdet Ihr Euch sonst den Gefahren einer so langen Reise aussetzen? Ich bitte Euch nun, mir über Euer Land und die Völker wahrheitsgemäß zu berichten, denn die Erzählungen der Kaufleute kann ich nicht glauben. Sie haben mich sicherlich nicht bewußt angelogen, sondern nur die Märchen weitergegeben, die sie selbst hörten."

Zehn Tage später verabschiedeten sie sich von dem Kaufmann.

Sie waren bereits längere Zeit unterwegs als sie eines frühen Nachmittags einen Wald durchquerten. Soothi verhielt sich merkwürdig, spähte stets nach rechts und links in das Dickicht, was Hagen verwunderte. Er unterließ es jedoch zu fragen, was das zu bedeuten habe.

„Vorsicht!" schrie Soothi plötzlich.

Hagen duckte sich instinktiv, spürte im nächsten Augenblick, daß ein schwerer Körper gegen ihn stieß. Die Wucht war so groß, daß er vom Pferd gerissen wurde. Hagen rappelte sich schnell auf, erblickte ein riesiges, katzenähnliches Tier mit einem gelbbraunen Fell, das mit schwarzen Streifen durchsetzt war. Es fauchte ihn an. Er zog sein Schwert behielt das Tier scharf im Auge. Es setzte nun zum Sprung an. Hagen wich zur Seite hin aus, stieß ihm das Schwert in den Leib. Das Tier stürzte, doch bevor es sich wieder erheben konnte, stieß ihm Hagen die Waffe erneut in den Körper. Er blickte zu Soothi hin.

„Was ist das für eine riesige Katze ? Es sieht einem Leoparden ähnlich, ist aber viel größer, hat auch ein anderes Fell."

Soothi lächelte.

„Es ist ein Tiger, das gefährlichste Raubtier Indiens."

Hagen verzog das Gesicht.

„Wenn es in Indien keine gefährlicheren Raubtiere gibt bin ich beruhigt. Ich habe schon mit Bären gekämpft und mit Wolfsrudeln. Das bereitete mir mehr Mühe. Einmal zerbrach dabei sogar mein Schwert. Deshalb habe ich dich damals ja auch in Tahoreban aufgesucht. Du erinnerst dich. Das war ein härterer Kampf."

„Spotte nicht", erwiderte Soothi, „man nennt den Tiger auch den König des Dschungels. Er lebt im Verborgenen, beschleicht seine Beute und stürzt sich unversehens auf sie. Ich habe ihn rechtzeitig erblickt und einen Warnruf ausgestoßen. Wenn du dich nicht geduckt hättest, dann hätte er dich voll erwischt, dir mit seinen scharfen Krallen den Rücken aufgerissen. Dann wärst du jetzt tot und nicht er."

„Dann hast du mir also das Leben gerettet. Vielen Dank."

Soothi winkte ab.

„Er hätte dich noch immer zerreißen können, hättest du dich nicht ihm so kaltblütig entgegengestellt und ihm dein Schwert in den Leib gestoßen. Laß es also gut sein."

Er schwieg einen Augenblick.

„Einen Tiger zu töten gilt als Zeichen von Tapferkeit. Die Fürsten des Landes umgeben sich gern mit Tigern. Sie sehen es als Zeichen ihrer Macht. Sie halten sie in ihren Palästen in Tigerhöfen. Sie veranstalten große Jagden um die Tiere zu fangen."

„Das ist sicherlich sehr gefährlich."

„Das ist es. Viele Treiber werden dabei getötet."

Er zuckte mit den Achseln.

„Es sind meist Männer aus der Kaste der Dalits, deren Leben nicht viel zählt."

Hagen lächelte.

„Und sicherlich ergötzen sich die Fürsten daran, wie die Tiere Gefangene und zum Tode verurteilte zerreißen."

Soothi schüttelte den Kopf.

„Nein, das kommt selten vor. Es müssen schon ärgste Feinde sein, für die sie einen furchtbaren Haß empfinden."

Er lächelte.

„Ich weiß, ich habe gehört, weit im Westen gibt es eine Stadt, in der es vor Jahrhunderten üblich war, zur Unterhaltung des Volkes Menschen von wilden Tieren zerreißen zu lassen. Dort mußten auch Männer in Arenen miteinander kämpfen und sich gegenseitig töten. Nein, solche barbarischen Bräuche kennen wir nicht."

„Und was fangen wir jetzt mit dem toten Tier an?"

„Wir werden ihm das Fell abziehen und es mitnehmen. Sein Fleisch ist nicht genießbar."

Nach zwanzig Tagen erreichten sie Erinpur, Soothis Heimatstadt. Sein Vater war General Navin, er kommandierte die Truppen des Maharadschas, ein stolzer Mann. Er empfing die beiden kühl an der Pforte.

„Einen Fremden bringst du in mein Haus, mein Sohn", sprach er zu Soothi, „ist er würdig es zu betreten? Welcher Kaste gehört er an? Verunreinigen wir uns nicht, wenn wir mit ihm zusammen speisen? Verunreinigen wir unser Haus nicht, wenn er unter unserem Dach schläft?"

„Er gehört einem Volk an, das weit im Westen lebt. Er ist ein Krieger."

„Ein Krieger? Dann muß er sich als Krieger beweisen. Laß Premathi rufen."

„Deinen gewaltigsten Kämpfer im Heer?"

„Ja, wenn er ihn besiegt, dann ist er würdig mein Haus zu betreten."

Soothi teilte Hagen den Beschluß seines Vater mit.

„Ich bin bereit", sagte der nur.

Sie begaben sich in den äußeren Garten, den inneren Garten durfte Premathi als Anhöriger einer niederen Kaste nicht betreten. Es entbrannte ein harter Kampf. Schließlich schlug Hagen ihm das Schwert aus der Hand, stieß ihn zu Boden, hielt ihm die Waffe vor den Hals.

„Es ist genug", befahl der General.

Hagen wurde in das Haus aufgenommen. Soothi zeigte ihm die Stadt. Nach zwei Wochen verabschiedete er sich.

„Ich habe eure Gastfreundschaft lange genug genossen. Ich muß weiterziehen."

6. In Indien

Am darauffolgenden Morgen brach Hagen auf.

Wenige Tage später, die Sonne neigte sich bereits, erblickte er einen am Straßenrand liegenden, umgestürzten Reisewagen. Aus einem nahen Hain ertönten Hilferufe. Hagen sprang vom Pferd, rannte in Richtung der Rufe. Keine zehn Schritte vom Waldrand entfernt stand eine Frau an einen Baum, die gellend schrie, vor ihr stand ein Tiger, der sie jeden Augenblick anspringen konnte. Hagen zögerte nicht, zog sein Schwert, lief auf die Raubkatze zu, hieb ihr gegen die Hinterläufe um sie von der Frau abzulenken. Der Tiger drehte sich um, stürzte sich auf Hagen, der zur Seite sprang, ihm dabei das Schwert in den Leib stieß. Das Tier stürzte, rappelte sich wieder auf, doch bevor es erneut angreifen konnte trennte ihm Hagen den Kopf vom Rumpf. Die Frau fiel Hagen um den Hals.

„Vielen Dank, edler Herr. Ihr habt mich vor dem sicheren Tod bewahrt."

Doch dann wich sie erschrocken zurück, warf sich vor ihm auf die Erde, faltete die Hände.

„Oh verzeiht mir die Sünde, daß ich Euch berührt habe. Ihr seid doch sicher ein Gott."

„Nein, ich bin kein Gott, ich bin ein Fremder. Steht wieder auf. Habt keine Angst, Ihr habt nichts Unrechtes getan. Es ist keine Sünde mich zu berühren."

Sie schaute ihn ungläubig an.

„Ihr müßt ein Gott sein. Euer Haar hat die Farbe des Goldes, eure Augen sind blau."

Hagen lächelte.

„Habt keine Angst, ich bin kein Gott. Ich bin ein Fremder aus einem fernen Land im Westen. Dort sehen die Menschen etwas anders aus als hier, haben eine hellere Haut, helle Haare und blaue Augen."

Die Frau beruhigte sich etwas, erhob sich.

„Trotzdem, Herr, ich danke Euch. Ihr habt Euer Leben für mich eingesetzt."

„Es ist in unserem Volk die Pflicht eines Kriegers Bedrängten zu helfen. Wer es unterläßt, der verliert seine Ehre. Die Gefahr ist nun vorüber, das Untier ist tot."

„Es war ein Tiger, der Herr des Dschungels, das gewaltigste Raubtier, der Schrecken aller. Ihr müßt sehr mutig sein."

„Danke für die Ehre. Aber sagt mir, wer seid Ihr und wie kommt Ihr alleine in diese gefährliche Gegend ?"

„Mein Name ist Sunaya. Ich reise nicht alleine, aber der Wagenlenker und die Diener sind vor dem Tiger geflohen. Und meine Dienerin hat der Tiger zerrissen."

„Ihr habt Diener und eine Dienerin ? Dann seid Ihr doch sicher eine Frau aus einer hohen Kaste ? Warum hieltet Ihr es dann für eine Sünde mich zu berühren ?"

„Es schickt sich nicht einen fremden Mann zu umarmen. Verzeiht Ihr mir ?"

„Natürlich. Bedenkt doch Eure Todesangst, so ist die überschwengliche Reaktion nach Eurer Rettung zu verstehen und ich verzeihe Euch gern. Grämt Euch also nicht weiter deswegen. Aber Ihr habt mir noch immer nicht gesagt wer Ihr seid. Ist es unschicklich danach zu fragen ?"

„Nein, das ist es nicht. Ich bin Tempeltänzerin, ziehe durch das Land, tanze an hohen Festen zu Ehren Shivas. Ihr seht, ich bin nicht von hohem Stand und ich bin nicht reich."

„Aber Ihr habt doch Diener ?"

„Nein, es sind nicht meine Diener. Ich bin auf der Reise nach Erinaspur, die Priester haben mich eingeladen auf dem Fest zu Ehren der Göttin Parvati zu tanzen. Den Reisewagen und die Diener hat mir der Maharadscha entgegengesandt. Ich werde auch während meines Aufenthaltes Gast in seinem Palast sein."

„Und wie lange werdet Ihr bleiben und wohin werdet Ihr dann ziehen ?"

„Das bestimmen die Priester."

Sie verließen nun den Hain, betrachteten den Wagen. Ein Rad war zerbrochen. Eines der Pferde war tot, das andere schien unverletzt. Hagen schnitt es aus dem Geschirr, öffnete nun den Wagen.

„Eure Dienerin ist sicher auch geflohen."

„Nein, ich sagte doch, sie ist tot. Sie rannte in den Wald, doch der Tiger hat sie eingeholt und zerrissen."

„Vielleicht ist sie nur verletzt, lebt noch. Ich werde nachsehen. Bleibt hier."

Er brauchte nicht weit in den Wald hineinzulaufen. Die Dienerin war tot. Er bedeckte die Leiche mit Zweigen, da keine Steine vorhanden waren und er auch kein Werkzeug besaß um ein Grab zu schaufeln.

„Die Hyänen werden sie fressen."

Sunaya weinte.

„Es ist schon fast dunkel. Wir werden hier nächtigen müssen. Ich werde Holz suchen."

Er fand eine Quelle in der Nähe, wusch seine Hände, füllte dort seine Lederflasche, sammelte Holz, zündete ein Lagerfeuer an, holte nun seinen Vorrat aus der Satteltasche, teilte das Essen mit Sunaya.

„Mich wundert, daß die Diener nicht zurückkommen. Die Gefahr ist doch vorbei."

Sunaya schüttelte den Kopf.

„Sie werden nicht mehr kommen. Sie haben Angst. Der Maharadscha wird sie auspeitschen lassen, wenn er erfährt, daß sie mich im Stich ließen. Sie werden versuchen nach Erinpur zu fliehen, sich dort einen anderen Herrn suchen."

„Ihr tanzt im Tempel ? Ich habe davon gehört, aber noch nie einen Tanz gesehen. Darf ich zusehen ?"

Sunaya blickte ihn entsetzt an.

„Schlagt Euch das aus dem Kopf, Herr Ungläubigen ist das Betreten des Tempels bei Todesstrafe verboten. Und bei den Tänzen dürfen nur Brahmanen und Kshatriyas anwesend sein."

Hagen schlief kaum während der Nacht. Er fürchtete ein weiterer Tiger könnte kommen und sie im Schlaf überraschen.

„Der Wagen ist zerbrochen. Ihn können wir nicht benutzen", meinte Hagen am nächsten Morgen zu Sunaya, „aber wir haben zwei Pferde. Könnt Ihr reiten ?"

„Ja, es wird gehen."

Am Nachmittag erreichten sie Erinaspur. Sunaya verabschiedete sich, meldete sich bei der Torwache. Ein Bote wurde zum Palast des Maharadschas geschickt. Einige Zeit später kamen Diener mit einer Sänfte, holten Sunaya ab. Hagen hatte derweil neben dem Tor gesessen, unentwegt zu Sunaya hinübergeblickt. Was blieb ihm sonst ? Er war ein Fremder und es galt als unschicklich für eine Tempeltänzerin sich in der Öffentlichkeit mit einem Fremden zu unterhalten.

82

Als die Sänfte verschwunden war, erhob er sich, schritt langsam, sein Pferd am Zügel führend in die Stadt. Er fand bald einen Gasthof, der einladend wirkte.

Hagen durchstreifte in den nächsten Tagen Erinaspur. Eine völlig fremde Welt tat sich ihm auf. Eine breite saubere Straße, gesäumt von schmucken Häusern, führte vom größten und schönsten Stadttor zum Palast des Maharadschas, einem prachtvollen Bau aus weißen Stein, der in der Sonne zu strahlen schien. Ein Teil der Dächer war mit Gold bedeckt. Auf der Straße tummelten sich zu seiner Verwunderung zahlreiche Kühe, die niemand vertrieb. Menschen wichen ihnen aus, von Eseln gezogene Karren schlugen eine großen Bogen um sie. Er wunderte sich darüber, fragte, erhielt von einem, der ihn verstand die Antwort, sie gelten als heilig, niemand dürfe sie stören. Riesige graue Tiere mit langen Rüsseln trugen schwere Lasten, oft saß ein Reiter in ihrem Nacken. Man nennt sie Elefanten wurde ihm gesagt. Die meisten der übrigen Straßen der Stadt sahen völlig anders aus. Vielfach waren sie eng und voller Schmutz, Abfall lag herum, Ratten suchten in ihm Nahrung. Auch auf ihnen lagerten Kühe, fuhren Karren, trugen Elefanten Lasten. Am Wegrand lagen oft elende Gestalten und Kranke, die um ein Almosen bettelten.

Auf den Märkten wurden Speisen, Früchte, Gewürze, Kleidung, Körbe, Werkzeuge, Küchengeräte und vieles mehr angeboten. Oft wurden die Waren auch direkt am Marktstand hergestellt. Man sah Schmiede, Schneider, Korbflechter und zahlreiche andere Handwerker. Laut priesen die Händler ihre Waren an. Oft standen am Rande meist ältere Männer mit langen Bärten, welche zum Volk sprachen.

„Es sind Märchenerzähler", erhielt er zur Antwort, „die mit ihren Geschichten die Menschen erfreuen."

Hagen verstand die Sprache nicht, vermutete aber am Klang der Stimme, daß es sich um spannende und geheimnisvolle Dinge handeln mußte, welche diese Männer dem Volk mitteilten. Er sah auch Männer, die mit gekreuzten Beinen auf dem Boden saßen und auf einer Flöte spielten, während sich eine Schlange aus einem Korb erhob und zur Musik tanzte. All dies faszinierte ihn, wirkte geheimnisvoll, fremdartig und so wanderte er oft Stunden umher trotz der Hitze und des oft üblen Gestanks.

83

Die Tempel lagen am Stadtrand, abseits vom Lärm und Schmutz, meist umgeben von gepflegten Parks. Sie wirkten bizarr in ihrer Form, völlig verschieden den Kirchen, die er aus dem Deutschen Reich oder aus Konstantinopel kannte. Nur gelegentlich konnte er einen Blick ins Innere eines Tempels werfen, meist wurde er von Wächtern vertrieben, bevor er sich ihnen auf fünfzig Schritte nähern konnte.

Er lief oft zum Palast, setzte sich in der Nähe in den Schatten, starrte hinüber, dachte an Sunaya. Er träumtr davon sie wiederzusehen, doch schien es ihm bei näherer Überlegung, daß sie ebenso wie Adalena und Tamontalara nur eine Begleiterin für eine kurze Streck seines Lebensweges gewesen und mittlerweile aus seiner Welt entschwunden war.

Daß sich hinter den Mauern des Palastes Dinge abspielten, die sein weiteres Leben bestimmen sollten, ahnte er nicht. Er beschloß daher nach vierzehn Tagen weiterzuziehen.

Am Abend vor der Abreise suchte ihn eine Frau auf.

„Ich bin Sunayas Dienerin. Ihr müßt Ihr helfen. Ihr seid ihre ganze Hoffnung."

„Was ist geschehen?" fragte Hagen.

„Der Maharadscha war angetan von ihrem Tanz im Tempel und von ihrer Schönheit und begehrt sie, will sie zu seiner Mätresse machen. Doch ist er ein widerwärtiger, grausamer Mann, Sunaya verachtet ihn, weigerte sich ihm zu Willen zu sein. Das erregte seine Wut, aber er kann sie nicht mit Gewalt nehmen, denn sie ist Shiva geweiht. Sie muß es vor den Priestern als ihren freien Willen bekunden und von ihnen losgesprochen werden, bevor er sie in sein Nachtlager holen kann. Andernfalls zieht er die Feindschaft der Priester auf sich. Das kann ihm den Thron kosten. Daher hat er sie eingesperrt, in einen goldenen Käfig und will sie dort gefangen halten bis sie sich fügt. Sie bittet Euch sie zu retten. Ihr seid ihre einzige Hoffnung."

„Wie kann ich das tun? Ich bin fremd. Wie gelange ich in den Palast? Wo finde ich sie?"

„Macht Euch deswegen keine Gedanken, Herr. Ich werde Euch führen. Bereitet die Flucht vor. Ich werde morgen in der Abenddämmerung wiederkommen."

Sie verschwand.

„Die Sache ist äußerst gefährlich", sagte er zu sich, „kann mich mein Leben kosten. Doch ich werde es wagen."

Er kaufte am nächsten Tag ein zusätzliches Pferd, fand nach einigem Suchen nicht weit außerhalb der Stadt einen verlassenen Stall, in dem er die Pferde unterstellte. Sein Schwert und seine Satteltasche, sowie die Früchte, die er als Wegzehrung gekauft hatte, verbarg er in einem nahen Gebüsch. Dann kehrte er in den Gasthof zurück.

Die Frau kam bei Anbruch der Dämmerung, führte ihn durch einen vorborgenen Gang in den Palast, geleitete ihn durch zahlreiche Flure.

„Da drüben befindet sich der Raum, in dem Sunaya gefangen gehalten wird. Vorsichtig schlich sich Hagen zur Tür. In diesem Augenblickte stürzten sich mehr als ein halbes Dutzend Männer auf ihn. Er entriß einem von ihnen das Schwert, stieß zwei der Angreifer nieder, unterlag dann aber der Übermacht. Er wurde gefesselt, in einen Hof geführt. Ein grimmig blickender Mann erwartete ihn.

„Du wolltest die Tänzerin befreien, du Narr", fuhr er ihn höhnisch an, „hast du etwa geglaubt wir lassen uns von einer Dienerin übertölpeln ? Dein Leben hast du verwirkt. Du wirst morgen bei Sonnenaufgang enthauptet. Die Götter sind dir gnädig, schenken dir eine letzte Nacht. Denn sie verbieten Hinrichtungen zwischen Sonnenuntergang und Sonnenaufgang. Wir wollen sie doch nicht erzürnen. Auch ich bin dir gnädig, erzürne mich daher nicht. Du erhältst fünfzig Peitschenhiebe. Das verbieten die Götter nicht. Ich sollte dir für deinen Frevel eigentlich hundert aufzählen."

Hagen erhielt die Peitschenhiebe, dann warf man ihn in eine Kerkerzelle. Er schloß mit seinem Leben ab, eine Rettung schien nicht möglich.

Es mochte wohl Mitternacht sein als es gegen Türe klopfte. Hagen schlief noch nicht.

„Wer ist da ?" rief er halblaut.

„Ein Freund", lautete die Antwort.

„Wer bist du ?"

„Frage nicht."

Die Tür wurde geöffnet. Der Mann führte Hagen durch zahlreiche Gänge ins Freie. Bald erreichten sie die Stadtmauer. Sie gingen ein Stück an ihr entlang, dann öffnete der Retter eine Pforte. Sie schlüpften hindurch. Der Mann verschloß sie dann wieder.

„Gehe jetzt nach rechts. Nach ein paar hundert Schritten findest du deine Pferde und deine Waffen. Beeile dich."

„Wer bist du?" fragte Hagen erneut.

„Das ist unwichtig. Ich bin ein Feind des Madaradschas. Doch ich muß jetzt auch fliehen. Der Mann verschwand in der Dunkelheit. Hagen erreichte bald den Stall, pirschte sich vorsichtig heran, da er argwöhnte, der geheimnisvolle Retter habe ihn in Wirklichkeit in eine Falle gelockt. Doch alles war still. Niemand lauerte ihm auf. Er holte sein Schwert und seine Satteltasche, bestieg eines der Pferde, galoppierte davon. Er ritt die gesamte Nacht hindurch und auch den folgenden Tag bis er in der Abenddämmerung eine kleine Lichtung an einem Bachlauf erreichte. Völlig erschöpft stieg er vom Pferd, der Rücken schmerzte noch von den Peitschehieben. Er tränkte die Tiere, ließ sie dann grasen. Er setzte sich nieder, aß von den Früchten.

„Mag mich heute nacht ein Tiger zerreißen. Ich bin todmüde."

Er schlief bald ein.

Am nächsten Morgen ritt er weiter, gegen Abend erreichte er eine kleine Stadt, die bereits außerhalb des Herrschaftsbereichs des Maharadschas von Erinaspur lag. Er konnte sich hier also sicher fühlen. Er stieg in einem Gasthof ab, suchte dann den Markt auf, besorgte sich neue Kleidung, denn seine alten waren nur noch Lumpen. Er suchte auch einen Arzt auf, der ihm eine Salbe für seinen noch immer von den Peitschenhieben gezeichneten Rücken mischte. Er kehrte in die Herberge zurück, fand einen flachen Tisch im Garten. Er setzte sich. Er überlegte, was er nun unternehmen sollte. Sollte er das Land weiter bereisen? Die Ereignisse in Erinaspur hatten ihm hierzu die Lust genommen. Er beschloß Indien zu verlassen, nach China weiterzuziehen. Er fragte den Wirt, als dieser nach dem Essen Tee brachte, welchen Weg er nehmen müsse. Doch der konnte keine Auskunft geben.

„Ist es mir erlaubt Euch einen Rat zu erteilen?" fragte nun ein Gast, der an einem Nebentisch saß, höflich.

„Gerne", antwortete Hagen, „setzt Euch zu mir."

Der Mann nahm Platz.

„Wenn Ihr weiter nach Norden reitet, kommt Ihr zu einem Gebirge, das bis an den Himmel reicht. Man nennt es Himalaya. Kein Weg führt hinüber nach Tibet, von wo aus Ihr nach China weiterreisen könntet, außer ein paar Saumpfaden, die aber nur den Bergbewohnern bekannt sind. Ihr müßt also nach Nordosten ziehen, nach Peshawar. Von dort aus führt eine Handelsstraße über den Karakorumpaß nach China."

„Das ist weit", brummte Hagen, „gibt es keinen anderen Weg ?"

„Nicht zu Lande. Ihr könnt aber auch nach Süden, nach Mylapore reisen und von da aus ein Schiff nehmen. Reitet also am besten nach Osten bis zum Meer und nehmt dann die Handelsstraße", gab er zur Antwort und fügte dann mit einem leichten Lächeln hinzu, „dann meidet Ihr auch das Herrschaftsgebiet des Maharadschas von Erinaspur."

Hagen bedankte er sich für den Rat.

Er ließ sich Zeit, blieb noch im Gasthof bis die Wunden auf seinem Rücken verheilt waren.

Gute zwei Wochen später brach er in der Morgendämmerung auf. Gegen Mittag stieß er unversehens auf ein Heerlager. Man bemerkte ihn, drei Bewaffnete kamen auf ihn zu. Die Sache kam ihm bedenklich vor, es hatte aber wohl keinen Sinn zu fliehen.

Einer der Männer, offensichtlich ihr Anführer, redete Hagen barsch an, doch Hagen verstand ihn nicht, gab eine Antwort auf Hindustani. Diese Sprache wiederum verstand der Soldat nicht. Er bdeutete Hagen daher mit ihm zu kommen. Der folgte. Sie erreichten bald das Lager. Der Soldat führte ihn zu einem besser gekleidetem Mann, offensichtlich einem Angehörigen der Kriegerkaste, einem Offizier, sprach kurz mit ihm. Der Mann wandte sich nun Hagen zu, fragte auf Hindustani.

„Wer bist du ? Was suchst du hier im Lager ?"

„Mein Name ist Hagen von Alzay. Ich bin ein Ritter aus einem fernen Land im Westen und auf der Reise nach Mylapore. Ich bin zufällig auf Euer Lager gestoßen. Ich wußte vorher nichts von ihm ?"

„Du lügst ! Mylapore liegt im Süden, du reitest aber nach Osten."

„Nein, ich lüge nicht. Ich sagte doch, ich bin ein Fremder, kenne das Land nicht. Man riet mir, nach Osten zum Meer zu reiten und dann der Handelsstraße nach Süden zu folgen."

Der Offizier ging auf die Antwort gar nicht ein."

„Und wo kommst du her ?"

„Aus Erinaspur."

„Aus Erinaspur ? Dann bist du ein Spion des Maharadschas !"

Hagen schüttelte den Kopf.

„Wäre ich ein Spion des Maharadschas, dann hätte ich mir eine gute Antwort zurechtgelegt und wohl kaum gesagt, daß ich aus Erinaspur komme."
„Das hat nichts zu sagen. Das kann eine List sein."
Er überlegte kurz.
„Du sagtest, du bist ein Fremder. Das könnte sein. Du hast eine helle Haut und helle Haare. Aber du sprichst Hindustani. Das macht dich verdächtig. Du mußt lange in Erinaspur gelebt haben und du stehst im Dienste des Maharadschas."
„Nein", beteuerte Hagen, „der Maharadscha ist mein Feind. Und die Sprache lehrte mich ein Freund, ein Kshatriya, mit dem ich von Tahoreban in Sakirien nach Erinpur reiste. Er heißt Soothi, ist der Sohn General Navins."
Der Offizier blickte ihn groß an. Der Ton seiner Rede änderte sich, er wurde freundlicher.
„Ihr kennt General Navin ?"
„Ja, ich war bei ihm zu Gast."
Der Offizier gab einem Soldaten einen Befehl. Er entfernte sich, kam kurze Zeit später mit einem hünenhaften Krieger zurück. Sein Gesicht konnte Hagen nicht erkennen, der Mann hatte es mit einem Tuch verdeckt. Er sprach kurz mit dem Offizier, ging dann wieder.
Das Gesicht des Offiziers hellte sich nun auf.
„Ihr sprecht die Wahrheit. Premathi hat Euch erkannt. Ihr seid der fremde, tapfere Krieger, der mit Soothi nach Erinpur kam. Seid gegrüßt, mein Name ist Raj."
„Ich verstehe nicht ganz", fragte Hagen leicht verwirrt, „Premathi ist ein Krieger im Heere General Navins. Wie kommt er zu Euch ? Und Ihr kennt offenbar den General auch. Erinpur liegt doch etwa zehn Tagesreisen im Westen."
„Setzt Euch, ich werde es Euch erklären. Ich denke, ich kann es tun. Ihr seid ein edler Mann, kein Verräter. Wir befinden uns im Krieg gegen Kanja, den Maharadscha von Erinaspur. Er ist übermütig geworden. Seine Soldaten drangen in die Nachbarländer ein, brandschatzten zahlreiche Dörfer und Städte, mordeten, plünderten, schändeten Heiligtümer. Daher haben Sultan Babur von Vadoradbad und der Maharadscha von Raipur ein Bündnis geschlossen und sind ausgezogen den Maharadscha von Erinaspur für seine Verbrechen zu bestrafen. Unser Herrscher ist dem Fürsten von

Raipur zu Dank verpflichtet, da er ihm vor einigen Jahren einen großen Dienst erwiesen hat und unterstützt ihn daher nun im Krieg mit einer Tausendschaft, deren Heerführer ich bin."

Hagen durchzuckte es. Ein Feldzug gegen Erinaspur ! Er dachte an Sunaya. Da bot sich doch eine Möglichkeit sie zu befreien. Er wollte dies aber nicht Raj gegenüber anführen, da er fürchtete, eine zauberhafte Tempeltänzerin könne Begehrlichkeiten auslösen, sagte daher.

„Der Maharadscha ist mein Feind. Erlaubt Ihr, daß ich am Kriegszug teilnehme ?"

Raj lächelte.

„Es würde uns ehren, einen so großen Kämpfer wie Euch in unseren Reihen zu haben."

Er ließ Hagen ein Zelt zuweisen. Er setzte sich nieder, begann nachzudenken. Als es zu Dunkeln begann brachte ein Soldat Speise und Trank.

„Es nehmen also Truppen des Herrschers von Erinpur teil. Vermutlich schickten sie bereits Kundschafter nach Erinaspur aus. Vielleicht war mein geheimnisvoller Retter ein Mann, der mich kannte."

Er beschloß daher, am nächsten Morgen Raj zu fragen.

„Verzeiht mir die Frage, aber ich hielt mich einen halben Mond in Erinaspur auf. Die Stadt hat starke Mauern und der Palast ist trotz seines prachtvollen Aussehens und seiner Schönheit gleichsam eine Festung. Wäre es daher nicht ratsam Kundschafter auszusenden bevor wir angreifen ?"

Raj lachte nur.

„Beinahe müßte ich Euch zürnen. Glaubt Ihr, wir verstünden nichts von Kriegskunst ? Das haben wir natürlich getan. Und ich schickte meinen klügsten und kühnsten Mann, Dinesh, den Führer der Leibwache General Navins."

Hagen lächelte. Dinesh war ihm während seines Aufenthaltes im Hause General Navins mehrfach begegnet. Er mußte Kenntnis von dem mißglückten Befreiungsversuch und seiner Verurteilung zum Tode erhalten haben. Hagen zog es allerdings vor auch jetzt diese Ereignisse und auch Sunaya nicht zu erwähnen. Zum einen, da er keine Begehrlichkeiten wecken wollte, zum anderen fürchtete er, Dinesh, den er als seinen Befreier vermutete, könne für diese gefährliche Eigenmächtigkeit bestraft werden, da ein Mißlingen der Befreiung auch ein Mißlingen seines Kundschafterauftrags bedeutet hätte.

Zwei Tage später brach das Heer auf, traf am darauffolgenden Morgen auf die Streitmacht des Maharadschas. Die Schlacht tobte bis zum Einbruch der Dunkelheit. Dann zogen sich die Truppen Fürst Kanjas geschlagen in die Hauptstadt zurück. Die Sieger folgten ihnen.

„Ich brauche tapfere Männer", Raj suchte am Abend nachdem sie Erinaspur erreicht hatten Hagen auf, „mein Kundschafter hat eine Pforte entdeckt, durch die man ungesehen in die Stadt eindringen kann. Eine kleine Gruppe ausgewählter Männer soll nun unter der Führung Dineshs durch die Pforte schlüpfen, zum Nordtor vordringen und es öffnen. Die Truppen des Sultans werden bereit stehen als erste in die Stadt einzufallen. Diese Ehre läßt er sich nicht nehmen. Wir werden dann folgen. Es ist aber ein großes Wagnis. Werden sie vorzeitig entdeckt, so ist ihnen der Tod gewiß."

„Ihr wolltet mich sicherlich fragen, ob ich mich den Kühnen anschließen will. Ja, ich bin dazu bereit. Wann soll das Wagnis durchgeführt werden ?"

„Heute, sobald der Mond untergegangen ist."

Er fühlte sich verpflichtet mitzumachen, schon aus Dankbarkeit Dineshs gegenüber für seine Rettung.

Es war in der Tat die Pforte, durch die er vor drei Wochen aus Erinaspur geflohen war. Nun drang er mit einem guten Dutzend Männern durch sie ein. Das Unternehmen glückte. Die Wachen wurden überwältigt und das Tor geöffnet bevor Verstärkung aus dem Zentrum der Stadt herbeieilen konnte. Es entbrannte ein erbarmungsloser Kampf, doch bei Sonnenaufgang waren die Soldaten des Sultans bis zum Palast vorgedrungen und der Sultan befahl nun den Sturm auf den Palast, ohne Rücksicht auf Verluste, wie er zu verstehen gab.

Swaran, der Maharadscha von Raipur dagegen hielt seine Krieger zurück. Er begab sich zu Raj, der sich mit Hagen über die zurückliegenden Kämpfe unterhielt.

„Der Feind wird bis zum letzten Atemzug kämpfen", begann Swaran, „dessen bin ich mur sicher. Es wird ein furchtbares Blutbad geben. Der Sultan ist unerbittlich, er kennt nur Gewalt und Schreckensherrschaft, keine Gnade. Das Morden ist für ihn ein Genuß. Ich habe mich auch nur aus Not ihm angeschlossen, da ich alleine nichts gegen Maharadscha Kanja ausrichten kann. Ich möchte das Blut meiner Krieger sparen. Doch ich will

90

auch zum Sieg beitragen. Könnt Ihr mir einen Rat geben ?"

„Wenn Ihr mir erlaubt zu sprechen", antwortete Hagen, „so wie es einen geheimen Durchgang durch die Mauer in die Stadt gab, so wird es auch einen geheimen Gang aus dem Palast geben, einen Fluchtweg, wenn die Lage aussichtslos ist. Aber durch ihn kann man auch in den Palast eindringen."

Hagen wandte sich Raj zu.

„Ihr habt doch Dinesh als Kundschafter hierher gesandt. Vielleicht hat er etwas entdeckt."

„Euer Rat ist gut", antwortete Swaran.

Dinesh wurde gerufen. Er lächelte als er Hagen sah.

„Der fremde Krieger hat richtig vermutet", sagte er, „es gibt einen geheimen Gang in den Palast. Ich habe ihn entdeckt."

„Wenn genügend Männer durch ihn in den Palast eindringen", schlug Raj vor, „dann wird es gelingen mehrere Zugangstore zu erobern und die Truppen des Sultans in den Palast einzulassen."

„Eine Gruppe Krieger könnte den Maharadscha suchen und ihn töten oder gefangen nehmen", entgegnete nun Hagen, „dann werden seine Soldaten den Mut verlieren und der Widerstand wird zusammenbrechen."

„Und wie sollen wir ihn finden ?" fragte nun Swaran.

„Sicherlich wird er nicht mit seinen Kriegern auf den Mauern kämpfen, vermutlich versteckt er sich irgendwo im Palast."

„Wie kommt Ihr darauf ?" wollte Raj wissen.

Hagen lächelte.

„Der Maharadscha ist grausam und tückisch. Und solche Männer sind meist nicht mutig."

„Aber wo sollen wir Kanja finden ?" gab nun Swaran zu bedenken, „der Palast ist groß."

„Wir müssen eben suchen", erwiderte Hagen, „das ist gefährlich, da er sich sicher von seiner Leibwache schützen läßt. Daher ist das auch eine Aufgabe für die Kühnsten."

„Ihr wollt es wohl wagen ?"

„Ja, ich werde es wagen."

Mehr als einhundert Kämpfer drangen durch den geheimen Gang zu den Kerkerräumen vor und dann weiter in den Palast. Während der Großteil unter der Führung Dineshs zu den Toren stürmte, durchkämmte Hagen mit einem guten Dutzend Krieger die Räume auf der Suche nach dem Maharadscha. Hagen vermutete, Kanja habe sich in den Frauengemächern versteckt, drang zu ihnen vor. Einige Leibwächter stellten sich ihnen entgegen, was seinen Verdacht verstärkte. Sie wurden niedergestoßen. Plötzlich vernahm er gellende Hilfeschreie. Er schlug die Richtung ein aus der sie ertönten, erreichte einen Raum, in dem eine Frau sich heftig gegen einen auf sie eindringenden Mann wehrte. Die Frau war Sunaya, der Mann wohl, wie er aufgrund der kostbaren Kleidung, die jener trug, vermutete, der Maharadscha.

„... dieser hellhaarige Teufel aus dem Westen hat die Feinde in die Stadt geführt. Es wird ihm nicht helfen. Er wird dich nicht befreien. Vorher töte ich dich."

Doch bevor er mit seinem Dolch zustoßen konnte, gelang es ihr sich loszureißen. Kanja verfolgte sie.

„Halt", schrie Hagen.

Der Maharadscha drehte sich um, erschrak als er ihn erblickte, wollte fliehen. Doch es gab keinen Ausweg. Hagen durchbohrte ihn nach kurzem Kampf. Sunaya erkannte ihren Retter, lief auf ihn zu, umarmte ihn.

„Ihr habt mir das Leben gerettet. Wie kann ich Euch nur danken ?"

Unterdessen hatte einer der Kämpfer den Kopf des Maharadschas vom Rumpf getrennt, ihn erfaßt und war aus dem Raum geeilt. Hagen löste sich aus Sunayas Umarmung.

„Verschließe den Raum gut, verstecke dich. Der Kampf ist noch nicht zu Ende. Ich muß gehen."

Der Krieger war mittlerweile auf einen Balkon gelangt, hielt den Kopf Kanjas hoch, schrie den im Hof Kämpfenden zu.

„Der Maharadscha ist tot ! Seht seinen Kopf ! Ergebt Euch ! Jeder weitere Widerstand ist sinnlos."

Die Kämpfe ebbten daraufhin ab.

Inzwischen waren zahlreiche Kämpfer des Sultans in den Palast einge-drungen, durchkämmten die Räume, hieben die wenigen nieder, die noch Widerstand leisteten. Schließlich gelangten sie in die Frauengemächer, nahmen alle, die sie fanden, gefangen, schleppten sie zu Sultan Babur. Der hatte inzwischen zusammen mit Maharadscha Swaran und einigen hochrangigen Offizieren in einem Prunksaal Platz genommen. Er betrachte die Frauen genau.

„Die Weiber werden wir uns teilen", sagte er bestimmt zu Swaran, „aber diese da", er deutete auf Sunaya, „gehört mir."

„Ich akzeptiere Euren Wunsch, Babur", antwortete der Maharadscha, „wenn Ihr mir im Gegenzug zwei Frauen mehr zugesteht."

Der Sultan lachte.

„Wenn Ihr keinen höheren Forderungen stellt."

Die Gefangenen wurden rasch in zwei Gruppen aufgeteilt und dann abgeführt.

Hagen war nach Beendigung der Kämpfe zu Sunayas Gemach zurückgekehrt, fand sie nicht vor. Etwas ratlos setzte er sich auf das Bett. Er mochte wohl mehr als eine Stunde dort gesessen haben als Dinesh den Raum den Raum betrat.

„Ich habe dich gesucht, Hagen. Ich will dich beglückwünschen. Du hast tapfer gekämpft."

„Danke, aber auch du hast tapfer gekämpft. Und du warst es doch, der mich aus dem Kerker befreite ? Ich habe dir zu danken, stehe tief in deiner Schuld."

„Du bist Soothis Freund. Und ich bin Soothis Freund. Was du für ihn getan hast, das hast du für mich getan. Aber komm jetzt mit, man fragt schon nach dem Helden, der den Maharadscha getötet hat."

Hagen lächelte bitter.

„Kanja war ein Feigling. Ihn zu töten war keine Heldentat."

„Aber sein Tod hat die Kämpfe beendet. Das hat uns viel Blut erspart."

„Viel Blut habe ich vergossen, viel Blut habe ich erspart. Aber alles war vergeblich. Sunaya ist verschwunden."

„Du meinst die Tempeltänzerin, für die du dein Leben aufs Spiel gesetzt hast. Sie ist für dich verloren. Sultan Babur hat sie als Mätresse erwählt."

Zorn stieg in Hagen auf.

„Ich weiß, was du denkst", sprach Dinesh, „aber es hat keinen Sinn sich gegen den Sultan aufzulehnen. Er wird mit deiner Hinrichtung nicht bis zum Morgengrauen warten. Du weißt, was du zu tun hast. Aber bedenke, weder Raj noch ich können dir dabei helfen. Er würde Krieg zwischen

93

Erinpur und Vadoradbad bedeuten, wenn es ruchbar wird, daß wir dir geholfen haben. Vom Maharadscha von Raipur hast du ohnehin keine Hilfe zu erwarten. Aber du kennst die Gänge."

Sie verließen das Gemach, Dinesh führte Hagen zu Raj. Der wies ihm ein Gemach im Palast zu. Sunaya erwähnte er ihm gegenüber nicht. Hagen war müde, er legte sich auf das Bett. Ein Diener weckte ihn, führte ihn zum Siegesmahl. Hagen fühlte sich unwohl. Er fürchtete, sein Versuch der Entführung Sunayas aus den Klauen Fürst Kanjas könne ruchbar werden, man könne daher Verdacht schöpfen, daß er sie nun aus der Gewalt Baburs befreien wolle, was seine Pläne gefährdete. Er blieb daher wortkarg, entschuldigte sich damit, daß die harten Kämpfe ihn erschöpft hätten und er sich müde fühle. Er hoffe aber, daß der Sultan und der Maharadscha in den nächsten Tagen Zeit für ein längeres Gespräch mit ihm finden werden und er ihnen dann in aller Ausführlichkeit über seine Taten berichten wolle.

Am frühen Abend suchte der Sultan Sunaya auf um an ihr seine Lust zu befriedigen. Sie wehrte sich und es gelang ihr ihm den Dolch zu entwenden.

„Lieber töte ich mich als daß ich mich Euch hingebe."

Der Sultan lachte höhnisch.

„Du dummes Weib, wirf dein Leben nicht weg. Laß mich deinen Leib genießen und dir wird aller Luxus zuteil, den du dir wünschst. Und ich bin nicht nur reich. Meine Manneskraft wird dir höchstes Vergnügen bereiten. Denke darüber nach. Ich habe aber jetzt keine Zeit zu disputieren. Man erwartet mich bei der Siegesfeier."

Er entfernte sich, suchte seinen Bruder Ahmad auf, wies ihn an Sunaya scharf im Auge zu behalten, vor allen Dingen zu verhindern, daß sie Dummheiten begehe und sich selbst tötete.

„Du bürgst mit deinem Leben für ihr Leben."

Am nächsten Morgen besorgte Hagen zwei weitere Pferde, versteckte sie und all seine Habe, die ihm bei der Ausführung seines Planes hinderlich erschien, in dem einsamen Stall. Dann kehrte er in den Palast zurück.

Kurz nach Sonnenuntergang suchte ihn Dinesh auf. Dieser teilte ihm mit, Sunaya werde nur vom Bruder des Sultans bewacht, möglicherweise von zusätzlich ein oder zwei Wachen. Mehr Männer seien es auf keinen Fall.

„Du mußt alleine mit ihnen fertig werden", meinte er, „neue Befehle des Sultans sind bis morgen allerdings nicht zu erwarten, Babur hat sich gestern bei der Siegesfeier sinnlos betrunken und hat heute sein Lager noch nicht verlassen."

Er schwieg kurz, setzte dann seine Rede fort.

„Und noch etwas. Ich sagte dir bereits, ich darf nicht in Verdacht geraten, dir geholfen zu haben. Du weißt, was das für Folgen haben kann ? Krieg zwischen Erinpur und Vadoradbad ! Ich muß daher auch die geheimen Gänge nennen, wenn ich danach gefragt werde. Fasse das nicht als Verrat auf."

„Ich verstehe", antwortete Hagen, „du bist ein wahrer Freund."

Hagen schlich sich zu Sunayas Gemach. Sie lag in ihrem Bett, Ahmad saß neben ihr. Als Hagen den Raum betrat, sprang er auf, zog sein Schwert. Nach kurzem Kampf stieß Hagen ihn nieder. Er packte Sunaya am Arm, riß sie fort.

„Schnell", raunte er ihr zu.

Er zog sie durch die Gänge aus dem Palast, dann durch die Stadt. Es herrschte dort großer Lärm und Tumult. Die siegreichen Soldaten plünderten und notzüchtigten noch immer. Doch Sunaya und Hagen erreichten unbehelligt den einsamen Stall, bestiegen die Pferde, sprengten davon.

„Wir dürfen jetzt keine Schwäche zeigen", mahnte Hagen, „der Sultan wird uns voller Rachsucht verfolgen lassen wenn er deine Flucht bemerkt und erfährt, daß ich seinen Bruder erschlagen habe."

Sie ritten die gesamte Nacht hindurch und auch den folgenden Tag, gönnten nur ab und zu den Pferden eine kurzer Rast.

Kurz vor Mitternacht näherten sich zwei Krieger Sunayas Gemach. Ahmad hatte ihnen bereits am Abend den Befehl erteilt Sunaya ab Mitternacht zu bewachen, damit er ein paar Stunden schlafen könne. Sie fanden den Toten, schlugen Alarm. Der Sultan und der Maharadscha berieten kurz, dann riefen sie Raj zu sich.

„Die Tempeltänzerin ist geflohen und der hellhaarige Teufel hat sie befreit. Er kämpfte in Euren Reihen", fuhr Babur Raj an.

„Wie kommt Ihr darauf ?"

„Mein Bruder wurde erschlagen. Wer sonst hätte die Kühnheit hierzu besessen ? Laßt ihn herbeiholen."

Raj schickte einen Diener.

„Der Ritter Hagen ist verschwunden", meldete der als er zurückkam.

„Das ist der Beweis !" brüllte der Sultan, „er war es !"

„Darüber weiß ich nichts", verteidigte sich Raj, „es heißt aber, er habe Maharadscha Kanja in den Gemächern der Tempeltänzerin entdeckt und dort im Kampf getötet. Er hat sie sicher dort gesehen. Vielleicht hat sie seine Leidenschaft geweckt und er ihre. Das ist denkbar. Aber darüber weiß ich nichts."

Der Sultan blickte grimmig, erinnerte sich an die Abweisung, die ihm Sunaya entgegengebracht hatte.

„Aber wie konnten sie aus dem Palast entkommen. Sie müssen doch Helfer gehabt haben."

Raj schüttelte den Kopf.

„Nein, das denke ich nicht. Der Fremde gehörte zu den Männern, die heimlich in den Palast eindrangen. Er kannte also die geheimen Gänge."

„Er muß sterben !" bekräftigte der Sultan wütend, „und die Tempelhure mit ihm. Meine besten Männer werden sie jagen."

„Wir werden uns an der Verfolgung natürlich beteiligen", meinte nun Raj untertänig, „es geht auch um unsere Ehre. Er hat uns getäuscht."

„Nein", entgegnete Babur mürrisch, „euch brauche ich nicht."

In der Morgendämmerung brachen vier Dutzend Soldaten des Sultans auf.

„Ich bin völlig erschöpft", sagte Sunaya am Abend nach der Flucht, „ich brauche dringend Ruhe. Ich kann nicht weiter."

„Es geht nicht. Wir können nicht hierbleiben. Das Land ist offen, ohne Wald, ohne Schutz. Hier finden sie uns. Schau, da vorn beginnt felsiges Gelände, dort können wir uns sicherlich verstecken."

Etwa eine halbe Stunde später erreichten sie eine breite, felsige Schlucht. Hagen blickte sich um. Bald fiel ihm ein paar Schritte oberhalb des Weges eine Buschreihe auf, die nicht so recht in die kahle Gegend paßte. Er stieg vom Pferd, untersuchte sie.

„Eine Höhle verbirgt sich dahinter", rief er Sunaya zu, „die Öffnung ist groß genug, da können wir auch die Pferde mit hereinnehmen."

Sunaya folgte ihm, brachte die Pferde in die Höhle. Hagen ging noch einmal zum Weg zurück, verwischte die Spuren.

„Ich denke, hier sind wir in Sicherheit", meinte er dann zu Sunaya.

„Das glaube ich auch", entgegnete sie, „aber was mag das für eine Höhle sein. Es ist recht hell hier drinnen. Von irgendwo her muß Licht einfallen. Ich werde einmal nachsehen."

„Ich komme mit."

Die Höhle bestand aus mehren hallenförmigen Räumen. Sie mußte also künstlich angelegt worden sein. In den Decken waren mehre Lichtschächte eingehauen. Sie spendeten zwar keine große Helligkeit, sie genügte aber um sich ohne Fackeln zurecht zu finden. In dem hintersten Raum befand sich eine gegenüber dem Ausgang in den Fels gemeißelte mehr als mannshohe Götterfigur. Sunaya zog Hagen zrück.

„Es ist die Göttin Parvati. Du darfst die Halle nicht betreten. Es würde sie entweihen. Komm mit zurück."

Sunaya entnahm nun den Satteltaschen die Früchte, die sie unterwegs als Essen für den Abend aufgelesen hatten, lief in die hintere Höhle. Hagen folgte ihr neugierig. Er sah im Dämmerlicht wie sie vor der Götterfigur die Früchte ausbreitete und dann zu tanzen begann.

„Was soll das bedeuten?" fragte Hagen, nachdem Sunaya den Tanz beendet und den Raum verlassen hatte."

„Ich habe die Göttin um Hilfe angefleht und sie wird uns Hilfe gewähren", antwortete sie.

„Du meinst, dein Tanz hat sie dir gnädig gestimmt?"

„Er hat sie uns gnädig gestimmt", erwiderte Sunaya bestimmt.

„Hole jetzt die Früchte, es ist unser Abendessen."

„Nein, sie sind unser Opfer. Rühre sie nicht an. Das wäre ein Frevel und würde sie erzürnen."

Sie blickte ihn flehend an.

Hagen war hungrig. Warum sollte er das Essen einem Götzenbild opfern? Dafür gab es doch gar keinen Grund. Wie sollte diese Göttin ihnen schon helfen? Doch der flehende Blick Sunayas berührte ihn, hielt ihn davon ab in den Raum zu gehen und die Früchte zu holen.

Es war mittlerweile dunkel geworden. Die beiden legten sich nieder.

Hagen dachte nach. Warum hatte er auf das Essen verzichtet? Er verstand Sunayas Verhalten und ihren Blick nicht. Sie war eben ein Wesen aus einer anderen Welt, das einem anderen Glauben anhing, andere Gefühle hatte. Doch er spürte eine starke Zuneigung zu ihr, er liebte sie. Und er sagte sich, es sei der Ausdruck von Liebe die Gefühle und Empfindungen des anderen Menschen zu achten und nicht zu versuchen ihm das eigene Denken und die eigenen Sitten aufzudrängen. Hungrig schlief er ein.

Am nächsten Morgen zogen sie weiter, die Schlucht verengte sich bald. Plötzlich tauchte hinter ihnen eine Schar Reiter auf.

„Verfolger", schoß es ihnen durch den Kopf.

Sie trieben ihre Pferde an, doch die Reiter kamen näher. Sie glaubten sich bereits verloren.

Da fuhr ein Blitz aus dem Himmel, schlug in die Felswand der Schlucht ein und löste eine gewaltige Steinlawine aus, welche die Verfolger unter sich begrub.

Sunaya stieg vom Pferd, blickte zum Himmel, faltete die Hände.

„Große Göttin Parvati. Ich, deine geringe Dienerin, danke für deine Güte und die Rettung."

Sie zogen weiter, hielten sich so gut es ging versteckt, mieden Ansiedlungen. Fünf Tage später erreichten sie nahe Bhubaneswar das Meer. Sie ritten in die Stadt, fanden einen einladend aussehenden Gasthof, in dem sie sich einquartierten.

„Wie geht es nun weiter ?" fragte Hagen Sunaya, „ich werde weiterreisen, gehe nach Süden, nach Mylapore. Ein Mann sagte mir, dort könnte ich ein Schiff finden, das nach China segelt, meinem Ziel. Und welche Pläne hast du ? Das Land des Sultans liegt weit hinter uns. Dir droht keine Gefahr mehr. Du kannst dich ja jetzt wieder dem Tempel und Shiva zuwenden, dem du geweiht bist."

„Da bin ich mir nicht so sicher", gab Sunaya zu bedenken, „ich fürchte mich. Der Sultan ist nachtragend und rachsüchtig. Ich kann nicht mehr als Tempeltänzerin durchs Land ziehen. Das ist auffällig. Seine Spione werden auch außerhalb seines Herrschaftsgebietes nach mir suchen und sie werden mich eines Tages finden. Ich bin ja auch nicht einem Tempel geweiht, sondern Shiva. Ihn verehre ich, ihm diene ich. Ein Tempel war auch nie meine Heimat. Ich zog bisher meist von Tempel zu Tempel um bei Festen ihm zu Ehren zu tanzen. Das ist aber nicht mein Schicksal. Ich muß nicht ein Leben als Tempeltänzerin führen. Ich darf durchaus sogar heiraten. Ich muß allerdings ein Leben den Geboten entsprechend führen. Und die Priester müssen mich zuvor lossprechen."

„Und du willst nun ein Leben im Verborgenen führen ? Ich werde nach China weiterreisen. Du kannst bei mir bleiben und mitkommen. Ich empfinde eine tiefe Zuneigung zu dir."

„Du sprichst von Liebe ? Aber du sollst nicht meinen Körper oder auch meinen Geist lieben, sondern mich als Menschen lieben und achten."

„Wie soll ich das verstehen ?"

„Ich sagte dir, ich bin dem Gott Shiva geweiht. Du mußt daher meinen Glauben achten, du darfst nie etwas von mir verlangen, was den Glaubensprinzipien und den Glaubensgeboten widerspricht. Du darfst auch niemals versuchen mich durch Schmeicheleien und süße Worte zum Bruch von Geboten überreden. Du entstammst einer anderen Welt, hast andere Vorstellungen von Göttern und Menschen. Und manches, was ich tue und mir wichtig ist, wird dir unsinnig und lächerlich erscheinen. Aber versuche nie mir meine Handlungen auszureden oder sie ins Lächerliche zu ziehen. Achte mich so wie ich bin. Versprich mir das. Dann werde ich mit dir ziehen."

„Das verspreche ich dir. Aber die Reise nach China wird sehr anstrengend und gefährlich sein. Sie führt von Mylapore aus über das Meer, gewaltige Stürme können dort toben."

„Das schreckt mich nicht. Ich komme mit."

Nach dreißig Tagen erreichten sie die Hafenstadt, mieteten sich in einem Gasthof im Stadtzentrum ein. Nachdem sie sich von den Strapazen der Reise erholt hatten begab sich Sunaya in die Stadt um Erkundigungen einzuziehen. Hagen blieb zurück, da sie meinte, er würde schon wegen seines Aussehens auffallen und man könne nicht wissen, ob der Sultan sie noch immer verfolge.

„Es gibt mehrere Schiffskontore, die Reisen nach China vermitteln, teilte sie bei ihrer Rückkehr Hagen mit, „der von Herrn Tsang erscheint mir aber der interessanteste, denn Herr Tsang ist der Botschafter der Kaiserlichen Chinesischen Regierung in der Stadt. Von ihm können wir auch Pässe erhalten. Und die brauchen wir unbedingt, wenn wir nach China wollen."

Sie begaben sich am nächsten Tag zu dem Kontor. Ein Diener erklärte ihnen, Herr Tsang sei nicht zu sprechen, er könne ihnen lediglich einen Termin für eine Audienz verschaffen.

Sie waren einverstanden, was blieb ihnen auch anderes übrig ?

Drei Tage später empfing Herr Tsang sie. Er begrüßte sie freundlich, bot ihnen Tee an. Er war leicht verwundert über den jungen Mann mit den rötlich – blonden Haaren, der sich als Gelehrter ausgab.

„In meiner Heimat ist wenig Wissen über die Welt, die Länder, die Völker und ihre Zivilisationen vorhanden. Deswegen ziehen gelehrte und wagemutige junge Männer auch aus um ferne Länder und die Völker, welche dort wohnen, kennenzulernen. Über China gibt es nur vage Kenntnisse. Deswegen bin ich ausgezogen um das Land und seine Bewohner kennenzulernen."

„Gelehrsamkeit und Tapferkeit, wie paßt das zusammen ?" fragte Herr Tsang verwundert.

„Nun, ich sagte doch, in unserem Reich hat die Zivilisation noch nicht so richtig Einzug gehalten. Und östlich unserer Grenzen leben wilde Barbarenvölker. Wer also als Gelehrter auszieht um fremde Länder kennenzulernen, der muß schon tapfer sein. Ansonsten sollte er besser zuhause bleiben und geschützt durch dicke Klostermauern in Büchern studieren."

Der Handelsherr blieb mißtrauisch. Er argwöhnte Hagen wolle spionieren, das Land für einen fremden Eroberer auskundschaften. Dieser setzte alles daran die Bedenken Herrn Tsangs zu zerstreuen.

„Mein Land liegt weit im Westen", sagte er, „zweihundert Tagesreisen von China entfernt. Unser Kaiser ist schwach, es herrschen die Fürsten und die könnten kein Heer aufstellen um gegen das mächtige China zu ziehen, zumal viele Länder und weite Steppen und Wüsten zu durchqueren sind."

Der Chinese lächelte.

„Ich will darüber nachdenken. Kommt in zehn Tagen wieder."

Als sie nach Ablauf der Frist das Kontor aufsuchten erlebten sie eine Überraschung. Ein Bediensteter empfing sie recht freundlich.

„Euer Gesuch wurde äußerst wohlwollend beurteilt. Bitte nehmt die Pässe und die Bestätigung der Passage in Empfang. Leider müßt Ihr etwas Geduld zeigen, denn das nächste Schiff fährt erst in fünfundvierzig Tagen."

„Wir haben viel Zeit. Was unternehmen wir ?" meinte Sunaya als sie am Gasthof angelangt waren, „wir können uns doch nicht viele Wochen verbergen. Der Sultan wird uns sicherlich nicht verfolgen, soweit reicht sein Arm nicht. Wir befinden uns weit weg von seiner Herrschaft, im Chola-Reich."

„Du hattest doch Bedenken als wir hier ankamen. Er muß ja keine Truppen aussenden um uns zu töten, gedungene Mörder genügen", wandte Hagen ein.

„Das ist richtig, aber meine Bedenken waren wohl unbegründet. Ich war sehr vorsichtig, niemand hat uns beobachtet, ich glaube daher nicht mehr, daß er Spione ausgesandt hat und daß man uns verfolgt. Dennoch wäre es besser, wenn du dich verkleidest, dein Haar färbst, ebenso dein Gesicht, damit du nicht gleich als Fremder zu erkennen bist."

„Und was möchtest du unternehmen, wenn du nicht hier warten willst ?"

„Ich habe einen Wunsch, erfülle ihn mir. Ich möchte nach Tanjavur reisen. Die Stadt war lange Jahre das Zentrum des Chola-Reiches, bis sich König Rajendra entschloß eine neue Hauptstadt zu gründen. Ich habe lange dort gelebt, wurde im Shiva geweihten Brihadishvara – Tempel zur Tänzerin erzogen, habe dort oft zu Ehren Shivas getanzt. Wenn wir Indien verlassen, dann werden wir wohl niemals wieder zurückkehren, da bin ich mir sicher. Ich möchte daher noch einmal den Tempel besuchen, Abschied nehmen."

„Ist es weit bis nach Tanjavur ?"

„Etwa zehn Tagesreisen. Aber wir haben doch genügend Zeit."

„Wann brechen wir auf ?"

„Morgen früh, wenn es dir recht ist."

Sie reisten nach Tanjavur, mieteten sich in einem Gasthaus ein. Sunaya suchte täglich den Tempel auf, bat Hagen sie nicht zu begleiten, da es ihm nicht gestattet sei ihn zu betreten. Es ging ihr aber nicht nur darum sich zu verabschieden. Verließ sie Indien, verließ sie auch Shiva, dem sie doch geweiht war. Würde er ihr verzeihen, daß die abtrünnig würde und sie nicht bestrafen und ins Unglück stürzern, wenn sie sich nicht vorher lossprechen ließ ?

Sie wollte daher ihren alten Lehrer Pradehja um Rat fragen, doch war es ihr verboten die Räume der Priester aufzusuchen. So saß sie von morgens bis zum Abend im Tempel und wartete. Endlich, am siebten Tag erschien er. Sie trat vor ihn hin, verneigte sich tief und grüßte demütig.

„Erkennt Ihr mich ? Ich bin Sunaya, die Tänzerin."

Pradehja blickte sie an.

„Ich erkenne dich. Du bist Sunaya, die Tänzerin. Doch deine Augen sind trübe. Große Sorgen drücken dich. Du suchst meinen Rat. Berichte also."

Und Sunaya erzählte, schloß mit den Worten.

„Ich fürchte mich noch immer vor den Nachstellungen Baburs. Er hat zwar meine Spur verloren wie mir scheint, doch er ist böse und rachsüchtig. Und er vergißt nie. Und eines Tages wird er mich finden."

„Ich erkenne den Sinn deiner Worte", entgegnete Pradehja, „du möchtest weggehen, in ein fremdes Land, aber du fürchtest Shivas Zorn, weil du glaubst, daß du dich dadurch von ihm lossagst, wo du ihm doch geweiht bist. Aber du mußt dich nicht fürchten. Shiva ist ein gütiger Gott und du hast ihm nur deinen Tanz geweiht, nicht dein Leben. Du bist nicht seine Sklavin und du mußt auch nicht dein Leben lang für ihn tanzen. Du willst nun das Land verlassen und dich lossprechen lassen."

Er blickte sie einige Augenblicke streng an.

„Es sei dir gewährt. Aber merke dir eines. Du mußt die vier Bedingungen erfüllen, ich dir nun nennen werde. Du darfst nun nicht mehr ihm zu Ehren tanzen. Das würde ihn erzürnen."

Er belehrte sie nun darüber wie sie sich in Zukunft zu verhalten habe.

Sunaya bedankte sich, verließ erleichtert den Tempel. Sie bewahrte die Wortes des alten Lehrers in ihrem Herzen. Sie blieben aber ihr Geheimnis, das sie auch gegenüber Hagen hütete.

7. Die Piraten

Zwei Tage vor Abfahrt des Schiffes kehrten sie nach Mylapore zurück.
Im Hafen lag ein recht großer Segler, wohl zweihundert Schritte lang und siebzig Schritte breit.
„Es ist nicht allzu viel Platz vorhanden", erklärte der Quartiermeister, „der sie zu ihrem Raum führte, „Ihr müßt Euch mit einer recht kleinen Kammer zufrieden geben. Sie ist aber bequem ausgestattet. Und ein Platz für Eure Pferde ist auch vorhanden. Sie werden auch gut versorgt. Es ist ein hoher Fürst aus Hangzhou samt einem Großteil seines Gefolges an Bord. Sein Staatsschiff wurde durch einen Sturm beschädigt. Die Reparatur wird noch viele Tage in Anspruch nehmen. Er muß aber wegen dringender Staatsgeschäfte nach China zurück. Und dann reist noch der japanische Fürst Schuwingami mit. Er hat nur wenige Diener, aber eine Leibwache aus dreißig Bushi. Das sind finster dreinblickende Burschen und gewaltige Kämpfer. Bringt ihnen stets eine gebührende Achtung entgegen und laßt Euch auf keinen Fall auf einen Streit mit ihnen ein."
„Japan ? Was für ein Land ist das ? Und was sind Bushi?" wollte nun Hagen wissen.
„Viel weiß ich nicht darüber", antwortete der Quartiermeister, „es besteht aus einer Gruppe von Inseln, welche östlich der nördlichen chinesischen Küste im Großen Ozean liegen. Es wird von einem Kaiser regiert. Und Bushi, das sind Söhne aus vornehmen Familien, welche von Kindesbeinen auf in Waffen geübt, zu Kriegern erzogen werden. Sie bilden den Kern ihres Heeres."
„Und was war der Grund für des Fürsten Reise ?"
„Es heißt, er sei als Begleitung einer japanischen Prinzessin gekommen, welche mit dem jüngsten Sohn des Königs des Chola-Reiches vermählt wurde um die freundschaftlichen Beziehungen zwischen dem Chola – Reich und Japan zu bekräftigen."
Hagen bedankte sich für die Auskünfte, meinte als der Quartiermeister sich verabschiedete:
„Ich werde mir Eure Warnung vor den Bushi zu Herzen nehmen."
„Es wird wohl eine langweilige Reise werden", sagte Hagen zu Sunaya als

103

sie ihre Kabine bezogen hatten, „bei so vielen hohen Herren und streitsüchtigen Kriegern bleiben wir besser meist in unserer Kammer."

Sie segelten los. Die Winde wehten günstig und so erreichten sie nach zwei Wochen Temasek, wo die Vorräte an Wasser und Lebensmittel aufgefüllt wurden. Vier Tage nach ihrer Abfahrt näherten sich drei Schiffe, welche den Kapitän in Panik versetzten und einen lauten Disput an Bord entfachten, den Sunaya und Hagen, die auf Deck eilten, nur zum Teil verstehen konnten.
Der Kapitän hatte die herannahenden Schiffe bereits aus weiter Entfernung erkannt. Sie bildeten die Flotte Badmans, des berüchtigsten Piraten des Meeres.
„Wir sind verloren", stieß der Kapitän aus, „es bleibt nichts anderes übrig als uns zu ergeben und um Gnade zu bitten. Dann werden sie uns verschonen und gegen ein hohes Lösegeld freigeben."
Der chinesische Fürst stimmte dem Vorschlag des Kapitäns zu, der Fürst Schuwingami lehnte ihn vehement ab.
„Ein Bushi ergibt sich niemals ! Er stirbt mit dem Schwert in der Hand ! Verkriecht euch nur unter Deck, ihr Feiglinge ! Wir werden kämpfen !"
Der Kapitän wollte ihm widersprechen, hervorheben, daß er als Schiffsführer zu bestimmen habe, doch der Fürst wies ihn barsch zurecht.
„Ihr könnt Eurer Mannschaft Befehle erteilen, aber nicht tapferen Kriegern ! Wir werden kämpfen ! Wer ein wahrer Mann ist, der schließe sich uns an !"
Hagen bedeutete, daß er auch kämpfen werde.
Beeindruckt durch die Rede des Fürsten Schuwingami begann nun auch ein Murmeln im Gefolge des chinesischen Fürsten. Schließlich erklärte dieser.
„Meine Diener sind in Waffen nicht geübt, werden Euch nicht von Nutzen sein. Doch meine Leibwache, zehn erprobte Gardeschwertkämpfer werden sich Euch anschließen. Nun faßten auch einige Seeleute Mut, erklärten, daß sie bereit seien zu kämpfen.
Die Piraten kamen heran, warfen ihre Enterbrücken aus, zahlreiche schwangen sich an Seilen an Bord. Sie erlebten eine böse Überraschung.
Die Bushi und die Gardeschwertkämpfer stürzten sich auf die Angreifer und hieben sie nieder. Auch Hagens Schwert wütete. Er gewahrte jedoch

bald eine Gruppe von fünf Piraten, welche den Kampf mieden und in Richtung der Kabinen liefen. Hagen folgte ihnen. Sie schlichen zu den Gemächern des chinesischen Fürsten.

„Sie sehen ihre Sache verloren und wollen ihn als Geisel nehmen", sagte er sich.

Er griff die beiden Männer an, welche die Nachhut bildeten, stieß sie nieder. Er pirschte sich dann vorsichtig die Treppe nach unten, erblickte eine Türe, vor der zwei Piraten Wache hielten.

„Dahinter befindet sich wohl das Gemach des Fürsten", sagte er sich.

Doch es blieb keine Zeit zum Überlegen, denn die beiden hatten ihn bemerkt und stürmten auf ihn zu. Hagen hieb sie nach kurzem Kampf nieder. Er öffnete die Tür. Ein recht vornehm gekleideter Mann, der ihm den Rücken zuwandte, hatte den Fürsten gepackt, schickte sich an ihn aus dem Gemach zu zerren.

„Halt", rief ihm Hagen zu, wohl wissend, daß der Seeräuber ihn nicht verstand, „laß den Fürsten los."

Der Pirat drehte sich um, gewahrte den Feind, stieß den Fürsten beiseite, zog seinen Säbel, drang auf Hagen ein. Er verstand es besser mit der Waffe umzugehen als seine Männer, doch dem deutschen Ritter war er nicht gewachsen. Nach kurzen Kampf trennte ihm jener die Hand, welche den Säbel führte, vom Arm, mit einem zweiten Hieb schlug er ihm den Kopf ab. Der Fürst begann nun zu reden, wollte wohl seine Dankbarkeit ausdrücken, doch Hagen wehrte ab.

„Noch ist der Kampf nicht entschieden. Ich muß zurück aufs Deck."

Er eilte nach oben. Die Piraten waren mittlerweile zurückgeschlagen worden. Bushis, Gardeschwertkämpfer und Seeleute drangen auf die Seeräuberschiffe vor, brachten sie rasch in ihre Gewalt. Sie stießen nur auf wenig Widerstand, da die überlebenden Piraten bald die Waffen streckten. Die Sieger durchsuchten die Schiffe, fanden eine beträchtliche Menge an Gold, Silber, Perlen und Edelsteinen, die Beute aus vorangegangenen Raubzügen, welche sie auf das Handelsschiff brachten. Sie befreiten eine größere Anzahl von Gefangenen. Der Kapitän hatte mittlerweile den Fürsten aufgesucht, war auf die fünf Leichname gestoßen. Insbesondere der Geköpfte erregte seine Aufmerksamkeit.

„Das ist zweifelsohne der Anführer, Badman. Wer hat ihn besiegt?" fragte er den Fürsten.

„Das war der Fremde mit den hellen Haaren", antwortete dieser, „er hat mir das Lebe gerettet."

„Und das Meer von dem gefährlichsten Seeräuber befreit", ergänzte der Kapitän.

„Nun, dann ist er ja zweifelsohne ein Held. Bittet ihn zu mir zu kommen." Er stutzte.

„Nein, das hat Zeit, laßt uns erst die Beute verteilen, bevor diese gierigen Japaner alles wegschnappen."

Sie begaben sich an Deck.

Hagen war nach Beendigung der Kämpfe in seine Kammer zurückgegangen um Sunaya mitzuteilen, daß die Gefahr nun vorüber sei. Er bat sie mit nach oben zu kommen, zumal es in der Kammer auch heiß und stickig war. Doch sie lehnte ab.

„Es treiben sich dort zu viele wilde Kerle herum. Sie haben gesiegt, trinken nun, werden in ihrem Siegestaumel streitsüchtig und gewalttätig. Ich bleibe lieber hier in der Kammer und verriegele sie gut. Du mußt nicht bei mir bleiben. Ich kann mit einem Säbel umgehen."

Erst jetzt erblickte Hagen die Waffe, welche sie sich umgürtet hatte. Sie lächelte.

„Ich habe nicht nur tanzen gelernt."

Hagen begab sich an Deck. Es herrschte reges Treiben. Es waren nun, die Zahl der Befreiten berücksichtigt, genügend Männer vorhanden, darunter auch zwei, die als Kapitän eingesetzt werden konnten, um zwei der Piratenschiffe mit Mannschaften zu besetzen. Das dritte wurde versenkt. Die beiden Schiffe wurden mit der weniger wertvollen Beute beladen, auch die überlebenden Piraten verbrachte man auf sie, und nach Temasek geschickt. Der Fürst von Hangzhou gab den Kapitänen Schreiben an den dortigen chinesischen Handelsherrn mit, in dem die Ereignisse kurz berichtet wurden. Die Seeleute sollten ja nicht als Piraten verurteilt werden, denn es war damit zu rechnen, daß die beiden Segler als Schiffe Badmans erkannt wurden.

Die Beute an Gold, Silber, Perlen und Edelsteinen wurde an die Kämpfer verteilt. Fürst Schuwingami beanspruchte natürlich den größten Teil für sich und seine Bushi. Niemand wagte ihm zu widersprechen. Den überwiegenden Teil des Restes verlangte der Fürst von Hangzhou für seine Gardeschwertkämpfer, das wenige, das übrig blieb, wurde an die Schiffsbesatzung verteilt. Hagen erhielt auch einen Beutel mit Perlen und Edelsteinen. Als der Kapitän ihm diesen übergab, meinte er.

„Der Fürst von Hangzhou möchte Euch sprechen und Euch für seine Rettung danken."

Hagen begab sich zur Kajüte des Fürsten. Der grüßte freundlich, sprach ihn dann zu seiner Verwunderung auf griechisch an.

„Ihr sprecht diese Sprache ?" fragte er verwundert.

„Ihr auch ?"

„Ja, einigermaßen gut."

„Nun", meinte der Fürst, „dann können wir uns unterhalten."

„Verzeiht meine Frage, Fürst. Woher kennt Ihr diese Sprache und wie konntet Ihr vermuten, daß ich sie verstehe."

Der Chines lächelte.

„Unser Reich unterhält gute Handelsbeziehungen zum konstantinopelitanischen Reich. Ich hielt mich dort zehn Jahre als Gesandter auf. Damals habe ich die Sprache gelernt. Daß Ihr sie versteht konnte ich nicht wissen. Doch ist mir bekannt, daß die griechische Religion und auch die griechische Sprache bei den Völkern im Norden verbreitet ist. Ich habe eben einen Versuch unternommen. Die Farbe eures Haares, eures Bartes und eure helle Haut ließen mich vermuten, daß Ihr einem der Völker entstammt, welche nördlich der Donau leben. Dort soll es zahlreiche gelehrte Männer geben, welche die Sprache der Griechen beherrschen. Und Ihr wirkt gebildet."

„Nun, das war aber wirklich großes Glück. Ich entstamme zwar einem dieser Völker, aber in unserem Reich ist der griechische Einfluß gering. Unser Volk gehört der Römischen Kirche an."

„Darüber müssen wir jetzt nicht disputieren, ich kenne diese Völker und ihre Sitten nur wenig. Das wichtigste ist doch, daß Ihr die griechische Sprache beherrscht. Ihr habt tapfer gekämpft, den berüchtigsten Seeräuber des südlichen Meeres getötet. Ihr seid zweifelohne ein Held. Wer seid Ihr ?"

„Mein Name ist Hagen von Alzay, ich bin ein fahrender Ritter, der die Welt kennenlernen will. Ich stamme aus einem Land, welches das Deutsche Reich genannt wird."

Der Chinese zog die Augenbrauen hoch.

„Ihr kommt aus dem Reich des Kaisers Friedrich, den man auch Rotbart nennt ?"

„Ja, Fürst, der Kaiser starb aber vor einigen Jahren. Er ertrank bei einem Bad in einem Fluß auf dem Weg ins Heilige Land."

„Es war sicher eine jener Kriegsfahrten, die ihr unternehmt um euer Heiliges Land vom Joch der Sarazenen zu befreien. Es ist ein Jammer, der Kaiser war ein bedeutender Herrscher."

„Kanntet Ihr ihn ?"

„Nein, aber seine Taten wurden in Konstantinopel hoch gerühmt."

Er lächelte.

„Ich bin jetzt aber ins Reden geraten. Ich muß Euch für die Rettung danken. Badman und seine Männer hätten mich gewiß getötet und ich wäre in das Reich meiner Ahnen eingegangen bevor meine Zeit gekommen ist, denn ich habe meine Pflichten auf der Erde noch nicht erfüllt. Doch zu Euch, woher kommt Ihr und wohin wollt Ihr ?"

„Nun, ich bin auf der Reise nach China. Über das Land werden in meiner Heimat viele Wunderdinge berichtet, aber man weiß nur wenig Sicheres."

Der Fürst blickte ihn nun etwas mißtrauisch an.

„Ihr nehmt seltsame Wege "

„Auf meinem Weg durch die Steppe traf ich einen tapferen indischen Krieger. Er war ausgezogen um den Norden kennenzulernen, wollte in die Heimat zurückkehren. Wir freundeten uns an und er überredete mich mit ihm zu ziehen. Denn er sagte, auch sein Land sei voller Wunder. Ich geriet in manches Abenteuer, befreite eine Tempeltänzerin erst aus den Klauen eines Madaradschas, dann aus den Klauen eines Sultans. Beide wollten sie zwingen ihr Weib zu sein. Wir mußten fliehen, reisten nach Mylapore, schifften uns nach China ein, da Sunaya, so heißt die Tänzerin, in Indien ihres Lebens nicht mehr sicher war. So kamen wir auf dieses Schiff."

Der Chinese runzelte die Stirn.

„Ihr habt Unrecht getan. Ihr hättet den Fürsten nicht das Weib rauben dürfen."

„Sie wollten sie wider ihren Willen nehmen."

„In dieser Angelegenheit haben die Frauen keinen Willen zu haben. Sie müssen sich ihrem Herren unterordnen."

Hagen überlegte. Auf was wollte der Fürst hinaus, ihm Sunaya wegnehmen und nach Indien zurückschicken?

„Die Fürsten haben sie begehrt", sagte er nun, „aber auch ich habe sie begehrt. Und sie begehrte mich. Ich habe um sie gekämpft und gesiegt. Wären der Maharadscha und der Sultan tapferer gewesen, so wäre ich jetzt tot."

Der Fürst hatte aufmerksam zugehört.

„Sind das die Sitten deines Volkes?"

„Ja", log Hagen.

„Nun, dann seid ihr ja ein wildes Volk, gehört jenen an, die in Konstantinopel als Barbaren bezeichnet werden."

Er schwieg kurz.

„Nun gut", setzte er dann seine Rede fort, „Ihr habt mir das Leben gerettet und ich will Euch gegenüber nicht undankbar sein, Euch verurteilen. Ihr habt auch nicht gegen chinesische Gesetze verstoßen. Doch ich warne Euch. Verstoßt in China nicht gegen die Sitten. Sonst werdet Ihr streng bestraft. Indien zerfällt in viele Fürstentümer und Königreiche, die großteils einander feindlich gesinnt sind. Wer also aus dem Land eines Herrschers fliehen muß, findet oft beim Nachbarn gastliche Aufnahme. Darauf könnt Ihr in China nicht bauen. China ist groß und mächtig, dem Arm des Kaisers werdet Ihr nicht entkommen."

„Ich werde es beherzigen, Fürst."

Der Chinese rief nun einen Diener herbei, befahl ihm Reiswein zu bringen.

„Nun", fuhr er freundlich fort, „Ihr wollt China bereisen. Ich werde Euch unterstützen. Seid zunächst mein Gast in Hangzhou. Ich werde dort alles veranlassen, was zu einer sicheren Reise notwendig ist."

Dann entließ ihn der Fürst.

Hagen kehrte zu Sunaya zurück, berichtete ihr. Sie lächelte.

„Ich weiß, du hast gegen die Bräuche unseres Landes und unserer Religion verstoßen."

„Nun gut, ich habe eben gegen die Sitten eures Landes verstoßen, aber was kümmern mich die Sitten Indiens? Und du bist mir doch gefolgt. Dann hast du doch auch gegen die Sitten verstoßen?"

Sie lächelte.

„Der Wille einer Frau zählt nicht."

„Weiber machen es sich einfach", dachte Hagen, fuhr dann fort, „nun, in meiner Heimat werden Ehen vermittelt, Frauen werden Männern, Männer werden Frauen zugeführt, meist kennen sie sich gar nicht. Aber eine Frau mit Gewalt nehmen, das ist ein Verbrechen, eine Sünde gegen Gott und die Menschen."

„Hier liegen die Dinge anders", fuhr Sunaya fort, „es darf zwar niemals ein Fürst eine Hohe Frau aus einem anderen Geschlecht mit Gewalt nehmen. Das würde zweifelsohne einen Krieg auslösen. Aber bei einer einfachen Frau aus dem Volk ist das anders. Die zählen nicht."

Hagen runzelte die Stirn.

„Verunreinigt er sich denn nicht, wenn er eine Frau aus einer niederen Kaste beschläft."

Sunaya zuckte mit den Schultern.

„Er darf sie nicht heiraten; solange er sie als Mätresse beschläft, kümmert es niemanden. Bei mir verhielt es sich so. Der Maharadscha durfte mich ohne Genehmigung der Priester nicht berühren, da ich Shiva geweiht bin. Er hätte sich sonst die Priesterschaft zum Feind gemacht und letztlich seinen Thron verloren. Aber die Menschen sind bestechlich, auch die Priester. Und die hätten ihm die Erlaubnis gegen eine entsprechende Zahlung erteilt. Beim Sultan von Vadoradbad lagen die Dinge anders. Er und seine Männer sind Anhänger des islamischen Glaubens. Sie achten unsere Religion nicht."

„Und wie ist das bei mir ?"

„Es ist einer Tempeltänzerin nicht grundsätzlich verboten zu heiraten. Ich bin zwar Shiva geweiht; das bedeutet aber nicht, daß ich auf Lebenszeit sein Eigentum bin. Es bedeutet lediglich, daß ich nur ihm zu Ehren tanzen darf."

„Aber in Erinaspur hast du doch zum Fest der Göttin Parvati getanzt ?"

„Du kennst unsere Religion nicht. Parvati ist das weibliche Gegenstück und die Gattin Shivas. Die Weihe ist eine besondere Auszeichnung. Aber sie ist nicht auf Dauer, sie kann gelöst werden und die Frauen kehren in die Kaste zurück, in die sie hineingeboren wurden. Und nach der Lossprechung darf die Frau heiraten."

„Ja, und wie ist das jetzt bei mir ?"

„Deswegen suchte ich doch den Brihadishvara – Tempel in Tanjavur auf. Der Priester, der mich erzog, hat mich losgesprochen. Aber es gibt vier Bedingungen. Ich darf nicht von Shiva abfallen, muß ihn weiterhin als meinen Beschützer verehren, zum zweiten, du mußt du meinen Glauben achten, ansonsten muß ich dich verlassen, zum dritten, du darfst mich im ersten Jahr nicht berühren, zum vierten, du darfst keinen Umgang mit ein anderen Frau haben, denn dann verunreinigst du mich, wenn du hinterher mit mir schläfst. Wenn wir beide all dies erfüllen, dann wird Shiva mir nicht zürnen."

Hagen nahm ihre Hand.

„Ich verspreche es."

Am nächsten Tag erschien ein Diener des Fürsten von Hangzhou.

„Mein Herr lädt Euch ein seine Gäste zu sein. Er hat eine Kammer für Euch einrichten lassen", er fügte dann hinzu, „verratet aber nicht, was ich jetzt sage, sonst werde ich bestraft. Er hat Euch nicht schon gestern eingeladen, weil noch keine Kammer eingerichtet war. Und es wäre unhöflich gewesen, Euch auf heute zu vertrösten. Wer eine Einladung ausspricht, der muß auch den Gast beherbergen können. So ist das Sitte."

Die Kammer erwies sich als größer als die alte, auch bequemer ausgestattet, es schloß sich auch ein Waschraum an sie an. Und täglich erschien ein Diener um die verschmutzte Wäsche einzusammeln und frische zu bringen.

Der Gastgeber lud beide abends oft zu langen Gesprächen ein.

Fürst Schuwingami begegnete Hagen nun freundlich. Vor dem Kampf gegen die Piraten hatte er ihn nicht beachtet. Er lud ihn zu sich ein, doch kamen wegen der Verständigungsschwierigkeiten Gespräche nicht so richtig auf. Hagen fragte ihn daher nach einigen Tagen, ob er nicht Sunaya mitbringen dürfe, was der Fürst zunächst mißbilligte. Hagen brachte vor, daß Sunaya zahlreiche indische Dialekte beherrsche und daß möglicherweise einer seiner Diener einen von ihnen kenne. Als sich erwies, daß dies tatsächlich der Fall war, überwog die Neugier Kunde von den Ländern im Westen zu erhalten die Abneigung eine Frau in einer Männerrunde zu dulden und sie durfte ihn begleiten.

Das Verhältnis zu Schuwingami blieb aber distanziert.

111

8. Aufenthalt in China

Sie erreichten Hangzhou. Der Fürst lud sie in seinen Palast ein. ließ ihnen prächtig ausgestattete Gemächer zuweisen, sowie mehrere Dienerinnen und Diener.

Der Fürst veranstaltete große Feste anläßlich seiner erfolgreichen Mission nach Indien, des siegreichen Kampfes gegen die Piraten, der glücklichen Heimkehr und natürlich auch zu Ehren des Helden Hagen aus dem fernen Reich im Westen. Man konnte es auch so sehen: der Fürst liebte prunkvolle Feste, die ihm Gelegenheit boten seinen Reichtum zur Schau zu stellen und er suchte daher stets nach einem Anlaß ein Fest auszurichten.

Sunaya und Hagen überkam aber bald Langeweile und Hagen bat den Fürsten um eine Audienz.

„Erlauchter Fürst", begann er, „wir schätzen uns glücklich Eure Gastfreundschaft zu genießen und danken hierfür. Wie Euch aber bekannt ist bin ich ein Fremder aus einem fernen Land und habe die weite Reise nach China unternommen um Euer Reich, Eure Städte, die Menschen, sowie Eure Sitten und Gebräuche kennenzulernen. Zürnt mir daher nicht, wenn meine Begleiterin und ich gedenken Euch zu verlassen um das Land zu bereisen. Gerne kehren wir zu Euch zurück, wenn Ihr es gestattet und wir willkommen sind."

Er pausierte kurz.

„Ich kenne die Gebräuche Eures Landes nicht, weiß daher auch nicht, wie ich mich entsprechend verhalten muß. Übt daher bitte Nachsicht und vergebt mir, wenn Euch meine Rede unhöflich erschienen ist."

Der Fürst lächelte.

„Nun, Ihr seid ein Fremder, kennt die Gebräuche unseres Landes nicht. Wie könnte ich da erwarten, daß Ihr Euch ihnen entsprechend ausdrückt und Euch zürnen, zumal ich auch weiß, daß in Eurem Reich Taten mehr zählen als Worte ? Eurer Bitte ist stattgegeben und es ist mir eine Freude Euch meine Gunst zu erweisen. Ich werde Euch ein Empfehlungsschreiben mitgeben und auch zwei landeskundige Diener, welche Eure Führer sein werden."

Hagen bedankte sich.

Drei Tage später brachen sie auf. Die Reise verlief glücklich, ohne Schwierigkeiten, zumal sie Dank des Empfehlungsschreibens überall gastliche Aufnahme fanden. Sie ließen sich Zeit um all die Wunder, die prächtigen Städte zu genießen. Erst nach sechs Monaten beschlossen sie zum Fürsten zurückzukehren.

Sie mochten wohl noch zwei Tagesreisen von Hangzhou entfernt sein als sich ihnen am frühen Nachmittag ein seltsamer Anblick bot. Ein Mann saß auf einen Stein, er wirkte ratlos. Unweit graste ein Pferd, ein zweites Pferd lag tot daneben. Zahlreiche Kisten standen verstreut am Wegrand herum.

„Was ist geschehen?" fragte auf Hagens Anweisung hin einer der Diener.

„Ach, ein großes Unglück ist geschehen, ihr Herren. Mein Packpferd ist gestürzt und hat sich das Genick gebrochen. Nun kann ich nicht weiterziehen. Welch ein Unglück ! Ich komme von weit her und wollte nach Hangzhou."

Der Diener übersetzte.

„Ihr sagtet, Ihr kommt von weit her", ließ Hagen nun fragen, „woher kommt Ihr denn ? Ihr seht nicht wie ein Chinese aus."

„Ich ziehe seit Jahren durch die Welt. Geboren bin ich in Buchara. Ich bin Usbeke."

Das Wort 'Usbeke' ließ Hagen aufhorchen.

„Ihr seid Usbeke ? Dann sprecht Ihr doch sicher auch den Steppendialekt ?"

„Freilich Herr", antwortete der Mann, „ich beherrsche ihn besser als die chinesische Sprache."

„Das ist gut", entgegnete Hagen, „dann brauchen wir keinen Übersetzer. Mein Name ist Hagen von Alzay. Ich stamme aus Franken, einem Land weit im Westen, das Ihr sicherlich nicht kennt. Ich reise auch durch die Welt, gegenwärtig besuche das chinesische Reich, dessen Wunder ich kennenlernen will. Nun befinde ich mich auf dem Weg zum Fürsten von Hangzhou, dessen Gast ich bin. Und wer seid Ihr ?"

„Ich sagte bereits, ich bin Usbeke. Mein Name ist Ulugbek. Ich bin auch auf dem Weg nach Hangzhou. Doch mein Packpferd stürzte und nun ist es tot. Großes Unglück hat mich getroffen. Ich kann nun nicht weiterreisen."

„Warum nicht ? Ihr habt doch noch ein Pferd wie ich meine. Das Tier, das dort drüben grast, ist doch das Eure ?"

„Ja, Herr."

113

„Dann ist doch alles in Ordnung. Warum sitzt Ihr hier und blast Trübsal ?"

„Seht Ihr nicht die Kisten dort drüben. Wer soll sie tragen ? Ich kann sie doch nicht zurücklassen."

„Ihr könnt die Kisten doch auf das Pferd laden und laufen."

„Ach, Herr, ich bin schlecht zu Fuß. Die Reise würde zu lange dauern und ich käme zu spät nach Hangzhou."

„Ach, seid Ihr unbeholfen. Ihr könnt Euch doch in der nächsten Stadt ein neues Pferd kaufen."

„Dazu reichen meine Mittel nicht, Herr."

„Ihr sagtet, zu Fuß kämet Ihr zu spät nach Hangzhou. Was wollt Ihr dort ?"

„Ihr seid Gast des Fürsten und wißt nicht, daß er zu seinem Geburtstag ein großes Fest geben wird ?"

„Nein, das weiß ich nicht."

„Es findet in vier Tagen statt. Ihr müßt wissen, ich bin ein fahrender Magier. Ich kenne viele Geheimnisse und beherrsche zahlreiche Künste, mit denen ich die Menschen erfreue, in Staunen versetzen, aber auch erschrecken kann. Ich habe auf meinen Reisen auch Kenntnis von einem Feuerpulver erhalten und verstehe es, damit Bilder an den Himmel zu malen. Und das Feuerpulver und auch die Ingredienzen, welche zur Herstellung gebraucht werden, befinden sich in den Kisten. Versteht Ihr nun, warum ich sie nicht zurücklassen kann ?"

Hagen zog die Augenbrauen hoch. Ein Feuerpulver mit dem sich Bilder an den Himmel malen lassen ? Welches Geheinmis verbarg sich dahinter ? Das erweckte seine Neugier. Und Ulugbek wollte seine Kunst beim Fest des Fürsten vorführen. Dieses Schauspiel wollte er sehen. Dem Manne mußte geholfen werden.

„Ich sehe, wir haben den gleichen Weg", sprach er nun, „Ihr könnt mit uns ziehen. Ich werde Euch auch ein Packpferd geben."

Ulugbek lud die Kisten auf, dann zogen sie weiter.

Als sie am folgenden Vormittag eine enge Schlucht passierten, versperrte unversehens ein Baum den Weg. Hagen witterte eine Falle, ließ die Schar umkehren. Nach einer Strecke von sechshundert Schritten hielt er an, winkte einen der Diener zu sich.

„Vielleicht lauern uns Räuber auf. Ich werde das erkunden. Bleibt solange hier. Seid aber auf der Hut."

Hagen durchsuchte die Gegend, fand aber nichts verdächtiges. Er kehrte zurück.

„Was gibt es ?" fragte Sunaya.

„Es lauert uns niemand auf. Vermutlich hat ein Unwetter den Baum entwurzelt. Aber wir können die Stelle mit den Pferden nicht passieren. Wir werden einen Weg freischlagen müssen."

„Das wird dauern", meinte einer der Diener als er Stelle in Augenschein nahm, „das war ein gewaltiger Baum. Wir haben weder Sägen noch Äxte mit uns und unsere Schwerten sind für diese Arbeit wenig geeignet."

„Ich weiß", entgegnete Hagen, „aber es bleibt uns keine Wahl."

Sie machten sich an die Arbeit. Ulugbek beobachtete sie eine Weile. Sein Mienenspiel wechselte von Augenblick zu Augenblick. Er wirkte unruhig, so, als kämpfe er mit sich selbst, ringe nach einer Entscheidung. Niemand der Männer bemerkte es allerdings, da sie zu sehr mit dem Freischlagen eines Weges beschäftigt waren. Nur Sunaya fiel seine Unruhe auf.

„Was habt Ihr ?" sprach sie ihn an, „ich habe den Eindruck, Ihr besitzt ein Mittel um den Weg freizuschlagen, aber Ihr wollt es nicht anwenden. Das ist nicht recht von Euch. Wir haben Euch geholfen und nun seid Ihr an der Reihe, daß Ihr Euch erkenntlich zeigt, uns helft."

Ulugbek schwieg, sann kurz nach. Dann lief er zum Packpferd hin, öffnete eine der Kisten, entnahm Pulver, füllte es in eine Holzschachtel. Er ging dann zum umgestürzten Baum hin, sprach Hagen an.

„Ich werde versuchen das Hindernis zu beseitigen. Augenblicklich. Stellt also die Arbeit ein und geht zweihundert Schritte zurück."

„Was habt Ihr vor ?"

Ulugbek lächelte.

„Es ist ein Versuch. Ich weiß nicht, ob ich Erfolg haben werde. Wartet es ab. Tut unterdessen, was ich gesagt habe."

Hagen wies die Diener an sich zurückzuziehen. Der Magier schob unterdessen das Kästchen unter die Krone des Baumes, führte durch eine Öffnung eine Schnur ein, entfernte sich dann etwa einhundert Schritte, zündete die Schnur an. Als die Flamme das Kästen erreichte, ertönte plötzlich ein lautes Krachen, eine Feuerwand schien in den Himmel zu schießen, Rauch stieg auf, Äste und Zweige flogen durch die Luft. Hagen,

Sunaya und die Diener erschraken. Der Spuk dauerte nur wenige Augenblicke und als sich der Rauch verzogen hatte, bot sich ihnen ein erfreulicher Anblick – eine Bresche durch das Geäst.

„Was hat as zu bedeuten ?" fragte Hagen den usbekischen Magier.

Der lächelte.

„Es ist die Macht des Feuerpulvers. Man kann damit nicht nur Bilder an Himmel malen, sondern auch Zerstörungen anrichten. Sperrt man es in eine Schachtel und preßt es zusammen, so entfaltet es eine ungeheure Kraft."

Mit wenigen Schwertstreichen verbreiterten sie die Bresche soweit, daß sie mit den Pferden hindurchgehen konnten.

Am nächsten Tag erreichten sie Hangzhou. Sie trennten sich. Ulugbek mietete sich in einem kleinen Gasthof ein. Er erlebte eine unangenehme Überraschung. Das Fest war abgesagt worden.

Hagen und Sunaya begaben sich zum fürstlichen Schloß. Sie erhielten ein großzügiges Gemach mit mehreren Zimmern und einem Baderaum als Wohnung. Hagen hielt es für angebracht dem Fürsten seine Ankunft mitzuteilen. Der empfing ihn gegen Abend zu einer Audienz.

„Seid gegrüßt, Fürst", begann Hagen, nachdem er das Kabinett betreten und sich mit der Erlaubnis des Fürsten niedergesetzt hatte, „und habt Dank für alle Wohltaten, die Ihr Sunaya und mir habt zukommen lassen. Die Reise verlief glücklich. Doch nun mußte ich feststellen, es herrscht eine trübe Stimmung in der Stadt. Und Euer großes Fest wurde auch abgesagt. Und ich sehe Euch nun voller Kummer. Was ist geschehen ?"

Er hatte gleich bemerkt, daß der Fürst äußerst betrübt schien.

„Ja, mich drücken wahrlich schwere Sorgen. Der Fürst von Huangshi hat mir den Krieg erklärt. Als Grund brachte er hervor, meine Bauern hätten auf seinem Land Vieh gestohlen. Nun ist er mit seinen Soldaten in mein Gebiet eingefallen und brandschatzt die Dörfer."

„Und was unternehmt Ihr ?"

„Meine Truppen sammeln sich. Aber es geht leider nicht alles so schnell vonstatten. Erst in zwei Tagen wird das Heer aufbrechen."

„Ich werde mich dem Zug anschließen", erklärte Hagen.

Der Fürst blickte ihn freundlich an.

„Ich danke für Eure Hilfe. Ihr seid ein tapferer Mann."

116

Hagen überlegte kurz.

„Ich bitte Euch um einen Gefallen. Es ist ein Magier mit Namen Ulugbek, ein Usbeke, mit mir in die Stadt gekommen. Laßt nach ihm suchen und ihn zu mir bringen."

Hagen verabschiedete sich vom Fürsten, zog sich in sein Gemach zurück. Zwei Stunden später meldete ein Diener die Ankunft des Usbeken.

„Was gibt es, Herr, daß Ihr mich so dringend zu Euch rufen ließet?"

„Ich will es kurz machen", erklärte Hagen bestimmt, „der Fürst liegt im Krieg mit dem Fürsten von Huangshi. Das Heer wird übermorgen aufbrechen und du wirst uns begleiten."

Er warf ihm einen Beutel hin.

„Und besorge unterdessen soviel an Ingredienzen für das Feuerpulver wie du erhalten kannst."

Er blickte den Usbeken finster an.

„Merke dir eines! Du wirst beobachtet. Versuche also nicht mich zu hintergehen oder zu fliehen. Sonst wirst du den Kerker niemals wieder verlassen."

Zwei Tage später verabschiedete sich Hagen im Morgengrauen von Sunaya, die im Palast zurückblieb. Der Usbeke hatte sich wie befohlen eingefunden. Gemeinsam ritten sie vor die Stadt um sich dem Heer anzuschließen, das gerade zum Aufbruch rüstete. Auch der Fürst nahm an dem Kriegszug teil. Er stellte Hagen den Offizieren vor.

„Ritter Hagen von Alzay ist Euch nicht unterstellt. Er erhält seine Weisungen direkt von mir. Ihr werdet ihm für die Durchführung seiner Unternehmungen die Zahl an Soldaten zur Verfügung stellen, die er fordert."

Ein Raunen ging durch die Menge, das zum Teil Unmut ausdrückte.

Sie zogen dem Feind entgegen. Hagen hielt Ulugbek stets in seiner Nähe.

„Es sollte dir klar sein", sagte er ihm in strengem Ton, „du erhältst deine Aufträge von mir und von niemandem sonst. Und ich werde zu dir kommen, wenn ich deine Dienste brauche. Halte dich ansonsten beim Troß. Rede mit niemandem mehr als unbedingt notwendig. Und vor allen: erwähne bei keinem das Feuerpulver."

Nach vier Tagen trafen sie auf das Heer des Fürsten von Huangshi. Es entbrannte eine heftige Schlacht. Schließlich räumte der Gegner das Feld.

„Sie ziehen sich nach Huangshi zurück", meldete General Hang, der Führer der Truppen am Abend bei der einberufenen Besprechung dem Fürsten, „was sollen wir nun tun ? Ihnen folgen oder uns damit begnügen, den Feind aus unserem Land verjagt zu haben."

„Wir werden ihnen folgen", entschied der Fürst, „wir werden Huangshi erobern und niederbrennen. Ansonsten wird der Fürst ein neues Heer sammeln und wieder in mein Land einfallen."

„Die Stadt gleicht einer Festung", gab General Gan, der eine Tausendschaft befehligte, zu bedenken, „sie wird nur unter vielen Opfern einzunehmen sein, wenn es überhaupt gelingt."

„Wir werden die Stadt belagern."

General Gan schüttelte den Kopf.

„Sie werden sich mit ausreichend Lebensmitteln versorgen. Eine Belagerung wird viele Monde dauern. Und unsere Soldaten werden unmutig und murren, wenn sie so lange untätig vor der Stadt liegen müssen."

„Ich teile Eure Bedenken, aber wir müssen es wagen."

Am nächsten Morgen zog das Heer weiter, dem Gegner nach. Ohne weitere Gefechte erreichten sie die Stadt. General Gan hatte nicht übertrieben. Wohl zehn Armspannen hohe Mauern umgaben Huangshi. Das Heer richtete sich zur Belagerung ein.

Hagen ließ sich am Abend beim Fürsten melden.

„Der General hatte recht", sprach er, „es wird kaum möglich sein, die Mauern zu stürmen, es sei denn wir finden eine Stelle, wo sie weniger hoch und fest ist oder weniger scharf bewacht wird. Ich werde selbst Erkundigungen einziehen, wenn Ihr es erlaubt."

„Wie viele Männer braucht Ihr ?"

„Niemanden. Einer allein wird nicht auffallen, insbesondere nicht bei Nacht."

Der Fürst lächelte.

„Ihr seid nicht nur tapfer, sondern auch klug. Ihr habt sicherlich einen Plan."

Auch Hagen lächelte.

„Eine Vorstellung von einen Plan. Aber ich muß erst herausfinden, ob er auch durchführbar ist. Solange werde ich schweigen."

In den folgenden vier Nächten erkundete er die Mauer und auch die Stadt-
tore. Die Mauer wies keine schwachen Stellen auf, die Tore waren fest.
Allerdings schien das Südtor das am wenigsten feste zu sein.
„Mische alle Ingredienzen, die du hast, zu Feuerpulver", befahl er Ulugbek.
Er bestellte Zimmerleute zu sich, die mußten Holzkästen bauen, eine Arm-
länge lang, eine Armlänge breit, eine halbe Armlänge hoch. Das fertige
Pulver wurde in die Kisten gefüllt und festgestampft. Als die Arbeit erledigt
war, ließ er sich beim Fürsten melden.
„Ich brauche für ein Unternehmen heute nacht zwölf tapfere Männer. Das
Heer soll sich drei Stunden vor Sonnenaufgang vor dem Südtor bereit-
halten. Vielleicht gelingt es das Tor zu öffnen."
Der Fürst wiegte den Kopf.
„Ihr plant ein gewagtes Unternehmen, Ritter Hagen. Aber ich vertraue
Euch. Ich werde alles veranlassen."
In der stockfinsteren, mondlosen zweiten Nachhälfte schlichen sich die
ausgesuchten Männer, die Feuerpulverkisten schleppend, unbemerkt von
den Wachen, so leise wie möglich zum Südtor. Sie platzierten die Kisten an
den Stellen, die ihnen Hagen anwies. Dann zogen sie sich zurück. Die
Zündschnüren wurden angesteckt. Kurze Zeit später durchbrachen mehrere
Donnerschläge die Stille der Nacht. Blitze zuckten auf, das Tor stürzte in
sich zusammen.
„Gebt das Zeichen zum Angriff", rief Hagen dem Fürsten zu.
Augenblicke später stürmten die Soldaten nach vorne, drangen in die Stadt
ein. Die Verteidiger waren unterdessesen aus dem Schlaf gerissen worden,
sammelten sich zum Widerstand. Die Schlacht tobte fast bis zum Mittag.
Dann war die letzte Bastion erobert. Der Fürst von Huangshi war bei den
Kämpfen gefallen. Dann begann der häßliche Teil des Geschehens. Die
Stadt wurde zum Plündern freigegeben. Raub, Mord und Schändung der
Frauen setzte ein. Hagen wandte sich ab, zog sich in das Feldlager zurück.
Er suchte nach Ulugbek. Doch der Usbeke war nirgends zu finden, seine
Pferde fehlten, ebenso seine Habe. Hagen durchsuchte sein Lager, fand
noch eine geringe Menge des Pulvers. Ein Soldat erschien.
„Der Fürst bittet Euch zu sich."
Hagen begab sich zu ihm.
„Habt Dank, Ritter Hagen. Unser Sieg ist vollkommen. Und die Beute ist

gewaltig. Die Schatzkammer war prall gefüllt."

„Und die Habe der Bewohner und die Ehre der Frauen rauben jetzt die Soldaten."

„Seid nicht so weichherzig, Ritter Hagen. Es ist das Los der Verlierer zu bluten. Das trifft alle. Es gibt keine Schuldigen und auch keine Unschuldigen. Und es ist ja auch Euer Werk, Euer Verdienst oder Eure Schuld, daß es so gekommen ist. Ihr habt keinen Grund jetzt Mitleid zu fühlen."

Er lächelte.

„Ich wußte, Ihr hattet einen Plan. Aber Euere Tat hat mich doch überrascht. Durch welches Mittel habt Ihr das Tor zum Einsturz gebracht. Oder ist es ein Geheinmis, das Ihr nicht verraten wollt?"

Hagen lachte.

„Es ist ein Geheimnis, das ich selbst nicht kenne."

Der Fürst blickte ihn verwirrt an.

„Wie soll ich das verstehen?"

„Es war das Feuerpulver, das der usbekische Magier gemischt hat. Üblicherweise benutzt er es um Bilder an den Himmel zu malen. Aber man kann auch gewaltige Zerstörungen damit anrichten, wie Ihr gesehen habt. Und die Ingredienzen und ihr Mischungsverhältnis kennt nur er."

Der Fürst dachte nach.

„Dieses Pulver ist mächtig. Es wird die Kriegsführung völlig verändern. Er muß das Geheimnis preisgeben. Bringt ihn zu mir."

Hagen schüttelte den Kopf.

„Das wird nicht möglich sein. Als er das Werk sah, ahnte er wohl, daß man ihn zwingen würde, das Geheimnis preiszugeben. Er entfloh daher in den Wirren des Gefechts."

„Das ist sehr unglücklich. Ich werde nach ihm suchen lassen."

Er überlegte kurz.

„Ich werde auch das Feldlager und das Gelände genauestens untersuchen lassen. Möglicherweise finden sich Spuren des Feuerpulvers. Es gibt zahlreiche gelehrte Männer in Hangzhou. Vielleicht können sie dessen Geheimnis ergründen."

Zwei Tage später brach das Heer nach Hangzhou auf. Es hinterließ nur rauchende Trümmer.

Anläßlich des Sieges gab der Fürst ein prächiges Fest, welches fünf Tage andauerte.

Sunaya und Hagen genossen die Zeit. Sie fühlten sich wohl, doch überfiel sie bald eine Unruhe. China war nicht ihre Heimat, sie wollten weiterziehen.

Hagen suchte den Fürst auf.

„Edler Fürst, Sunaya und ich haben lange Eure Gastfreundschaft genossen und wir danken Euch von ganzem Herzen dafür. Aber es ist nicht unser Lebensziel uns auf Dauer in China niederzulassen. Ich möchte in meine Heimat zurückkehren und Sunaya will mit mir gehen."

„Nun, Ritter Hagen", entgegnete der Fürst, „nicht Ihr habt zu danken, sondern ich. Ihr habt mir und meinem Land große Dienste erwiesen. Ich kann Euch nicht halten und verstehe, daß Euch die Sehnsucht in Eure Heimat zurücktreibt. Aber vorher sollt Ihr Euren Lohn erhalten."

„Welcher Lohn?"

„Nun, da ist zu einem das geraubte Gut, die wir den Piraten entrissen haben. Mit einem Beutel Perlen und Edelsteinen seid Ihr doch schlecht bedient. Und dann gibt es den Schatz des besiegten Fürsten von Huangshi. Auch hier steht Euch ein Anteil zu."

„Und wie hoch ist dieser Anteil?"

Der Fürst führte ihn zur Schatzkammer.

„Ich habe es zusammenstellen lassen. Es sind fünfzehn Ledersäcke, gefüllt mit Goldstücken, Edelsteinen und Perlen. Schaut sie Euch an."

Hagen öffnete einen der Säcke.

„Das ist ungeheuer viel. Nur kann ich leider nichts damit anfangen. Meine Heimat liegt mehr als zweihundert Tagesreisen entfernt, ich kann diesen Schatz unmöglich dorthin bringen. Der Weg führt über hohe Gebirge, dürftige Wüsten, weite Steppen, durch die Länder wilder Völker. Gegen all das kann ich nicht ankämpfen. Ich werde ihn zweifelsohne auf der Reise einbüßen, vielleicht auch aus Gier ermordet werden."

„Dann schließt Euch einer Karawane an."

„Eine Karawane? Keine Karawane zieht von China ins Deutsche Reich."

„Natürlich nicht. Aber es führt eine Handelsstraße von hier bis nach Konstantinopel. Keine Karawane legt den gesamten Weg zurück. Ihr werdet Euch mehreren anschließen müssen."

Hagen verzog das Gesicht.

„Soll ich mich Kaufleuten und ihren Dienern anschließen ? Ich bin ein Ritter, der das Abenteuer sucht."

„Bedenket, Ihr seid nicht allein. Ihr habt eine Frau bei Euch. Wollt Ihr sie allen Gefahren aussetzen. Seid vernünftig, folgt meinem Rat."

„Danke, Fürst. Mein Aufbruch hat keine Eile. Ich werde Eure Worte überdenken."

Er verabschiedete sich.

Hagen berichtete Sunaya,

„Eine Karawane ?" sagte sie, „soll ich mit einer Karawane reisen. Vielleicht als eine von wenigen Frauen unter hundert Männern ? Viele Monde verschleiert auf einem Wagen verbringen, nur gelegentlich die Sonne sehen. Meine Mahlzeiten alleine einnehmen oder zusammen mit Weibern, die ich nicht mag. Das ist fast so schlimm wie eine Gefangenschaft in einem Kerker. Frauen, die nichts anderes kennen als ihre Gemächer und ihre Gärten, mögen das vielleicht anders empfinden, aber ich würde mich wie ein Vogel im Käfig fühlen. Ich will frei sein, Ich bin nicht verzärtelt, scheue keine Mühen, fürchte auch keine Gefahren. Ich habe gelernt ein Schwert zu führen und mit einem Bogen zu schießen. Nein, ich will frei mit dir ziehen, nicht unter Kaufleuten und Kamelknechten sein."

„Dann werden wir auf den Schatz verzichten müssen."

„Wäre das schlimm ? Ich bin bisher ohne großen Reichtum ausgekommen. Ich habe nie danach gestrebt. Wir werden auch ohne diesen Schatz unser Glück finden. Du wolltest durch die Steppen und Gebirge im Norden reisen. Ich werde mit dir ziehen."

„Ich habe eine gute Nachricht für Euch", begann der Fürst als ihn Hagen einige Tage später aufsuchte um ihm seine Entscheidung mitzuteilen, „wie Ihr wißt unterhalten wir gute Handelsbeziehungen zum konstantinopelitanischen Kaiserreich. Aber wir treiben nicht nur Handel. Wir haben einen Gesandten am dortigen Kaiserlichen Hof, sie einen bei uns. In einem Mond wird ein neuer Gesandter nach Konstantinopel aufbrechen. Er ist ein hoher Fürst. Er reist unter starker Begleitung, mehr als hundert ausgewählte Schwertkämpfer und Bogenschützen werden mit ihm ziehen. Keine

Räuberbande wird sich an sie heranwagen. Ich werde Euren Schatz diesem Zug mitgeben. Er wird vollständig in unserem Handelshaus in Konstantinopel abgeliefert werden, wo Ihr ihn in Empfang nehmen könnt. Dessen könnt Ihr sicher sein. Ich werde ein Schreiben mitgeben und Euch ein Dokument, das Euch als rechtmäßigen Besitzer ausweist. Ihr werdet ferner einen Ring als Erkennungszeichen erhalten und wir werden ein Losungswort vereinbaren."

Er schwieg kurz.

„Wäre Euch 'Badman' recht. Ihr habt diesen berüchtigten Piraten besiegt, werdet daher diesen Namen wohl nicht vergessen."

Hagen nickte.

„Ich danke Euch für Eure Großzügigkeit, Fürst."

Hagen berichtete Sunaya. Sie war zufrieden.

„Dann können wir ja bald aufbrechen", sagte sie,

„Ja, aber es hat keine Eile. Wir müssen uns auch auf der Reise nicht beeilen. So eine Karawane kommt nur langsam voran."

„Ja, lassen wir uns Zeit und besuchen die prächtigen Städte entlang der Handelsstraße. Ich habe in Indien oft Erzählungen über sie gehört. Nun, ich denke aber, es ist besser, wenn ich mir für die Reise Männerkleidung besorge."

9. In den Steppen Asiens

Sie verabschiedeten sich vom Fürsten, brachen auf. Sie kannten keine Eile, zumal sie auch aufgrund des fürstlichen Empfehlungsschreibens überall gastliche Aufnahme fanden und Städte besuchten, die sie während ihrer Rundreise nicht aufgesucht hatten.

Sunaya, mittlerweile ans Reiten über längere Strecken gewöhnt, hielt sich wacker im Sattel. Dennoch nahm Hagen Rücksicht auf sie, wollte sie nicht überanstrengen. Das verschwieg er natürlich ihr gegenüber, da er fürchtete sie zu kränken, wenn er sie dadurch als schwaches Weib hinstellte. Denn das war sie keineswegs. Sie hatte sich mittlerweile auch im Gebrauch von Waffen weiter geübt und führte bereits ein gutes Schwert.

Nach etwa zehn Wochen erreichten sie Lanzhou. Sie gönnten sich einige Tage Ruhe, zogen dann auf einer alten Handelsstraße weiter, welche über Turpan nach Almatu führte.

Meist blieben sie unter sich, doch zeitweise schlossen sie sich Kaufleuten an. Sie verließen sie aber bald wieder, da ihnen, obwohl sie nicht in Eile waren, diese Handelszüge zu langsam vorangingen. Gesellschaft war auch nicht notwendig, denn die Reise verlief ruhig, da die herrschenden Könige und Fürsten für die Sicherheit der Karawanenstraße sorgten.

Etwa zwei Tagesreisen vor Almatu vernahmen sie hinter einer Straßenbiegung Kampflärm. Eine kleine Gruppe Reiter wurde von Räubern überfallen. Hagen eilte herbei, hieb vier der durch die unerwartete Hilfe überraschten Räuber aus dem Sattel. Die anderen ergriffen die Flucht. Ein hochgewachsener, vornehm gekleideter Mann, in einer Rüstung, die von kunstvoller Schmiedearbeit zeugte, ritt auf ihn zu. Er schien der Anführer der Horde zu sein.

„Seid gegrüßt, Fremder", sprach er stolz, „Ihr habt tapfer gekämpft, aber Eure Hilfe wäre nicht notwendig gewesen. Meine Krieger und ich hätten das Gesindel auch ohne Euer Zutun in die Flucht geschlagen."

Die Worte wirkten beleidigend, denn von den zehn Kriegern, der er offensichtlich ursprünglich bei sich hatte, war die Hälfte getötet oder schwer verwundet worden. Die übrigen, wie auch er selbst, zeigten kleinere Verletzungen. Er wollte allerdings keinen Streit beginnen, sann kurz darüber nach, was er antworten solle, sagte schließlich.

„Ihr habt völlig recht, meine Hilfe war gering. Doch dieses Gelichter ist der Feind aller ehrbarer Reisender. Und daher müssen sie bekämpft werden, wann immer man auf sie trifft. Ich wünsche Euch noch eine gute Reise."

Er wendete sein Pferd.

„Halt, wo wollt Ihr hin ?"

Hagen drehte sich noch einmal um.

„Hinter der Wegbiegung wartet meine Begleiterin. Ich will ihr mitteilen, daß die Gefahr vorüber ist und wir weiterziehen können."

Er ritt hin zu Sunaya.

„Die Räuber sind in die Flucht geschlagen. Die Überfallenen sind Angehörige eines Steppenvolkes. Ihr Anführer ist sehr stolz."

„Meinst du, wir können weiterreiten ?"

„Diese Steppenvölker sind heimtückisch, man darf ihnen nicht trauen. Und der Anführer der Horde ist sehr stolz. Ich bin ihnen zu Hilfe geeilt. Auch wenn ihr Anführer diese in seinen Worten geringschätzt, in seinem Herzen erkennt er wohl die Wahrheit. Er weiß genau, daß er ohne mein Eingreifen in eine schwierige Lage geraten wäre. Daher werden sie uns nichts antun, uns nicht töten. Das wäre gegen ihre Ehre."

„Ich verstehe. Er weiß, daß sie ohne deine Hilfe verloren gewesen wären. Aber das kann er vor seinen Männern nichr eingestehen. Das wäre ein Zeichen der Schwäche."

„So sehe ich es auch."

Die Reiter warteten.

„Ihr seid ein tapferer Mann. Wo kommt Ihr her, wo wollt Ihr hin ?" fragte nun der Anführer.

„Wir kommen aus China, wollen nach Almatu."

„Das ist noch weit. Und bald wird die Nacht hereinbrechen. Ihr seid keine Mongolen, auch keine Tartaren."

„Ich bin Franke komme aus einem Land weit im Westen. Meine Begleiterin ist Inderin."

Der Mann lächelte.

„Ihr habt tapfer gekämpft und Almatu ist noch weit. Ihr werdet es heute nicht erreichen. Doch braucht Ihr ein Nachtlager. Mein Dorf ist nicht weit entfernt. Wir können es vor Einbruch der Dunkelheit leicht erreichen. Mein Name ist Ögur. Ich bin Kasache, wir gehören der Großen Horde an, ich bin das Oberhaupt des Maragol – Clans. Kommt mit, ihr seid meine Gäste."

Hagen und Sunaya sahen einander an.

„Nun, es hat wohl keinen Zweck abzulehnen. Das wäre eine schwere Beleidigung."

Hagen wandte sich Ögur zu.

„Ich danke für deine Einladung. Ich nehme sie gerne an."

Als die Sonne zu sinken begann erreichten sie das Dorf. Es wurde ihnen ein großes Zelt zugewiesen.

Einige Zeit später erschienen ein Mann und eine ältere Frau. Der Mann bat Hagen mit ihm zu kommen. Die Frau reichte Sunaya Essen und Trinken. Für Hagen war ein üppiges Gastmahl vorbereitet worden. Hagen erkannte sehr rasch, daß Ögur ihm für die Hilfe dankbar war, doch sein Stolz verbot es ihm dies offen zu zeigen. Nach dem Mahl führte ein Knabe eine junge Frau in das Zelt. Ögur lachte, er schien bereits betrunken.

„Ein Festmahl ist keine würdige Belohnung eines Helden, der vier Räuber im Handstreich erschlagen hat. Ich werde dir daher noch eine Sklavin schenken, eine Mongolin. Sie wird dir deine Nächte versüßen."

Hagen gefielen diese Worte nicht, da Ögur offenbar außer Acht ließ, daß er in Sunaya bereits eine Gefährtin hatte. Er wußte jedoch, daß für diese Steppenvölker Frauen den Männern untertan waren, sich zu fügen hatten und Männer meist mehrere Frauen ihr eigen nannten. Er konnte das Geschenk nicht ablehnen ohne den Kasachen schwer zu beleidigen. Doch was würde Sunaya dazu sagen ? Eine zweite Frau. Würde sie denken, er werde sein Wort brechen, denn noch waren sie nicht zusammengekommen.

Hagen machte eine gute Miene, bedankte sich, kehrte in sein Zelt zurück. Sunaya schlief bereits. Er weckte sie.

„Was gibt es ?" fragte sie verschlafen.

„Ich habe ein Geschenk erhalten."

„Und darum weckst du mich. Das hat doch Zeit bis morgen."

„Nein, es ist eine Frau."

„Eine Frau ?"

Sunaya war nun hellwach.

„Eine Sklavin", antwortete Hagen, „was machen wir nun mit ihr ?"

„Was heißt 'wir' ? Sie wurde dir geschenkt."
„So einfach ist es nicht. Gut, sie wurde mir geschenkt. Aber sie ist eine Frau. Und nun sind wir zu dritt."
Er pausierte kurz.
„Nein, es ist nicht so wie du vielleicht denkst. Du hast mein Wort. Ich werde niemals eine andere Frau berühren als dich. Ich habe dich geweckt um dir das mitzuteilen. Du solltest keine falschen Schlüsse ziehen wenn du morgen früh erwachst und eine fremde Frau im Zelt vorfindest."
„Im Zelt ?"
„Ich kann sie doch nicht im Freien schlafen lassen. Die Kasachen würden mir das übelnehmen, als Zeichen sehen, daß ich das Geschenk gering-schätze."
Sunaya lächelte. Hagen konnte es im Schein der Fackel erkennen. Er gebot der Mongolin mit Gesten sich niederzulegen, löschte die Fackel, legte sich schlafen.
Am nächsten Morgen rüstete er zum Aufbruch. Ein Krieger kam heran, führte zwei Pferde.
„Sie gehören dir. Es sind Räuberpferde. Du hast vier der Wegelagerer niedergestreckt und damit ein Anrecht auf einen Teil der Beute."
Vier Räuber niedergestreckt, aber nur zwei Pferde erhalten. Hagen verstand diese Rechnung nicht. Er bedankte sich allerdings.
Es gesellte nun sich ein junger Mann mit blonden Haaren hinzu.
„Mein Name ist Andrei. Ich bin Waräger, stamme aus dem Reich von Kiew. Ich habe mich einige Jahre in der Welt herumgetrieben, war nun ein paar Wochen hier im Dorf zu Gast. Ich möchte zurück in meine Heimat. Darf ich mich Euch anschließen ? Ich versichere Euch, ich bin ein ehrenwerter Mann, werde Euch nicht berauben, werde auch die Frauen achten. Und ich führe eine gute Klinge. Ihr werdet es nicht bereuen."
Hagen überlegte, blickte Sunaya an. Die nickte.
„Also gut, kommt mit uns."

Kurze Zeit später brachen sie auf. Hagen und Andrei ritten voraus, Sunaya folgte ihnen in kurzen Abstand, während sich die Mongolin zurückhielt.
„Stelle dir unter Almatu nicht allzuviel vor", meinte Andrei, „das ist keine prächtige Stadt, nur ein größeres Nest, aber kein dreckiges und elendes. Es

dient als Umschlagplatz und Steppenmarkt. Zahlreiche Kaufleute aus Taschkent, Buchara und Samarkand verkaufen hier ihre Waren, da sie den weiten Weg durch die Steppen und Gebirge bis nach China scheuen. Und die Steppenvölker im Norden kommen in die Stadt um die Güter zu kaufen, die sie selbst nicht herstellen, wie eiserne Töpfe, zum Teil auch Schwerter oder Schmuck für die Frauen, aber keine Kostbarkeiten. Und sie verkaufen hier Felle, Wolle und auch Pferde."

„Ich habe auch nicht vor lange dort zu verweilen. Aber Sunaya hat ein paar Tage Ruhe nötig. Sie ist erschöpft, auch wenn sie es nicht eingesteht. Und dann ist auch unsere Kleidung recht zerschlissen. Wir brauchen dringend Ersatz. Wir wollen schließlich nicht wie Steppenräuber aussehen."

Sie schwiegen ein Weile.

„Kennst du Almatu?" fragte Hagen schließlich.

„Ich war einige Male dort", entgegnete Andrei.

„Kennst du einen sauberen Gasthof? Ein Bad wäre auch nicht schlecht."

„Ein Bad?" Andrei lachte, „du bist chinesischen Luxus gewöhnt. Ein Bad? Weißt du, baden ist hier nicht sehr beliebt."

„Das scheint mir auch so. Man riechst es. Aber das habe ich nicht gefragt. Gibt es ein Bad in Almatu?"

Andrei schüttelte den Kopf.

„Ein Bad? Es gibt schon ein Bad in Almatu, sogar ein konstantinopelitanisches Bad. Es gehört zu einem Gasthof. Der Besitzer ist ein Grieche, den das Schicksal hierher verschlagen hat. Es ist dort allerdings nicht billig. Aber warum willst du unbedingt baden? Die Wirkung hält nicht lange an und nach ein paar Tagen stinkt man wieder genau so wie vorher."

„Wenn schon. Und auf ein paar Goldstücke soll es nicht ankommen. Es ist auch nicht wegen mir, sondern wegen Sunaya. Es wird es schätzen. Sie ist Schmutz nicht gewöhnt."

Kurz nach Mittag legten sie eine längere Rast ein. Die Mongolin hielt sich zunächst abseits, rückte jedoch bald näher heran. Eine Verständigung mit ihr war allerdings nicht möglich, da sie den Steppendialekt nicht beherrschte. Sie schien aber den anderen zuzuhören. Zu Sunaya faßte sie offenbar rasch Zutrauen. Sie deutete auf verschiedene Gegenstände, schaute Sunaya dabei fragend an. Sunaya verstand. Sie beherrschte mittlerweile den

Steppendialekt schon recht gut, nannte ihr die Namen der Dinge und die Mongolin versuchte die Worte nachzusprechen.

„Was habt ihr beiden denn ?" fragte Hagen schließlich

„Offenbar will sie unsere Sprache lernen", antwortete Sunaya.

„Wozu, wir werden bald Almatu erreichen. Dort können wir sie loswerden."

„Du meinst, sie als Sklavin verkaufen ?"

„Warum nicht ?"

„Nein, das lasse ich nicht zu. Du weißt doch, was Sklaverei bedeutet. Willst du wirklich einen Menschen solch einem elenden Los ausliefern ? Habe ich mich in dir getäuscht ? Ich habe dich bisher für edel denkend gehalten."

Hagen blickte sie verlegen an. Sunaya lächelte.

„Der Tadel war nicht so gemeint. Ich weiß wie du denkst. Es ist wegen mir. Nein, du hast mir dein Wort gegeben und ich vertraue darauf. Ich sehe sie nicht als Nebenbuhlerin. Und ich werde mich um sie kümmern. Ich beherrsche den Steppendialekt recht gut und ich werde sie ihn lehren."

Sie wandte sich der Mongolin zu, fragte, wie sie heißt. Sie verstand zunächst nicht so recht, sagte schließlich.

„Borthe."

Am Nachmittag des darauffolgenden Tages erreichten sie Almatu. Andrei wies ihnen den Weg zum Gasthof.

„Du kannst ruhig mitkommen", rief ihm Hagen zu, „ich werde für dich bezahlen. Du möchtest doch sicher auch wieder einmal in einem sauberen, weichen Bett schlafen. Und ein Bad schadet niemandem, nicht einmal einem Waräger."

Der Wirt begrüßte sie freundlich, wies ihnen saubere Zimmer zu, die sogar recht komfortabel eingerichtet waren. Er zeigte ihnen auch das Bad, das er als seinen ganzen Stolz bezeichnete. Borthe blickte das alles mit größter Verwunderung an. Sie scheute sich, die Räume zu betreten. Sunaya nahm sie bei der Hand.

„Du brauchst keine Angst zu haben. Das alles ist dir fremd, du kennst sicherlich nur Nomadenzelte. Aber alles ist gut und es wird dir gefallen, wenn du es erst kennengelernt hast."

Borthe lächelte, nickte, obwohl sie Sunayas Worte nicht verstanden hatte,

129

Zwei Tage später sprach ein Mann Hagen auf dem Markt an.

„Mein Name ist Ebenar, ich bin Kaufmann, entstamme dem Volk der Nerbeilotsen. Ich hörte, ihr wollt nach Taschkent weiterreisen. Ich möchte auch dorthin. Darf ich mich euch anschließen. In Gesellschaft reist man sicherer. Ich kenne auch den Weg, kann euch also führen."

„Und warum schließt du dich nicht einer Karawane an?"

„Die nächste Karawane zieht erst in zwölf Tagen los. Solange will ich nicht warten. Und ihr brecht bereits in drei Tagen auf."

„Woher weißt du das?"

„Der Wirt eures Gasthofs hat es mir erzählt."

Hagen blickte ihn finster an.

„Du hast Erkundigungen über uns angestellt."

Ebenar lächelte verschmitzt.

„Was ist daran verwerflich? Ihr seid Fremde, zwei Männer, zweifelsohne Krieger, mit heller Gesichtsfarbe und hellen Haaren. Ihr entstammt doch zweifelsohne einem der Völker, die weit im Westen leben. Ist es da ungewöhnlich anzunehmen, daß Ihr hier nicht lange verweilen wollt, sondern bald weiterreisen. Und ich sagte doch, ich suche Gesellschaft."

„Ich werde es mir überlegen und deinen Wunsch auch mit meinen Gefährten bereden. Ich werde dir unsere Entscheidung zukommen lassen. Wo kann ich dich finden?"

„Es ist besser ich komme zu euch, in zwei Tagen, am Abend bevor ihr aufbrecht."

Andrei verzog das Gesicht als ihm Hagen von der Begegnung berichtete.

„Ein nerbeilotsischer Kaufmann? Dieses Volk hat hierzulande keinen guten Ruf. Die Nerbeilotsen gelten als verschlagen und betrügerisch. Vermutlich will ihn keine Karawane mitnehmen."

„Du rätst mir also ab?"

„Es ist deine Entscheidung, nicht meine. Er hat dich gefragt, nicht mich."

„Das klingt nicht sehr freundschaftlich. Du willst uns verlassen, wenn ich ihn mitnehme?"

Andrei lachte.

„Nein, dann denkst du ja, ich hätte Angst vor einem Nerbeilotsen."

Sie brachen auf. Ebenar führte zwei Packpferde mit sich. Hagen, durch Andreis Rede argwöhnisch geworden, behielt den Nerbeilotsen im Auge. Doch dieser gab keinerlei Anlaß zu Mißtrauen. Die Reise verlief ruhig. Nach drei Tagen schickte er sich allerdings an die Handelsstraße zu verlassen, einen Weg nach Norden einzuschlagen. Hagen, Sunaya und Andrei wunderten sich.

„In ein paar Stunden erreichen wir die Grenze des Khanats Kirkhanistan. Dieses Land werde ich nicht betreten. Ich werde es umgehen."

„Und warum willst du dieses Land nicht betreten ?" fragte Sunaya.

„Es liegt jetzt zwanzig Jahre zurück. Wir lebten bis dahin unbehelligt in Kirkhanistan, waren durch Fleiß zu Wohlstand gekommen. Das erzeugte Neid. Und als damals eine Mongolenhorde ins Land einfiel, schlug der Neid in Haß um. Und nachdem die Mongolen das kirkhanische Heer in der Schlacht bei Choramin vernichtet hatten, immer tiefer ins Land eindrangen und Dörfer und Städte brandschatzten, setzten die Pogrome gegen uns ein. Man beschuldigte uns, die Mongolen mit süßen Reden von märchenhafter Beute zu dem Feldzug aufgestachelt, für die Mongolen spioniert und das Heer ihnen ausgeliefert zu haben. Und das alles mit dem Ziel als Vasallen der Mongolen das Land zu beherrschen. Der neue Khan war ein harter und brutaler Mann. Er sammelte ein neues Heer, schlug die Mongolen, trieb sie aus dem Land. Dann wandte sich sein Zorn gegen uns. Unsere Häuser wurden gebrandschatzt, Männer, Frauen und Kinder hingemetzelt. Wir sandten eine Abordnung zum Khan, beschworen unsere Treue, unsere Unterwerfung unter seine Herrschaft. Es half nichts. Das Wüten gegen unser Volk steigerte sich noch. Wer konnte, der floh außer Landes, alle anderen wurden getötet oder zu Sklavenarbeit in die Bergwerke verschleppt. Nein, dieses Land betrete ich nicht mehr."

„Nun, dann müssen wir uns eben trennen", warf Hagen ein, „wir sind Fremde, haben in Kirkhanistan nichts zu befürchten. Es gibt für uns keinen Grund einen Umweg von mehreren Tagen zu nehmen. Dann müssen wir uns eben trennen."

„Wenn ich euch einen Rat geben darf, dann betretet das Land auch nicht, sondern kommt mit mir. Ihr seid Fremde, steht unter keines Fürsten Schutz und der Khan ist grausam und habgierig. Er wird euch einkerkern und eure Habe rauben."

„Wir fürchten uns nicht", lachte Andrei.

Hagen, Sunaya, Andrei und Borthe ritten die Handelsstraße weiter.

„Verstehst du das Verhalten Ebenars ? Nach deiner Rede damals argwöhnte ich, er wolle uns vielleicht in eine Falle locken. Aber sein Verhalten gab keinerlei Anlaß zu Mißtrauen. Und jetzt trennte er sich ohne große Umschweife von uns. Was bedeutet das ? Hat er uns in eine Falle geführt und die Räuber erwarten uns bereits ? Wir müssen vorsichtig sein."

Andrei schüttelte den Kopf.

„Vorsicht lohnt sich immer. Du sagtest doch, sein Verhalten gab keinen Anlaß zu Mißtrauen. Und einer Räuberbande hätte er doch Zeichen geben müssen."

„Vielleicht tat er es nachts als wir schliefen."

„Nein, ich denke nicht, daß uns Räuber auflauern. Er hatte zweifelsohne Angst, suchte Schutz."

„Schutz ? Vor wem ?"

„Nun, Kirkhanistan will er nicht betreten. Also muß er es im Norden umgehen. Ich kenne die Grenzen des Khanats nicht, aber vermutlich grenzt es im Norden an die öde Trockensteppe, in der wilde Clans leben. Und dieses Gebiet wollte er vermutlich nicht alleine durchqueren."

Kurz vor Einbruch der Dämmerung erreichten sie eine Stadt, fanden eine Herberge.

Am Abend kam Hagen in der Gaststube mit einem Mann ins Gespräch, berichtete ihm von der Erzählung Ebenars. Sunaya saß schweigend daneben. Andrei und Borthe hatten sich bereits zurückgezogen.

„Ja, man nennt uns grausam, weil wir vor zwanzig Jahren die Nerbeilotsen fast völlig ausgerottet haben, nachdem sie sich unterworfen hatten. Aber was ist schon Unterwerfung ? Doch ist doch nur das Eingeständnis der Unterlegenheit, der gegenwärtigen Unterlegenheit. Sie unterwarfen sich in der Hoffnung auf Schonung, auf milde Behandlung. Aber ihre Herzen waren voller Falschheit. Sie wollten Schonung um sich zu erholen, um neue Kraft zu gewinnen um dann Vergeltung zu üben. Schau dich doch um, was sie taten. Die Überlebenden zogen nach Palirastan, einem kleinen Emirat. Sie suchten Schutz, er wurde ihnen gewährt. Aber nicht nur sie suchten Schutz, sondern auch ihre Vettern, die in verschiedenen Reichen wohnten. Auch ihnen wurde er gewährt, man nahm sie auf. Nach fünf Jahren fühlten sie sich stark genug. Sie vertrieben den Emir, übernahmen die Herrschaft. Sie raubten den Palirasten Land und Gut, viele mußten fliehen um ihr Leben zu retten. Und es kamen immer mehr Nerbeilotson ins Land. Nun sind sie die Herren und die Palirasten sind ihre Sklaven. Hätte unser Khan damals nicht strenge Maßnahmen gegen sie ergriffen, so herrschten sie heute in Kirkhanistan und wir wären ihre Sklaven. Bist du nun noch immer der Ansicht, daß unser Khan ein grausamer Verbrecher ist?"

„Ich bin ein Fremder", entgegnete Hagen, „ich habe nur das wiedergegeben, was mir berichtet wurde."

„Um so schlimmer. Du hast geurteilt, obwohl du nur die Ansicht einer Seite kanntest. Merke dir: ein gerechtes Urteil kannst du nur fällen, wenn du zuvor beide Seiten anhörst und beiden Meinungen gleiches Gewicht gibst. Merke dir: beide können die Wahrheit sagen, beide können Lügen. Solange du nicht genügend Wissen besitzt um genau zu unterscheiden, was Wahrheit und was Lüge ist, mußt du beide Berichte als gleich wahr oder als gleich falsch ansehen. Du darfst einen Bericht nicht höher bewerten als den anderen. Aber anstatt mich hättest du auch an jemanden geraten können, dem deine Worte nicht schmecken. Er hätte dich zum Kampf fordern können oder noch schlimmer, er hätte die Wache rufen und dich in den Kerker werfen lassen können, weil du unseren Khan beleidigt hast."

Er schwieg kurz.

„Man hat dir sicherlich erzählt, die Nerbeilotsen hätten durch Fleiß Wohlstand erworben. Hat man dir auch gesagt, durch welchen Fleiß? Ja, sie waren fleißig beim Schachern und Betrügen. Sie nutzen die Not der Bauern, welche durch Unwetter ihre Ernte verloren und die der Viehzüchter, die durch Dürren ihre Herden eingebüßt hatten um die Reste ihres Besitzes an sich zu reißen. Und dabei hielten sie sich streng an die Gesetze, welche sie sich in mehr als hundert Jahren durch großzügige Zahlungen an die Herrscher erkauft hatten. Und sie fanden auch stets Richter, welche gegen Bezahlung ihre Handlungen als rechtmäßig beurteilten, wenn es zu Prozessen kam. Und als der alte Khan endlich Maßnahmen ergriff um ihre Machenschaften einzudämmen, hetzten sie die Mongolen gegen uns auf, nachdem wir fünfzig Jahre zwar nicht in freundlicher, jedoch in friedlicher Nachbarschaft mit ihnen gelebt hatten."

Hagen lächelte.

„Verzeih, ich wollte weder dein Volk noch euren Khan beleidigen. Ich bin ein Fremder auf der Durchreise. Ich suche keinen Streit und die Hintergründe der Händel zwischen Kirkhanistanern, Nerbeilotsen und Mongolen sind mir unbekannt."

Es lag ihm auf der Zunge zu sagen, 'woher weiß ich, daß du nicht lügst?' doch hielt er es für unklug dies laut auszusprechen.

„Du hättest nicht so schwatzhaft sein sollen", tadelte Sunaya als sie in ihrer Kammer im Bette lagen, „es leben in dieser Gegend wilde Völker. Die Männer sind aufbrausend, suchen stets Streit. Ein falsches Wort genügt um zum Zweikampf gefordert zu werden. Du hattest Glück."

„Weshalb hatte ich Glück?"

„Ich habe den Mann studiert. Hast du nicht bemerkt, wie ungeschickt er seinen rechten Arm bewegte? Sicherlich rührt das von einer Verletzung her und er kann nun nicht gut ein Schwert führen. Er fühlte sich dir nicht gewachsen, scheute daher den Zweikampf mit dir. Doch ich sah das haßerfüllte Funkeln in seinen Augen, das völlig im Gegensatz zu den fast freundlichen Worten stand. Er hätte dich gerne gefordert, wagte es aber nicht. Doch wer weiß, was er im Schilde führt. Vielleicht hat er einige Freunde, die er gegen uns aufhetzt. Wir sollten daher morgen in aller Frühe die Stadt verlassen."

Bereits im Morgengrauen weckten sie Andrei und Borthe. Sie brachen auf, sobald die Tore geöffnet waren.

„Ich denke, ihr seid zu ängstlich", Andrei lächelte als ihm Hagen von dem Gespräch am gestrigen Abend berichtete, „die Männer hier sind zweifelsohne hitzig, brausen leicht auf, aber ebenso schnell beruhigen sie sich wieder. Ich denke, der Kerl hat das Gespräch schon längst wieder vergessen. Ich glaube nicht, daß uns Gefahr droht."

„Ich bin mir da nicht so sicher", wandte Sunaya ein, „ich sah den Haß in seinem Gesicht. Hagens Worte haben ihn zutiefst beleidigt. Er hat nicht vergessen. Er sann auf Rache."

„Ich will es nicht beschönigen", meinte nun Hagen, „ich habe einen groben Fehler begangen. Aber das ist jetzt nicht zu ändern. Und Vorsicht kann nicht schaden. Wir werden Städte meiden und im Freien übernachten und außerdem so weit neben der Handelsstraße reiten, daß man uns von dort aus nicht erkennen kann, sofern es das Gelände erlaubt."

Andrei murrte zwar, er beugte sich aber Hagens Entscheidung, trennte sich nicht von ihnen. Denn selbst wenn er alleine ritt konnte er sich nicht sicher fühlen, mußte befürchten für Hagen gehalten werden wenn er Verfolgern oder Häschern in die Hände fiel.

Nach drei Tagen hatten sie Kirkhanistan durchquert, konnten wieder einen Gasthof aufsuchen.

Die Weiterreise verlief ohne nennenswerte Ereignisse. Eingedenk der jüngsten schlechten Erfahrungen mieden sie Gesellschaft und abendliche Gespräche mit Fremden in den Gasthöfen. Sie ließen sich Zeit, wählten nur kurze Tagesetappen um die Pferde nicht zu überanstrengen. Hagen und Andrei ritten meist schweigend nebeneinander, während Sunaya intensiv mit Borthe den Steppendialekt übte, so daß sie ihn bereits leidlich beherrschte als sie vier Wochen später Taschkent erreichten, wo sie sich zehn Tage Ruhe gönnten.

„Von hier aus bin ich mit Soothi nach Indien aufgebrochen", begann Hagen als Sunaya und er abends zusammensaßen, „wie lange ist das nun her ? Zwei Jahre ? Ich muß darüber nachdenken, ich glaube, ich habe jedes Zeitgefühl verloren. Wir kamen aus dem Norden, aus Tahoreban, zogen dann übers Gebirge nach Kabul. Ich ahnte damals nicht, was mir das Schicksal alles bieten würde: Abenteuer, Reichtum und vor allen Dingen, die wundervollste Frau, die ich je kennenlernte."

Sunaya lächelte.

„Und wie viele Frauen hast du in deinem Leben kennengelernt ? Vermutlich nur sehr wenige."

„Spielt das denn eine Rolle ? Du bist mein Glück ! Und wir werden lange glücklich miteinander leben."

„Nun, so denkst du. Aber woher weißt du, daß du auch mein Glück bist ?"

„Bin ich das etwa nicht ?"

Sunaya lächelte.

„Vielleicht. Aber glücklich können wir nur an einem Ort zusammenleben, wo wir in Frieden und in Glück leben können. Doch noch sind wir unterwegs. Werden wir diesen Ort überhaupt erreichen ? Du willst in deine Heimat zurück und ich werde mit dir gehen. Aber wie viele Tagesreisen ist sie noch entfernt ? Und welche Gefahren lauern auf dem Weg dorthin ? Werden wir sie überhaupt jemals erreichen ? Zürne mir nicht, aber ich habe etwas Angst."

Hagen nahm sie in den Arm.

„Ich weiß, der Weg ist noch weit. Und auch ich kenne die Gefahren nicht, die uns noch erwarten. Aber Angst ist ein schlechter Ratgeber. Jeden Morgen sollten wir den Tag mit Zuversicht beginnen. Und jeden Abend werden wir dem Ziel ein Stück näher sein. Und ich glaube fest daran, daß Gott uns auf unserer Reise beschützen wird."

Sunayas Blick wurde traurig.

„Ja, dein Gott wird dich beschützen. Aber wer beschützt mich ? Pradehja, mein alter Lehrer, sagte mir im Brihadishvara – Tempel in Tanjavur, daß Shiva mich nicht meht beschützen wird, wenn ich Indien verlassen habe."

Hagen küßte sie.

„Sei ohne Sorge. Mein Gott ist für alle Menschen da. Er wird auch dich beschützen.

Sie brachen auf. Zwei Tagesreisen hinter Taschkent sahen sie am späten Vormittag eine Person am Wegrand liegen, nicht weit entfernt graste ein Pferd.

„Es ist ein Mann. Er scheint tödlich verletzt zu sein, lebt aber noch, redet in einer mir unbekannten Sprache vor sich hin", rief Andrei, der als erster bei ihm war, den Gefährten zu.

Nun traten auch die anderen heran.

„Ich verstehe die Sprache", erklärte Borthe.

„Was sagt er ?" wollte Sunaya wissen.

„Wartet", gebot Borthe, „er scheint sehr schwach zu sein. Seine Stimme ist leise, seine Worte sind undeutlich."

Sie bückte sich zu ihm nieder.

„Der Schatz, der Schatz des steinernen Magiers", hauchte der Mann, „ich bin ganz nahe, ganz nahe am Ziel. Noch einen Tagesritt nach Westen bis zum Fluß und dann einen Tagesritt flußaufwärts bis zum Rande des Gebirges. Dann bin ich am Ziel. Dort liegt er. Hilf mir aufs Pferd."

„Welcher Schatz ? Was ist geschehen ?" fragte Borthe.

„Ich habe den Plan, ich werde ihn finden. Hunor, mein Gefährte, warum

wolltest du mich ermorden ? Die Hälfte des Schatzes ist doch dein. Du wirst reich sein, mehr haben als du brauchst. Warum hast du das getan ?"
„Welcher Schatz ?" fragte Borthe erneut.
„Der Schatz des steinernen Magiers. Es ist nicht mehr weit. Nur noch ein Tagesritt bis zum Fluß und dann ein Tagesritt flußaufwärts."
Er sank tot zurück.
„Was hat er gesagt ?" fragte Hagen.
„Setzt euch", bat Borthe.
Dann berichtete sie, schloß mit den Worten.
„Mehr werden wir nicht erfahren. Er ist tot."
„Er muß den Plan bei sich haben, durchsuchen wir ihn", schlug Hagen vor.
Im Schaft des rechten Stiefels fanden sie ein Pergament. Die eine Seite zeigte eine Art Landkarte, die andere wohl den genauen Lageplan des Schatzes.
„Hier ist Taschkent, dort Samarkand und hier scheint der Fluß zu sein", meinte Sunaya. „und da, dieses Kreuz scheint die Stelle bezeichnen, wo der Schatz liegt. Wo er genau versteckt ist, ist wohl auf der anderen Seite des Pergamentes eingezeichnet."
„Um was für einen Schatz kann es sich handeln ? Und was bedeutet der steinerne Magier ?" fragte Adrei.
„Das könnte ein aufragender, dünner Felsen sein", erwiderte Hagen.
„Wer mag den Schatz verborgen haben ? Und wie kam der Bursche wohl in Besitz dieses Plans ?" wollte nun Sunaya wissen.
„Das werden wir nie erfahren", gab Hagen zur Antwort, „vermutlich hat er ihn gestohlen."
Borthe meldete sich nun zu Wort.
„Es gibt da eine Sage. Der Vetter unseres Dorfobersten, der einmal zu Gast in unseren Zelten war, hat sie abends am Feuer erzählt. Er stammte aus der Steppe nördlich von Taschkent. Ich saß zwar abseits, aber seine Stimme war laut und so konnte ich jedes Wort verstehen."
„Nun ?" fragte Hagen
„Vor vielen Jahren lebte ein Magier am Rand des Gebirges", begann sie, „eines Tage fand er bei einem Streifzug eine Jungfrau in der Steppe. Ihre Karawane war von Räubern überfallen worden. Alle waren tot, nur sie lebte noch. Er nehm sie mit, pflegte sie gesund. Er fand Gefallen an ihr, wollte

137

sie als Dienerin behalten. Und so verlieh er ihr ein häßliches Gesicht und eine unförmige Gestalt, weil kein Mann Gefallen an ihr finden sollte. Eines Tages schickte er sie zum Fluß um Wasser zu holen. Ihr Gesicht spiegelte sich in den Fluten. Sie war entsetzt über ihre Häßlichkeit, begann zu weinen und sie betete zum Gott Schumir. Der Gott hörte ihr Flehen, erbarmte sich ihrer, gab ihr ihre Schönheit und ihren wohlgeformten Leib zurück. Sie sah nun ihr Spiegelbild im Wasser, erfreute sich daran, dankte Schumir für die Gnade, vergaß darüber völlig ihren Auftrag. Der Magier wartete vergeblich auf seinen Trank, der Durst erzürnte ihn. Er stieg zum Fluß hinab, erblickte die betende Jungfrau, die seinen Befehl mißachtet hatte. Unbändiger Zorn überfiel ihn. Er zog seinen Dolch um sie zu töten. Doch Schumir schützte sie, verwandelte den Magier in einen Stein. Der Gott pflanzte nun Bäume, die herrliche, wohlschmeckende Früchte trugen, setzte Fische in den Fluß, lehrte die Jungfrau Feuer zu entfachen. So mußte sie nicht hungern. Er baute ihr auch eine Hütte als Schutz gegen böses Wetter und die Kälte des Winters. So lebte sie zwei Jahre in der Einsamkeit. Eines Tages fand sie einen schwer verletzten jungen Mann, der sich mit letzter Kraft zum Flußufer geschleppt hatte. Sie brachte ihn in die Hütte, pflegte ihn gesund. Der Jüngling war der Sohn eines reichen Kaufmann aus Samarkand. Er war mit einigen Dienern unterwegs nach Kokand um dort seine Braut abzuholen. Räuber überfielen die kleine Karawane, er konnte verletzt entkommen. Als er sein Ende nahe fühlte, verbarg er die Taschen mit dem reichlichen Brautgeld, damit sie nicht in die Hände der Räuber fielen. Dank der guten Pflege durch die Jungfrau erholte er sich bald, fand Gefallen an ihr, vergaß seine Braut in Kokand und zog mit ihr heim nach Samarkand, wo er sie zur Gemahlin nahm. Da er ihm Fieber gehandelt hatte, konnte er sich an das Versteck des Brautgeldes nicht mehr erinnern. Er machte sich auch nicht die Mühe danach zu suchen, sah es als Opfer an Schumir, als Dank für die Rettung und die Liebe der Jungfrau. Viele suchten nach dem Schatz, doch niemand hat ihn bisher gefunden."

„Eine schöne Geschichte", bemerkte Andrei, „doch wenn sich der Kaufmannsohn nicht mehr an das Versteck des Brautgeldes erinnerte, wer zeichnete dann den Plan."

Hagen lachte.

„In solchen Sagen vermischen sich oft Dichtung und Wahrheit. Vermutlich gibt es diesen Brautgeldschatz gar nicht."

„Aber der Plan ?" wandte Sunaya ein.

„Ich zweifele nicht daran, daß es dort wirklich einen Schatz gibt. Doch ist es mit Sicherheit nicht das Brautgeld", entgegnete Hagen.

„Was soll es sonst sein ?" fragte nun Andrei.

„Vielleicht hat ein Fürst dort Gold und Edelsteine versteckt, wohl aber keine große Menge."

„Wie kommst du darauf ?"

„Nun, auf meine Reise gelangte ich nach Chartonistan, dort kämpfte der König gegen Rebellen. Ich traf eines Tages auf der Weiterreise die Tochter des Rebellenführers. Sie war auf der Flucht, besorgte sich Geld aus einem Versteck im Gebirge. Es hatte ihr Großvater anlegen lassen um sich mit Mittel zu versorgen, wenn er einmal unverhofft fliehen müsse und nichts mitnehmen könne. Das Geheimnis gab er an seinen Sohn und der an seine Tochter weiter. Andere Fürsten haben das sicher auch getan. Wahrscheinlich handelt es sich um solch ein Geldversteck."

„Nun gut, wir haben den Plan", bemerkte Andrei, „auch wenn es kein großer Schatz ist, es wird genügend vorhanden sein um unsere Tasche zu füllen."

Hagen nickte.

„Einverstanden. Wenn die Angaben des Toten stimmen, bedeutet es keinen großen Umweg zum steinernen Magier zu reiten."

„Ihr wollt das Geld wirklich holen ? Das ist doch Diebstahl", gab Sunaya zu bedenken.

„Was heißt schon Diebstahl", entgegnete Andrei, „wer weiß, wie lange der Schatz dort schon liegt. Wem gehört er ? Wir haben den Plan. Und ohne ihn wird ihn niemand finden."

„Du hast recht", pflichtete Hagen ihm bei, „und selbst wenn der Plan gestohlen wurde. Wir wissen ja gar nicht, wem er gehört hat, können ihn also nicht zurückgeben. Wir holen uns das Geld. Wir werden es aber gerecht verteilen. Jeder erhält den gleichen Anteil, auch Sunaya und Borthe. Brechen wir auf."

„Damit bin ich einverstanden. Aber laßt uns nicht so hastig weiterziehen", warnte Andrei, „es gibt noch eines zu bedenken. Der Tote erwähnte einen Gefährten, der ihn ermorden wollte. Der wird sicherlich auch nach dem

Schatz suchen."

„Falls er noch lebt", wandte Hagen ein, „vielleicht haben beide miteinander gekämpft und der andere ist auch tot. Uns ist niemand begegnet. Aber du hast recht. Wir sollten vorsichtig sein."

Zwei Tage später erreichten sie, ohne einen Verfolger bemerkt zu haben, den steinernen Magier. Es handelte sich tatsächlich um einen recht schmalen, sich senkrecht aufrichtenden, etwa mannshohen Felsen. Zwanzig Schritte dahinter erhob sich eine steile Felswand.

„Dort oben muß sich irgendwo das Versteck befinden. Suchen wir die Wand ab."

Hagen und Andrei kletterten nach oben. Auf halber Höhe entdeckte Andrei einen schmalen Spalt, der von unten nicht zu erkennen war. Er führte in eine niedrige Grotte. Darin fanden sie zwei hölzerne Kisten, jeweils etwa zwei Handspannen lang, breit und hoch. Sie brachten sie nach unten, öffneten sie. Sie waren gefüllt mit Goldstücken, Rubinen und Smaragden. Sie teilten den Schatz wie von Hagen vorgeschlagen, brachen dann nach Samarkand auf.

Die Reise entlang der Handelsstraße verlief ruhig. Hagens Herz schlug höher als sie die Stadt erreichten. Seit er zum ersten Mal von ihr gehört hatte, hielt er sie für den märchenhaftesten und schönsten Ort auf der Welt. Doch nun, nach den Reisen durch Indien und China wirkte sie zwar noch immer prachtvoll aber nicht mehr so großartig wie sie ihm in seinen Träumen erschienen war. Dennoch verweilten sie zehn Tage, genossen den Aufenthalt, brachen dann nach Chartonistan auf.

Andrei wunderte sich darüber, brachte vor, diese Reise bedeute doch ein erheblicher Umweg, doch Hagen ließ sich nicht beirren. Er gab auch keine nähere Erklärung, sagte lediglich, er wolle alte Freunde aufsuchen bevor er in seine Heimat zurückkehre.

Hagen hatte in Samarkand erfahren, daß König Gurdulan unterdessen durch eine Rebellion vom Thron gestürzt worden und mit seinem Hofstaat nach Chorasan geflüchtet war.

Der Führer der Rebellen, Morucadi, ein Neffe des Fürsten Cholchagon, der den ersten Aufstand gegen Gurdulan angeführt hatte, war zum neuen König gekrönt worden. Über Tamontalara erfuhr er nichts, hatte er doch erwartet, daß sie im Falle eines Sieges, gemeinsam mit ihrem Vetter den Thron besteigen und herrschen würde, als seine Gattin.

Er nahm die Nachricht vom Sturz Gurdulans zwar mit Genugtuung auf. Doch sorgte er sich auch um das Schicksal seiner Gefährten Jork und Tartur, die wie er auf der Seite des alten Königs gekämpft hatten.

Den 'besonderen königlichen Schutzbrief', den er vor seiner Abreise erhalten hatte, vernichtete er, da er fürchtete, er könne ihm eher schaden als nutzen, wenn er entdeckt wurde.

10. Wiedersehen in Chartonistan

Nach zwanzig Tagen erreichten sie Katbaluz; Hagen erkundigte sich vorsichtig nach einem Fremden, dem Schmied Jork. Nach einigem Fragen erhielt er Auskunft. Man verwies ihn zu seiner Verwunderung auf ein schmuckes, wenn auch nicht übermäßig prachtvolles Haus. Jork freute sich Hagen wiederzusehen. Er begrüßte die vier herzlich. Jirimelda, seine Frau, zeigte ihnen voller Stolz ihren kleinen Sohn. Grosgata eilte herbei, umarmte Hagen unter Tränen der Freude.

„Manasser werdet Ihr zum Abendessen treffen; er arbeitet noch in der Schmiede", sagte Jork, „bleibt als Gäste solange hier wie euch beliebt. Mein Haus ist groß genug."

Zu Sunaya und Borthe gewandt fuhr er dann fort.

„Grosgata wird euch eure Räume zeigen."

Er führte dann Hagen und Andrei in das Kaminzimmer, bat sie Platz zu nehmen, servierte Wein.

„Ihr habt sicher viel erlebt auf Eurer Reise, aber auch hier verbrachten wir eine aufregende Zeit. Morucadi, der Neffe Fürst Cholchagons und dessen Tochter Tamontalara sammelten in Sakirien und Chorezm Kämpfer und fielen in Chartonistan ein als sie sich stark genug fühlten. Wißt Ihr, wir waren fremd in diesem Land, kannten die Zustände nicht, die hier herrschten. König Gurdulan war ein Tyrann. Es galten weder Recht noch Gesetz in Chartonistan, es herrschte Willkür, das Volk wurde ohne Gnade ausgepreßt. Doch die Rebellen waren nicht besser. Ihr erinnert Euch an die Untaten der Grafen Zamir und Harbanolis, die Euch veranlaßten, dem König Eure Dienste anzubieten. Morucadi verhielt sich anders; er versprach Freiheit, Schutz vor Willkür, Senkung der Abgaben. Er gelobte mild und weise zu regieren. Und das Volk glaubte ihm, er fand Zulauf. Auch ich schloß mich den Rebellen an, überließ die Sorge um die Schmiede Manasser und übergab Jirimelda, die guter Hoffnung war, der Obhut Grosgatas. Wißt Ihr, ich erkannte, daß ich für einen Tyrannen gekämpft hatte, fühlte mich schuldig und verpflichtet meine Schuld zu tilgen, indem ich nun für das Gute kämpfte."

Er lächelte.

„Es hat sich auch gelohnt. Ich bin jetzt Königlicher Hofschmied."

„Und was wurde aus Tartur ?"

„Er stand zum König bis zum Ende. Als wir die letzte Zufluchtsburg Gurdulans stürmten, sammelte er die noch verbliebenen Getreuen, unternahm einen Ausfall, durchbrach unsere Linien und ermöglichte so dem König, sowie einigen seiner Frauen und einem Teil des Hofstaates das Entkommen. Er führte dann die Flüchtlinge, verfolgt von drei unserer Tausendschaften, auf abenteuerlichen Wegen nach Chorasan, eine Heldentat, der selbst seine ärgsten Feinde höchsten Respekt zollen."

Grosgata erschien nun wieder und meldete.

„Ritter Otto von Bairen ist angekommen."

Kurz darauf betrat ein noch junger, kräftiger Mann mit rötlichem Haar den Raum. Er trug die Uniform eines königlichen Offiziers.

„Sei gegrüßt, Otto. Darf ich dir meinen alten Herrn und Freund, Ritter Hagen von Alzay, vorstellen, von dem ich dir schon soviel erzählt habe."

Er bat ihn dann Platz zu nehmen.

„Otto von Bairen ? Ihr seid ein deutscher Ritter ? Ihr tragt die Uniform eines königlich chartonistanischen Offiziers ?" fragte Hagen.

„Ja", antworte der, „ich stamme aus Schwaben, nahm an Kaiser Friedrichs Kreuzzug teil. Ich geriet in seldschukische Gefangenschaft, wurde als Sklave nach Persien verschleppt. Ich konnte fliehen, gelangte nach zahlreichen Abenteuern nach Sakirien, ließ mich dort von den Männern der Fürstin Tamontalara als Söldner anwerben. Nun bin ich Führer einer Hundertschaft."

„Fürstin Tamontalara ? Ist sie wohlauf ?"

„Ich denke schon. Aber Fürstin war sie damals noch nicht. Sie hat nach unserem Sieg das Erbe ihres Vaters angetreten. Ihr fragtet so seltsam. Kennt Ihr sie ?"

„Ja, ich traf sie nach meiner Abreise aus Katbaluz auf dem Weg nach Norden. Und ich habe ihr zur Flucht nach Jaralpindar verholfen."

„Davon wußte ich nichts."

Grosgata erschien erneut.

„Es ist angerichtet, meine Herren."

„Begeben wir uns in den Speisesaal", bat Jork.

Jirimelda, Sunaya und Borthe hatten sich bereits eingefunden, Manasser traf kurz darauf ein, begrüßte Hagen herzlich. Während sie speisten, fiel Hagen auf, daß Otto immer öfter zu Borthe hinblickte und sie zu ihm. Nachdem das Mahl beendet war, führte Jork die Gäste in das Kaminzimmer zurück, bat Hagen von seinen Erlebnissen in Indien und in China zu berichten. Otto hatte neben Borthe Platz genommen. Sie hörten Hagens Erzählungen nicht so richtig zu, unterhielten sich leise so gut es möglich war. Beide beherrschten den Steppendialekt leidlich.

Otto suchte in den folgenden Tagen wann immer es ihm möglich war Jorks Haus auf, fragte stets nach Borthe, saß dann lange mit mir zusammen. Nach zwei Wochen sprach er Hagen an, zu dem er mittlerweile ein sehr freundschaftliches Verhältnis unterhielt.

„Borthe ist deine Sklavin. Ich habe Gefallen an ihr gefunden und sie an mir. Ich möchte sie zur Frau nehmen, sie dir daher abkaufen. Wieviel verlangst du ?"

„Sie wurde mir als Sklavin geschenkt, doch als Christenmensch kenne ich keine Sklaverei. Ich habe sie auch nie als Sklavin behandelt. Ich habe doch mittlerweile bemerkt, daß du ihre Nähe suchst und sie deine. Fühlte ich mich als ihr Herr, so hätte ich ihr dies untersagt. Es steht dir also frei, sie zur Frau zu nehmen und sie dich zum Mann. Eine Bedingung stelle ich allerdings."

„Und die wäre ?"

„Daß du sie achtest und in Ehren hältst."

„Das verspreche ich."

Er schwieg kurz.

„Ich habe noch ein anderes Anliegen."

„Sprich."

„Ich bin ein Fremder in diesem Land, fühle mich hier nicht wohl. Ich habe Sehnsucht nach der Heimat, konnte mich aber bisher nicht entschließen, die Reise alleine anzutreten, denn Jork will hierbleiben. Ich höre, du willst ins Deutsche Reich zurückkehren. Erlaubst du, daß ich mit dir ziehe ?"

„Du bist ein tapferer Mann, wirst mir ein wertvoller Gefährte sein."

„Vielen Dank, dann werde ich den Dienst beim König aufkündigen."

Hagen grinste.

„Aber bevor du das tust, bitte ich dich, mir noch einen Dienst zu erweisen."

„Nun, wenn es mir möglich ist, will ich es gerne tun."

„Ich hoffe es. Bevor ich ins Reich zurückkehre möchte ich noch einmal die Fürstin Tamontalara treffen. Als königlicher Offizier kennst du doch sicher zahlreiche Hofleute und kannst eine Audienz vermitteln. Ich hoffe jedenfalls, daß mich noch nicht vergessen hat, mich empfangen wird."

Bereits nach zwei Tagen erhielt Hagen Antwort.
„Du hast Glück", meldete Otto, „Fürstin Tamontalara weilt gegenwärtig im königlichen Schloß hier in Katbaluz. Sie ist bereit dich zu empfangen."
„Steht der Zeitpunkt schon fest ?"
„Morgen um die Mittagsstunde."
Etwas unsicher machte sich Hagen auf den Weg.
„Fürstin Tamontalara", dachte er, „sie ist sicher nicht mehr die Frau auf der Flucht, die ich kennenlernte. Wie verhalte ich mich ihr gegenüber ?"
Und in der Tat, sie ähnelte nicht der Kriegerin, mit der er nach Jaralpindar gezogen war. Sie trug ein kostbares Gewand, ein goldenes Diadem. Sie sah keineswegs aus wie jemand, der ein Schwert führen kann.
„Vermutlich erwartet sie, daß ich mich vor ihr untertänigst auf den Boden werfe, so wie das die Fürsten in diesen Ländern gewohnt sind", dachte er.
Doch er sah keinerlei Anlaß sich so zu verhalten.
„Guten Tag, Tamontalara", grüßte er, „ich hoffe, meine Anrede beleidigt dich nicht. Ich weiß, ein Fürst oder eine Fürstin lieben es, wenn sich die Menschen ihnen untertänig nähern. Weise mich also aus dem Palast, wenn dich meine Anrede erzürnt. Ich werde dir deswegen nicht böse sein. Aber ich bin ein Krieger. Und ein echter Krieger steht aufrecht vor seinem...", er stockte kurz, suchte nach einem passenden Wort, fuhr dann fort, da ihm nichts besseres einfiel, „... Kriegsherren. Und der Kriegsherr muß das anerkennen. Denn er braucht Männer, die fähig sind in der Schlacht, je nach Lage, eigene Entscheidungen zu treffen. Das ist auch notwendig, da niemand den Verlauf einer Schlacht voraussehen kann. Lakaien, die blind Befehlen folgen, die unter anderen Umständen sinnvoll sein mögen, deren Erfüllung in einer anderen Lage aber Schaden anrichtet, sind für ihn von keinem Nutzen."
Tamontalara lächelte.
„Du brauchst dich nicht zu rechtferigen. Ich habe auch gar nicht erwartet, daß du dich unterwürfig zeigst. Ich habe kein anderes Verhalten von dir

145

erwartet. Würde ich es nicht billigen, dann hätte ich dich gar nicht empfangen. Setze dich also."

Sie klatsche in die Hände. Ein Diener erschien. Sie befahl ihnen Wein zu servieren.

„Warum sollte ich dich wie einen Untertan behandeln ?" begann sie dann, „du bist ein Fremder, ein Gast. Und du kommst nicht als Bittsteller. Du erwartest keine Gunst. Du kommst als Freund, der mir einen Besuch abstatten will. Das erkenne ich an, denn das bedeutet, daß du mich nicht vergessen hast. Wäre es anders, dann hättest du überhaupt keinen Grund mich aufzusuchen."

„Es freut mich, daß du dies so siehst. Du weißt, ich verließ die Heimat, weil ich einen zu Unrecht zum Tode Verurteilten rettete. Das gilt im Deutschen Reich als todeswürdiges Verbrechen. Aber man darf dies nicht überbewerten, denn ich bin ein Edelmann und man hätte mir diese Tat nachweisen müssen, was ohne die Aussage des Geretteten nur schwer möglich gewesen wäre. Aber es band mich ohnehin nicht viel an das Reich. Ich war unvermögend, genoß einen schlechten Ruf, da ich mein Schwert denjenigen zur Verfügung stellte, welche mich bezahlten. Ich diente damit nicht immer dem Guten. Auch dies war ein Grund in die Fremde zu gehen. Doch nun bin ich zu Reichtum gekommen, der es mir ermöglicht einen Besitz zu erwerben, auf dem ich in Ruhe und Frieden leben kann. Ich habe in der Welt viel erlebt und erfahren. Dies will ich nun niederschreiben um es im Reich kund zu machen."

„Du willst also ein Gelehrter werden ? Paßt das zu dir, einem Krieger ?"

Hagen lächelte.

„Es gibt Zeiten des Krieges und es gibt Zeiten des Friedens. Und daher gibt es auch Zeiten, in denen man ein Krieger sein muß und es gibt Zeiten, in denen man ein Gelehrter sein kann. Ich befinde mich also nun auf der Rückreise, habe Chartonistan aufgesucht, um Freunde und Menschen, denen ich mich verbunden fühle, aufzusuchen, mich nach ihrem Befinden zu erkundigen und ihnen Lebewohl zu sagen, denn ich denke nicht, daß ich noch einmal eine Reise in den Osten unternehmen werde."

„Du hast dich sehr geschickt ausgedrückt", erwiderte Tamontalara, „du willst auch wissen, wie mein Leben verlief seit wir uns in Jaralpindar trennten. Du hieltest es aber für unschicklich mich direkt danach zu fragen.

Du wunderst dich sicher darüber, weil ich nicht an der Seite meines Vetters Morucadi als seine Gemahlin, als Königin regiere. Nun, ich habe das in der Zeit des Kampfes in Erwägung gezogen. Ich entschied mich aber dann aus guten Gründen anders. Ich erkannte, daß mein Vetter die Macht liebt und ich argwöhnte, daß wir einen Tyrannen stürzen um einen neuen Despoten auf den Thron zu setzen. Als Gemahlin des Königs hätte ich keine Macht besessen, ihn nicht kontrollieren können und mich selbst an seiner Stelle auf den Thron zu setzen war nicht möglich. Er ist ein Mann und es entspricht nicht den Sitten unseres Reiches eine Frau zu krönen, wenn ein Mann Anspruch auf den Thron erheben kann. Dem hätte der Kronrat niemals zugestimmt. Mein Erbe konnte mir allerdings nicht verweigert werden, denn meine Brüder waren tot. Und du mußt wissen, Cholchagona ist das mächtigste Fürstentum im Reich und ich gehöre daher auch dem Kronrat an. Wir haben, als wir zur Rebellion aufriefen unsere Ziele hinsichtlich einer neuen Reichsordnung in einem Manifest niedergelegt und beschworen, daß wir nach dem Sieg sie auch verwirklichen werden. Und aufgrund dessen haben sich Fürsten, Adelige, Bürger und Bauern uns angeschlossen."
Sie nahm einen großen Schluck Wein.
„Nun, viele sind nicht ehrenhaft. Oft sind Versprechungen, die während der Zeit des Kampfes gemacht werden um Unterstützung zu erhalten, nach dem Sieg vergessen. Da braucht es eine starke Kraft, die ihre Einlösung fordert. Als Fürstin von Cholchagona und Angehörige des Kronrates besitze ich den nötigen Einfluß. Morucadi weiß das. Und er wird sich hüten, seine Macht zu mißbrauchen, ansonsten werde ich dafür sorgen, daß der Kronrat ihn vom Thron stürzt. Das ist aber nur die eine Seite. Viele Adelige stehen diesen Reformen ablehnend gegenüber, da ihre Willkürherrschaft, die sie bisher betrieben beschnitten wird. Ich muß daher zusammen mit denen, welche die Veränderungen unterstützen, behutsam vorgehen, damit es zu keinem Bund der Unwilligen mit dem König kommt und ein neuer Krieg im Innern ausbricht. Aber immerhin, einiges habe ich bereits erreicht, die Abschaffung der Sklaverei und der Leibeigenschaft."
Sie pausierte kurz.
„Ich denke, ich habe jetzt genug über das Staatswesen und meine Pläne geredet. Du hast sicher sehr viel erlebt auf deiner Reise. Berichte mir

darüber. Ich bin wißbegierig."
Hagen begann zu erzählen, unterbrochen von einem Abendessen, bis spät in
die Nacht hinein. Aber er konnte seinen Bericht nicht beenden. Tamon-
talara bot ihn daher an im Palast zu übernachten und das Gespräch am
Morgen fortzusetzen. Es nahm den gesamten Tag in Anspruch. Erst am
Abend verabschiedete er sich.

Nach fünf Wochen sprach Andrei Hagen an.
„Du willst in deine Heimat zurückkehren, aber wann?"
„Ich verstehe deine Frage nicht. Aber deine Worte haben immer einen
Hintersinn. Also, auf was möchtest du hinaus?"
„Nun, der Sommer geht allmählich zu Ende. Und die Winter in den Steppen
östlich des Atils sind hart. Wenn wir nicht bald aufbrechen, dann werden
wir bis zum Frühjahr warten müssen."
Hagen überlegte nicht lange.
„Du hast recht. Ich reiste nach Chartonistan um alte Freunde zu treffen und
Kenntnis über ihr Befinden zu erlangen. Das ist geschehen, Tamontalara
geht es gut, sie hat erreicht, was sie wollte, und Jork ist glücklich. Tartur ist
außer Landes gegangen. Er war mir nie ein sehr naher Geselle. Ich werde
daher auch nicht nach Chorasan reisen um nach ihm zu suchen. Otto hat
unterdessen seinen Dienst als königlicher Offizier aufgekündigt. Es hält ihn
also auch nichts mehr. Ich denke wir können bald losreiten. Ich werde es
ihm mitteilen."
Drei Tage später brachen sie auf. Am Abend vor der Abreise stellte Sunaya
Hagen einen eher schmächtig wirkenden Mann vor.
„Verzeih, daß ich es dir nicht eher gesagt habe. Er heißt Chandra, ist Steinmetz. Ich habe ihn vor einigen Tagen kennengelernt. Er mußte aus Indien
fliehen, ist nun heimatlos. Ich möchte ihn mitnehmen. Er ist begabt und
geschickt, kann wundervolle Skulpturen von Tigern, Leoparden, Elefanten
Kobras und Affen schaffen. Das sind alles Tiere, die es im Deutschen Reich
nicht gibt. Sie werden mich an meine Heimat erinnern, das Heimweh
dämpfen."
Hagen merkte, daß ihm Sunaya etwas verschwieg.
„Sicher kann er auch Götterbilder schaffen", dachte er, sagte dann lediglich,
„die Reise wird lang und anstrengend. Aber wenn er sich uns anschließen

will, die Strapazen und Gefahren nicht scheut und bereit ist in einem Land zu leben, das ihm völlig fremd sein wird, dann gestatte ich es."

Die kleine, aber wehrhafte Truppe genoß offenbar bald bei den Räuberbanden in den Steppen nördlich Chartonistans großen Respekt, denn nach einigen kleineren Scharmützeln, in denen Sunaya bewies, daß sie ein gutes Schwert führte, blieben sie unbehelligt. Dennoch schlossen sie sich einer Karawane nach Kiew an, da Hagen der Ansicht war, dies sei für die Frauen angenehmer. Am Unterlauf des Don trennten sie sich. Während die Karawane in nordwestlicher Richtung weiterzog, reisten Hagen und seine Gefährten die Küste des Schwarzen Meeres entlang nach Westen. Als sie die Mündung des Danaper erreichten, meinte Andrei.
„Nun ist der Augenblick des Abschieds gekommen. Das bedauere ich sehr. Mein Heimatort liegt drei Tagesreisen flußaufwärts. Dort gehöre ich hin. Ich will nicht mit euch ins Deutsche Reich ziehen, wo ich doch nur stets ein Fremder sein werde. Aber glaubt mir eines: nie traf ich treuere und bessere Gefährten als euch."

„Es ist bedauerlich", sagte Sunaya als sie und Hagen am Abende zusammenlagen, „man trifft auf dem Lebensweg schlechte Menschen, gute Menschen, auch solche mit denen man sich verbunden fühlt, zu denen man Zuneigung spürt. Verstehe das jetzt nicht falsch, aber man muß erkennen, daß der gemeinsame Lebensweg oft nur kurz ist, man sich bald wieder trennt und sich nie wieder begegnet. Und so bleibt letztlich nur die Erinnerung."
„Ja, das ist in der Tat so", erwiderte Hagen, „vielleicht ist es von Gott gewollt. Aber bei uns ist das anders. Wir haben zusammengefunden, wir werden zusammenbleiben, wenn du es willst, in guten wie in schlechten Tagen, bis daß der Tod uns scheidet. Dagegen kann man aber nichts tun. Siehst du das auch so ?"
„Ich sehe es genau so."
Sie neigte sich zu ihm hin. küßte ihn,

11. Der Herzog von Meranien

Die weitere Reise entlang der Schwarzmeerküste zum Bosporus verlief ohne nennenswerte Ereignisse. In Konstantinopel angekommen mietete Hagen ein Haus, das genügend Raum und auch Bequemlichkeit für alle bot. Er gönnte sich zwei Tage Ruhe, dann zog er Erkundigungen über den chinesischen Handelskontor ein, erfuhr die Anschrift, suchte ihn auf. Ein Herr Dong empfing ihn.

„Ihr seid also Ritter Hagen von Alzay, der Freund des Fürsten von Hangzhou. Seid willkommen in meinem Haus. Zürnt mir bitte nicht, aber Ihr müßt Euch mir gegenüber ausweisen."

„Natürlich, Herr Dong, das ist Eure Pflicht. Der Weg von Hangzhou hierher ist weit. Räuber könnten Ritter Hagen unterwegs ermordet haben. Und einer von ihnen könnte sich vor Euch als Hagen von Alzay ausgeben um die Waren in Empfang zu nehmen."

Er zog das Schreiben und den Ring hervor. Herr Dong betrachtete beides genauestens, lächelte dann.

„Das ist gut, aber es allein legitimiert Euch noch nicht, auch wenn die Beschreibung des Ritters, die der Fürst von Lanzhou gegeben hat, auf Eure Person paßt. Wir Ihr sagtet, Räuber könnten Ritter Hagen überfallen und ihm das Schreiben und den Ring geraubt haben."

„Ich weiß, daher wurde auch ein Losungswort vereinbart."

„Ja, es heißt 'Kaifeng'", sagte Herr Dong mit Bestimmtheit.

„Das war unvorsichtig von Euch", entgegnete nun Hagen, „um mich zu legitimieren hätte ich Euch das Losungswort nennen müssen, nicht Ihr mir. Aber es lautet nicht 'Kaifeng' sondern 'Badman'."

Herr Dong lächelte.

„So ist es, Ihr seid der Richtige. Ihr laß Euch nicht täuschen."

Der Chinese klatschte in die Hände. Ein Diener erschien. Er befahl ihnen Tee zu servieren. Dann wandte er sich wieder Hagen zu.

„Nehmt Platz, aber Ihr werdet Euch noch ein paar Tage gedulden müssen. Die Karawane ist noch nicht angekommen."

„Noch nicht angekommen ?" wunderte sich Hagen, „und Ihr wißt bereits über alles Bescheid ?"

„Ihr kennt unsere Gepflogenheiten nicht. Jede große Karawane sendet Boten voraus. Ihr müßt wissen, dem Zug des Gesandten haben sich unterwegs zahlreiche Kaufleute angeschlossen. Unser Handelskontor kauft und verkauft keine Waren, er vermittelt nur. Die Kaufherren müssen doch über die Ankunft der Karawanen frühzeitig unterrichtet werden, damit sie die Waren in Empfang nehmen können und wir sie hier nicht allzu lange stapeln müssen. Einige haben ihre Handelshäuser in Adrianopel, einer sogar in Thessaloniki. Die Herren müssen also von weither anreisen. Als die Karawane Angora verließ, schickte man daher zwei Boten voraus; sie kamen vor zwei Tagen hier an, brachten den Brief des Fürsten von Hangzhou mit."
„Und wann wird die Karawane erwartet?"
Der Chinese dachte kurz nach.
„Nun, Karawanen kommen nicht so rasch voran. Die Reise von Angora hierher dauert etwa zwanzig Tage, wenn es zu keinen Verzögerungen kommt. Aber die sind nicht zu erwarten. Gegenwärtig ist es im Lande ruhig. Es herrscht Friede zwischen den Seldschuken und den Griechen. Und Räuber muß man nicht fürchten. Die Boten benötigten sechs Tage für die Strecke, kamen vor zwei Tagen an, also wird die Karawane in etwa zwölf Tagen eintreffen. Solange werdet Ihr Euch gedulden müssen."
„Das ist kein Unglück. Meine Begleiter kennen die Stadt noch nicht. Und es gibt hier viel zu bestaunen, Die Zeit wird uns nicht lang werden."
Hagen stand bereits in der Tür als er sich noch einmal umdrehte und beiläufig sagt.
„Ach, Herr Dong, Ihr kennt Euch doch sicher in der Stadt aus, kennt viele Leute. Vielleicht könnt Ihr mir einen kleinen Dienst erweisen."
„Wenn es mir möglich ist gerne."
„Ich erhielt in Samarkand von einem Arzt ein Pulver, das gegen vielerlei Arten von Leiden helfen soll. Es ist wirklich sehr gut. Leider kenne ich die Rezeptur nicht. Aber ein geschickter Alchimist müßte sie herausfinden können. Wißt Ihr jemanden?"
Herr Dong lächelte.
„Ich schätze mich glücklich Euch diesen Dienst zu erweisen."
Er nannte den Namen und die Anschrift.

Hagen kehrte zu seinem Haus zurück.

„Wir können uns Zeit lassen", berichtete er Sunaya, „wir können ausruhen, Konstantinopel besichtigen, denn die Karawane wird erst in etwa zwölf Tagen eintreffen. Genieße also den Aufenthalt und die Bequemlichkeit hier. Ein solch prächtige Stadt wirst du nördlich der Donau nicht mehr finden."

„Ich mache mir Gedanken", begann Sunaya als sie am nächsten Nachmittag im Garten einer Weinschenke saßen und den herrlichen Sonnenschein genossen, „als wir Indien verließen versprach ich dir zu folgen wo immer du hingehst. Das lag natürlich auch daran, daß du der einzige Mensch warst, der mir Halt gab, in dessen Nähe ich mich sicher und geborgen fühlte. Bisher waren wir stets unterwegs. Die Reise war manchmal sehr anstrengend, aber insgesamt sehr schön. Wir haben sehr viele Städte gesehen und zahlreiche Menschen getroffen, deren Sitten und Gewohnheiten sich deutlich von dem unterschieden, was wir gewohnt waren. Ich meine jetzt, von dem, was du gewohnt warst und dem, was ich gewohnt war. Denn das war nicht das Gleiche. Wir blieben aber nie sehr lange an einem Ort und überall waren wir beide Fremde, beide meist mit den Sitten der Länder, der Städte und der Menschen nicht vertraut. Das band uns zusammen. Du verstehst, was ich meine? Doch nun nähert sich unsere Reise ihrem Ende. Du kehrst in deine Heimat zurück, in der dir alles vertraut ist, während ich in ein Land komme, in dem mir alles fremd sein wird. Und ich werde dort leben müssen. Das macht mir Angst."

„Vermutlich hast du dewegen auch Chandra mitgenommen um jemanden zu haben, der dir vertraut ist."

„Ja und nein. Er ist zwar ein Mensch aus meiner Umgebung, aber er ist ein Mann, der anders denkt und fühlt als ich. Er kann mir vielleicht ein Freund sein, aber er wird mir niemals so vertraut sein wie du es bist."

„Ich verstehe deine Bedenken. Es mag dir in meiner Heimat zwar alles fremd sein, aber ich glaube nicht, daß du auf wirkliche Ablehnung stoßen wirst. Die Menschen werden dir gegenüber scheu sein, weil du ihnen fremd wirkst und sie daher Angst vor dir haben. Aber das darfst du ihnen nicht übel nehmen, sondern du mußt versuchen ihr Vertrauen zu gewinnen. Du wirst die Herrscherin sein, daher mußt du versuchen ihr Vertrauen zu gewinnen, denn die Herrscherin muß zuvorderst das Vertrauen der Dienerinnen gewinnen und nicht umgekehrt. Dann werden sie dich lieben. Ich kenne dich mittlerweile gut genug. Du kannst auf Menschen zugehen, du wirst das ohne große Mühen schaffen. Und du kannst auch jederzeit mit allen Sorgen zu mir kommen. Alles andere wäre schändlich von mir gehandelt."

Sie streichelte Hagen.

„Ich vertraue dir."

Sie schwieg kurz.

„Es gibt da noch etwas anderes was mir Sorgen macht. Verzeih mir, wenn ich davon rede. Ich bin nur eine Frau und habe eigentlich gar nicht das Recht dazu."

Nun streichelte Hagen sie.

„Nur eine Frau ? Was redest du da ? Du bist meine Gefährtin. Du darfst über alles mir mir reden. Ja, du sollst es sogar. Was ist es ?"

„Es geht um den Schatz. Deine Heimat liegt noch viele Tagesreisen entfernt. Können wir sicher reisen ? Oder müssen wir mit räuberischen Völkern rechnen, die uns berauben und töten ?"

„Große Gefahren drohen uns sicher nicht. Aber wir sind nur wenige. Ich werde daher Bewaffnete anwerben. Sie werden uns aber nur bis zur Grenze des konstantinopolitanischen Reiches begleiten. Nördlich der Donau beginnt das Ungarische Reich. Dort können wir sicher reisen. Aber zuvor müssen wir einige Tage ein unsicheres Gebiet durchqueren. Das wird gefährlich, ich weiß. Da müssen wir vorsichtig sein. Aber vielleicht können wir auch dort zuverlässige Bewaffnete anwerben."

Am nächsten Tag suchte er den Alchemisten auf, überreichte ihm einen Teil von Ulugbeks Pulver, fragte ihn, ob er dessen Bestandteile herausfinden könne, bot zwölf Hyperpyra als Lohn.

„Sechs erhaltet Ihr jetzt, die anderen sechs wenn Ihr mir die Rezeptur mitteilt."

„Kommt in drei Tagen wieder", lautete die Antwort.

Als die Zeit verstrichen war, begab er sich erneut zu dem Alchimisten. Der begrüßte ihn freudig.

„Ihr habt mir eine leichte Aufgabe gestellt, Herr. Hier ist die Rezeptur."

Er überreichte ihm einen Zettel. Hagen bedankte sich, gab ihm zwei Hyperpyra mehr als versprochen. Zufrieden verließ er das Haus. Unterwegs kamen ihm allerdings Bedenken.

„Ich hoffe bloß, der Alchimist hat mich nicht betrogen."

Am Morgen des darauffolgenden Tages meinte Hagen beim Frühstück zu Sunaya.

„Zürne mir nicht, ich brauche Freiheit und Bewegung, ich werde heute einen längeren Ausritt unternehmen. Ich denke, ich kehre erst bei Sonnenuntergang zurück, rechne nicht eher mit mir."

Er packte Speise und Trank in die Satteltasche, verließ die Stadt. Er mochte wohl zwei Stunden geritten sein als er in einiger Entfernung Kampfeslärm vernahm. Eine Gruppe Bewaffneter drang auf einen einzelnen Mann ein.

„Ein Überfall!" schoß es ihm durch den Kopf.

Er spornte sein Pferd an, bald erkannte er sieben in Fell gekleidete Gestalten, zweifelsohne Räuber, welche einen Mann bedrängten, der die Kleidung eines abendländischen Edelmanns trug. Der Fremde hieb gerade einen der Räuber aus dem Sattel, als Hagen wie ein Wirbelwind unter die wilden Schurken fuhr. Nach wenigen Augenblicken stürzten zwei von ihnen aus dem Sattel, während der Edelmann einen weiteren mit dem Schwert durchbohrte, Hagen hieb noch einen dritten und vierten nieder. Der letzte Räuber floh. Der Edelmann ritt auf Hagen zu.

„Habt Dank, tapferer Mann."

Er stutzte.

„Versteht Ihr mich überhaupt?"

„Ja", antwortete Hagen, „ich bin ein deutscher Ritter."

„Ein deutscher Ritter? Wie ist Euer Name?"

„Hagen von Alzay, Herr."

Der Mann zuckte zusammen, starrte Hagen zunächst ungläubig an. Doch dann glitt ein Lächeln über sein Gesicht.

„Hagen von Alzay seid Ihr also. Nun, dann ist es wahr, was über Euch berichtet wird. Ihr führt eine ausgezeichnete Klinge. Dafür seid Ihr im gesamten Reich berühmt."

„Ihr schmeichelt mir, Herr. Ihr hätten besser 'berüchtigt' sagen sollen. Ich weiß, ich genieße einen zweifelhaften Ruf. Daher bin ich auch in die Fremde gegangen, bis ins ferne China gelangt. Doch nun kehre ich in die Heimat zurück, werde mir ein Weib nehmen und ein Leben in Ruhe und Frieden führen."

„Ein Leben in Ruhe und Frieden? Täuscht Euch da nicht, Herr. Die Zeiten sind unruhig."

„Wieso, regiert Kaiser Heinrich nicht mehr das Reich mit starker Hand ?"
Der Mann schüttelte den Kopf.

„Ihr wart lange unterwegs. Kaiser Heinrich starb bereits vor drei Jahren."
Der Mann stutzte.

„Entschuldigt, ich habe mich Euch ja noch gar nicht vorgestellt. Ich bin
Berthold von Andechs, Herzog von Meranien. Ich unternahm mit meinem
Gefolge eine Pilgerreise ins Heilige Land, bin jetzt auf der Rückreise. Ich
legte einen Aufenthalt in der Stadt ein. Heute unternahm ich alleine einen
Ausritt. Ohne Eure Hilfe wäre es mit übel ergangen. Schlagt also ein, Ritter
Hagen und seid mein Freund."

„Danke, Herzog. Das sind schwere Worte. Denn eines müßt ihr wissen,
mag mein Ruf auch schlecht sein, ich bin dennoch ein Mann von Ehre. Und
mein Wort gilt. Wenn ich Euch einen Freund nenne, so seid gewiß, ich
stehe stets an Eurer Seite, es sei denn Ihr übt Verrat an der Freundschaft."
Der Herzog lächelte.

„Das sind Worte, dich ich liebe. Nichts ist mir mehr zuwider als Falschheit.
Und ein Freund kann immer auf mich zählen. Schlagt also ein."
Sie reichten sich die Hände.

„Nun, der Tag ist noch jung", meinte Berthold, „und wir sollten uns durch
diesen kleinen Vorfall nicht die Lust zu einem Ausflug nehmen lassen.
Reiten wir also weiter, zusammen, wenn Ihr mögt."

„Gerne, ich hatte ohnehin vor bis zum Abend auszubleiben."
Kurz nach Mittag legten sie an einem Bach eine Rast ein, verzehrten die
mitgebrachte Speise.

„Die Zeiten werden unruhig im Deutschen Reich", begann der Herzog,
„wollt Ihr nicht in meine Dienste treten ?"
Hagen schüttelte den Kopf.

„Nein, Herzog. Ich bin ein freier Mann, nicht zum Diener geboren."
Berthold lachte.

„Ihr seid stolz. Ihr braucht nicht Mundschenk zu werden oder Kämmerer,
auch nicht Burgvogt. Es wird sich etwas besseres finden. Ihr sagtet, Ihr
wollt in die Heimat zurückkehren. Wollt Ihr Euch mir anschließen ?"

„Gerne, aber wird nicht möglich sein. Ich erwarte noch Güter aus China.
Sie wären mir auf meiner Reise hinderlich gewesen, deshalb schickte sie

mein Freund und Gönner, der Fürst von Hangzhou, mit einer Karawane hierher. Sie wird in etwa neun Tagen erwartet. So lange muß ich noch bleiben. Und Ihr werdet doch sicherlich wegen mir nicht Eure Abreise verschieben."

„Wenn es weiter nichts ist", erwiderte der Herzog, „Ihr müßt eher auf mich warten. Ich werde mich noch einige Zeit in der Stadt aufhalten. In zwei Wochen gibt Kaiser Alexios ein großes Fest anläßlich des fünften Jahrestages seiner Thronbesteigung. Ich bin hierzu eingeladen."

„Gut, dann kann ich mich Euch anschließen, wundert Euch nicht über meine Begleiter, eine Frau aus Indien, eine Mongolin, ein indischer Bildhauer und ein deutscher Ritter."

„Eine bunte Gesellschaft, sie wird mir willkommen sein. Auch meine Schar ist angewachsen. Zahlreiche deutsche Ritter werden sich mir anschließen. Manche standen im Dienst des Königs in Akkon, wurden aber von Heimweh befallen, andere gerieten während des Kreuzzugs Kaiser Friedrichs in sarazenische Gefangenschaft, wurden in die Sklaverei verkauft, konnten aber entfliehen."

„Ihr sagtet", fuhr Hagen nach kurzer Pause fort, es herrsche Unruhe im Reich, Kaiser Heinrich sei tot. Was ist geschehen, er war doch noch ein junger Mann?"

„Er starb vor drei Jahren in Messina am Fieber, wie es heißt. Gerüchte sagen aber auch, seine Frau habe ihn vergiften lassen. Sein Söhnchen war damals erst drei Jahre alt und seine Mutter hat in seinem Namen auf die deutsche Krone verzichtet. Die Fürsten sind uneins gewesen. Einige wählten Heinrichs jüngeren Bruder Philipp von Schwaben zum König, andere Otto von Braunschweig, einen Sohn Heinrichs des Löwen. Nun hat das Reich zwei Könige. Aber wer ist der Rechte?"

„Philipp von Schwaben, ein Staufer, und Otto von Braunschweig, ein Welfe, dann wird der alte Zwist, der bereits zwischen den Vätern herrschte wieder aufflammen."

„Das vermute ich allerdings. Bei meiner Abreise war aber noch kein Kampf entbrannt. Was unterdessen geschehen ist, das weiß ich nicht. Falls der Streit noch anhält, werde ich auf der Seite Philipps stehen, denn die Welfen sind mir feindlich gesonnen. Kann ich noch immer auf Euch zählen?"

„Ob Welfe, ob Staufer, es bleibt mir einerlei."

„Nun, ich rechne damit, daß es zu Kämpfen kommen wird. Ihr werdet also nicht in Ruhe und Frieden leben können."
Hagen zuckte mit den Schultern.
„Es scheint offenbar mein Schicksal zu sein keinen Frieden zu finden. Doch, einverstanden, ob ich mich Euch nun anschließe oder irgendwo einen Besitz erwerbe, wenn es im Reich zu Fehden und Kämpfen um die Königsmacht kommt, werde ich nicht abseits stehen können."
Als die Dämmerung hereinbrach kehrten sie in die Stadt zurück.
„Der Ausritt mit Euch war mir ein Vergnügen, Ritter Hagen. Wir werden uns noch einige Zeit in der Stadt aufhalten. Treffen wir uns in fünf Tagen wieder?"
„Gerne, Herzog Berthold."

Am Abend rief Hagen Otto sich, berichtete ihm und Sunaya von der Begegnung mit dem Herzog von Meranien.
„Ein mächtiger Fürst?" wollte Sunaya wissen.
„Nun, wie man es nimmt. Er ist allerdings niemand, der im Reich eine führende Rolle spielt. Oder siehst du das anders, Otto?"
„Nein", bemerkte dieser.
„Ob ich in seine Dienste treten werde, muß ich mir noch gründlich überlegen. Es hängt davon ab, was er mir anbietet."
„Eine größere Grafschaft müßte es mindestens sein", meinte Otto.

„Ich habe gründlich darüber nachgedacht, was ich Euch anbieten kann, damit Ihr in meine Dienste tretet", begann Herzog Berthold bei ihrem nächsten Treffen, nachdem sie zunächst einige Zeit mehr oder weniger schweigend nebeneinander her geritten waren, „es darf ja keine Kleinigkeit sein. Nun, Adelbert von Kronach verstarb vor zwei Jahren überraschend, hinterließ keinen Erben. Die Grafschaft, sie liegt in meinem fränkischen Besitz, ist seitdem verwaist, da ich mich wegen der bevorstehenden Pilgerreise nicht um eine Vergabe des Grafenamtes gekümmert habe. Die Grafschaft muß mit starker Hand regiert werden und Ihr erscheint mir als der geeignete Mann."
Hagen überlegte nicht allzu lange.
„Mich ehrt das Vertrauen, das Ihr in mich setzt. Ich werde Euer Angebot

annehmen."

Berthold reichte Hagen die Hand.

„Ein schneller Entschluß, Ritter Hagen. Ich sehe, ich habe mich in Euch nicht getäuscht."

Vier Tage später suchte Hagen Herrn Dong auf.

„Es freut mich Euch zu sehen, Ritter Hagen. Die Karawane traf vor zwei Tagen ein. Eure Waren sind wohlbehalten angekommen. Möchtet Ihr sie in Augenschein nehmen ?"

„Gerne."

Der Chinese führte ihn in die Schatzkammer, wie er sich spaßhaft ausdrückte. Es handelte sich um einen Kellerraum, in welchem kostbare Waren aufbewahrt wurden. Es lagen hier in der Tat fünfzehn wohlverschnürte, mit einem fürstlichen Siegel versehene Ledersäcke. Hagen öffnete einen von ihnen. Er enthielt Goldstücke, Diamanten, Smaragde und Rubine.

„Die Säcke sind recht schwer, ich werde zwei Packpferde brauchen. Könnt Ihr die Waren noch für kurze Zeit für mich aufbewahren. Ich werde in drei Tagen wiederkommen um sie abzuholen.

„Gerne, Herr."

Am dritten Tag um die Mittagsstunde erschien Hagen in Begleitung Ottos. Hagen kontrollierte den Inhalt der Säcke. Man hatte ihn nicht betrogen. Sie verluden dann die Waren auf die Pferde, verbrachten sie in das Haus, das Hagen gemietet hatte.

Sie rüsteten zur Abreise.

Am nächsten Morgen, kurz nach Sonnenaufgang, trafen sie sich am westlichen Stadttor mit Herzog Berthold und seinem Gefolge.

Hagen verwunderte sich über die riesige Schar von Männern, die den Zug anghörten.

„Ihr habt wohl Eure Pilgerreise mit der gesamten Ritterschaft Meraniens angetreten. Hattet Ihr keine Bedenken, habgierige Herzöge und Bischöfe könnten sich während Eurer Abwesenheit Euren Besitz unter den Nagel reißen ?"

Berthold blickte ihn streng an.

„Jedem anderen würde ich wegen dieser Worte zürnen. Doch Ihr seid mein Freund. Und ich kenne Euch mittlerweile gut genug um zu wissen, daß sie nicht beleidigend gemeint sind. Ich verstehe ihren Sinn. Das ist eben Eure Art Fragen zu stellen. Und es gibt keine Grund Euch die Antwort zu verweigern. Nun, ich sagte Euch doch bereits, all diese Männer nahmen an Kaiser Friedrichs Kreuzzug teil. Sie verbrachten einige Zeit im Heiligen Land oder in Asien, manche freiwillig, manche unfreiwillig, begaben sich dann auf den Heimweg, strandeten aus verschiedenen Gründen in Konstantinopel. Den meisten fehlten die Mittel um von Akkon aus die Überfahrt nach Italien zu bezahlen. Also begaben sie sich hierher. Das half ihnen aber nichts. Auch die Überfahrt von Konstantinopel nach Italien können sie nicht bezahlen. Und den gefährlichen Weg durch die Gebiete der Bulgaren, Serben und Ungarn scheuten sie alleine oder in kleinem Gruppen zu nehmen. Daher schlossen sie sich mir an, weil sie in meinen Zug eine Möglichkeit sehen sicher in die Heimat zurückzukehren. Ich nehme sie gerne an. Es mögen zwar nicht die ehrenhaftesten Männer sein, aber sie sind Kämpfer und werden mir auf der Reise gute Dienste erweisen, falls es notwendig sein wird."

Hagen konnte diesen Worten keine begründeten Bedenken entgegensetzen. Er antwortete daher lediglich.

„Ich habe keine Gründe und auch kein Recht Euch zu widersprechen. Vermutlich habt Ihr eine gute Entscheidung getroffen."

12. Rückkehr ins Deutsche Reich

Sie zogen nach Norden, erreichten zwölf Tage später die Donau, überquerten den Fluß an der gleichen Stelle wo auch Hagen mit Jork, dem bulgarischen Kaufmann und seiner Tochter auf der Reise nach Konstantinopel
ihn überquert hatten.

„Die Gegend hier ist unsicher", mahnte Hagen, „die Macht des Königs von
Ungarn ist hier zu gering um Reisenden Sicherheit zu gewähren, wala-
chische Banden treiben hier ihr Unswesen."

„Ich weiß es", erwiderte Berthold, „im Osten sind es die Walachen, im
Westen die Serben."

Sie wandten sich nach Westen, hielten sich stets in der Nähe des Stromes.

„Die Reise flußabwärts war angenehmer", erzählte Berthold am Abend als
sie am Feuer lagerten, „da konnten wir ein Schiff benutzen. Aber flußaufwärts müssen Schiffe mühsam gezogen werden."

„Meist sind es verurteilte Verbrecher, welche diese Arbeit verrichten müssen und es handelt sich auch nur um größere Boote", warf Tibor von
Szeged, einer der begleitenden Ritter, ein.

Zwei Tage später kam ihnen ein größerer Trupp Reiter entgegen. Sie
nahmen eine drohende Haltung ein. Der Herzog schickte Tibor zu ihnen.

„Ihr befindet euch hier auf dem Gebiet von König Stefan Nemanjic von
Serbien. Was wollt ihr hier ?" schrie ihm der Anführer entgegen, „ich sehe,
ihr befindet euch auf einem Kriegszug. Gegen wen zieht ihr ?"

„Nein", entgegnete Tibor, „es ist der Herzog Berthold von Meranien mit
seinem Gefolge. Er kehrt von einer Pilgerreise ins Heilige Land zurück."

„Habt ihr eine Erlaubnis unser Reich zu betreten ? Wenn nicht, dann habt
ihr einen Tribut zu entrichten, fünfzig Pferde und zehn konstaninopolita-
nische Hyperpyra für jeden Mann."

„Du hast überhaupt keinen Tribut zu fordern ! Du lügst. Das hier ist unga-
risches Land."

Der Anführer ignorierte das. Er richtete sich im Sattel auf, schaute zu
Herzog Bertholds Gefolge.

„Ich sehe, ihr befindet euch auf einem Kriegszug. Daher verlange ich den
doppelten Tribut."

„Du hast überhaupt nichts zu verlangen. Ihr seid nichts weiter als serbische Wegelagerer. Gib den Weg frei."

Tibor ritt zu den Seinen zurück. Er berichtete kurz, schloß mit den Worten. „Ein serbischer Räuberfürst, der in das Reich König Imres eingedrungen ist."

„Sie fühlen sich stark", entgegnete der Herzog, „sollen wir uns fügen oder kämpfen?"

Er blickte dabei Hagen an.

„Ich habe versucht sie zu zählen. Es sind etwa hundert. Wir sind fast fünfzig. Keine Frage, wir kämpfen. Wer einen Bogen hat, der soll sich bereit halten."

Die Serben warteten eine Weile, waren offensichtlich unschlüssig, was sie tun sollten. Dann gab der Anführer das Zeichen zum Angriff. Ein Hagel von Pfeilen empfing sie. Es entspann sich ein kurzer, harter Kampf. Bald lag die Hälfte der Serben tot oder verwundet am Boden. Der Rest floh.

„Reiten wir weiter", befahl der Herzog, „aber laßt uns Vorsicht walten, sie könnten versuchen uns nachts zu überfallen."

Doch sie blieben unbehelligt.

Im Herzogtum Meranien angekommen entließ Berthold bis auf die Burgreisigen die Männer.

„Kommt mit mir und seid mein Gast", sagte er zu Hagen, „ich habe Euch eine Grafschaft versprochen und ich halte mein Wort. Ihr seid ein tapferer Mann, das habt Ihr in der Schlacht gegen die Serben bewiesen. Ihr werdet Euch allerdings ein paar Wochen gedulden müssen. Die Dokumente müssen aufgesetzt und von der Reichskanzlei beglaubigt werden. Dann könnt Ihr Eure Grafschaft übernehmen. Ich werde unterdessen einen Boten nach Kronach senden. Es soll alles für Euren Empfang vorbereitet werden. Der alte Graf starb vor zwei Jahren ohne einen Erben zu hinterlassen, wie Ihr wißt. Und ich habe wegen der Pilgerreise das Amt bisher nicht neu besetzt. Ich denke, die Wohnräume haben in dieser Zeit gelitten und müssen neu hergerichtet werden. Sie sollen auch ein Dutzend Ritter hierherschicken, die Euch dann bei Eurer Fahrt in Eure Grafschaft geleiten und Euch Schutz bieten."

Der Herzog lächelte.

„Ich weiß, Ihr benötigt keinen Schutz, Ritter Otto von Bairen genügt Euch als Begleiter. Aber es würde ein schlechtes Bild abgeben, wenn Ihr ohne Gefolge in Eure Grafschaft einzieht um die Herrschaft zu übernehmen."

Nacdem die Ritter eingetroffen waren, gönnte Hagen ihnen eine kurze Ruhe, dann befahl er den Aufbruch. Nach fünf Tagen erreichten sie Kronach. Der Burghauptmann empfing sie.
„Seid gegrüßt, Graf Hagen. Gleich nach Ankunft des Boten begannen wir die Wohnräume herzurichten. Verzeiht mir, aber es ist noch nicht alles bereit. Die Zeit war zu kurz."
„Nun", entgegnete Hagen, „ich bin mehr als vier Jahre durch die Welt gezogen, habe die meiste Zeit keinen Luxus und keine Bequemlichkeit genossen. Da kommt es jetzt auf ein paar Tage auch nicht an. Sorgt zuerst dafür, daß die Räume der Frau eingerichtet werden."

Entgegen der Befürchtungen Herzog Bertholds blieb es im Reich ruhig. Philipp von Schwaben und Otto von Braunschweig versuchten durch politisches Taktieren und durch Geschenke die Fürsten auf ihre Seite zu ziehen um ihre Macht zu erweitern und den anderen zum Thronverzicht zu bewegen. Zu Kämpfen kam es nicht.

Hagen inspizierte in den nächsten Tagen die Burg, überlegte einige Zeit, ob es nicht besser sei an anderer Stelle eine neue zu erbauen, kam dann aber zu dem Entschluß die vorhandene Anlage großzügig auszubauen, auch ein neues Wohnhaus errichten zu lassen. Es sollte schöner gestaltet und mit mehr Bequemlichkeiten ausgestattet sein als das alte. Und vor allen Dingen, das lag ihm besonders am Herzen, sollte sich Sunaya darin wohl-fühlen. Er zog sie daher nicht einfach nur zu Rate, sondern überließ ihr weitgehend die Gestaltung des Baus und der Räume, sowie deren Aus-stattung. So entstand ein prachtvoller Bau, der im gesamten Reich Bewun-derung hervorrief. Er sparte ja auch keine Kosten. Alle Räume waren mit kostbaren Möbeln, Teppichen, herrlich gestalteten Öfen und verglasten Fenstern ausgestattet.
Er ließ auch einen großzügigen Burggarten außerhalb der inneren Festungs-mauer anlegen, in dem nicht nur Kräuter, Blumen und Bäume wuchsen,

sondern auch die von Chandra geschaffenen Tierfiguren aufgestellt wurden, welche die meisten Besucher in Erstaunen versetzten, da sie zuvor nie im Leben einen Tiger, einen Elefanten oder eine Kobraschlange gesehen hatten.

„Ich bezweifele, daß mir mein alter Lehrer Pradehja im Brihadishvara – Tempel in Tanjavur die Wahrheit gesagt hat", begann Sunaya eines Abends als sie zusammensaßen, „ich bin fest davon überzeugt, daß Shiva mich auf der bisherigen Reise beschützt hat und ich schäme mich, daß ich an ihm gezweifelt habe. Ich möchte weiterhin zu ihm beten und für ihn tanzen. Gestatte mir daher in der Burg einen Raum einzurichten, in dem ich ihn verehren kann. Er wird mir nicht zürnen, wenn ich weit von der Heimat entfernt für ihn tanze."
Hagen schluckte als er das vernahm. Er überlegte, schwieg lange. Er verstand Sunayas Wunsch, auch konnte er ihn billigen. Aber er wußte auch, daß ihr Tanz nicht verborgen blieb und als Hexentanz und Teufelsverehrung ausgelegt werden konnte, zumal Shiva ja als vierarmiger Gott dargestellt wurde. Es gab im christlichen Abendland schließlich kein Verständnis für die Sitten und Gebräuche anderer Völker. Reichte seine Macht aus um sie vor den Verfolgungen der Kirche zu schützen ? Doch er liebte Sunaya und seine Liebe bedeutete für ihn die völlige Hingabe zu ihr. Und er war bereit sein Leben für sie einzusetzen. Er antwortete daher.
„Ich gestatte es."

Es erwies sich letztlich aber nicht notwendig hierfür sein Leben einzusetzen.
Etwa fünf Wochen nach Ankunft in Kronach meldete eines Nachmittags ein Diener die Ankunft des Ritters Hermann von Holzwald. Er sei ein Bote des Bischofs von Bamberg und ersuche dringendst um eine Audienz. Hagen ließ ihn hereinführen.
„Graf Hagen", begann Hermann atemlos, „Ritter Arnulf von Giech hat in Kumpanei mit Ritter Adelbert von Grayffenstein Bamberg überfallen, den Dom geplündert und den Domschatz geraubt. Der Bischof ist nun in argen Nöten. Den Grayffensteiner hat er umgehend bestraft und ihm die Beute entrissen. Aber der besaß nur die weniger wertvollen Stücke. Die Kost-

163

barbeiten sind im Besitz Arnulfs von Giech und dessen Burg ist fest und stark und die können die Mannen des Bischofs nicht einnehmen. Ihr seid ein kühner und tapferer Mann. Daher bittet der Bischof Euch um Eure Hilfe. Der Besitz von Giechs liegt schließlich in Eurem Herzogtum."

Hagen schüttelte den Kopf.

„Ich bin Graf von Kronach, nicht der Herzog und von Giechs Besitz liegt nicht in meiner Grafschaft. Und da Ritter Arnulf mir nicht die Fehde erklärt hat, kann und darf ich nichts gegen ihn unternehmen. Aber warum wendet sich der Bischof nicht an den König und bittet ihn die Reichsacht über den Giechen zu verhängen. Bei der Schwere der Tat muß er dies unbedingt tun."

„Nein, das ist unmöglich", wandte Hermann von Holzwald ein, „an wen sollte er sich denn wenden ? Zwei Könige beanspruchen Thron und Krone. Wer ist der rechtmäßige König ? Wendet er sich an Philipp von Schwaben, so erkennt er diesen als König an und zieht den Zorn Ottos von Braunschweig auf sich. Wendet er sich an Otto, so wird ihm Philipp zürnen."

„Das ist freilich eine schwierige Lage", bemerkte Hagen.

„Ja, und daher bittet er auch Euch."

„Nun, ich kann aus eigenem Antrieb nichts unternehmen. Es sei denn, der Herzog, welcher die ruchlose Tat sicherlich mißbilligt, beauftragt mich, Ritter Arnulf zu bestrafen."

„Werdet Ihr den Herzog darum bitten ?"

„Ja, das verspreche ich. Aber zuvor muß der Bischof Ritter Arnulf beim Herzog des Raubes bezichtigen und ihn anklagen."

Hermann von Holzwald bedankte und verabschiedete sich.

Zehn Tage später erhielt Hagen eine Nachricht vom Herzog. Der schrieb, er mißbillige und verurteile die kirchenschändlerische Untat aufs Schärfste und erteile dem Bischof von Bamberg die Genehmigung die Bestrafung dieses unseligen Raubritters durchzuführen. Der Graf von Kronach erhalte die Erlaubnis, am Zug des Bischofs zur Bestrafung des Übeltäters und der Wiedergewinnung des Domschatzes teilzunehmen. In welchem Umfang er sich beteilige stehe allerdings im alleinigen Ermessen des Grafen.

Hagen sandte umgehend dem Bischof, der ein gleichlautendes Schreiben erhalten hatte, einen Boten und bat um eine Unterredung. Diese fand drei Tage später im Marktflecken Staffelstein statt.

„Selbstverständlich", begann Hagen nach der Begrüßung, „werde ich Euch mit allen mir zur Verfügung stehenden Kräften unterstützen. Aber das Unternehmen bringt nicht nur großen Gefahren mit sich, sondern verursacht mir hohe Kosten, während ich keine Gewinn aus dem Feldzug ziehen werde. Es erscheint mir daher nicht unbillig, wenn ich Euch um eine geringfügige Gegenleistung bitte."

„Und was wünscht Ihr ?"

„Nun, wie Ihr wißt, bin ich weit gereist, habe ferne Länder besucht. Und ich habe aus Indien eine Frau mit hierher geführt, zu der ich eine tiefe Liebe empfinde, ebenso wie sie eine tiefe Liebe zu mir empfindet. Ich möchte sie daher zur Gemahlin nehmen. Ich bitte Euch nun die Trauung vorzunehmen und uns Gottes Segen zu geben."

Der Bischof zog die Augenbrauen hoch.

„Ist die Frau Christin ?"

Hagen hatte diese Frage erwartet und sich daher eine entsprechende Antwort zurechtgelegt.

„Nun, wie man es nimmt. Das Christentum hat in Indien eine lange Tradition. Wie Ihr sicher wißt, zog der Apostel Thomas in dieses Land um den Menschen dort die Worte unseres Herrn Jesus zu verkünden, gemäß dem Auftrag 'gehet hin in alle Welt und lehret alle Völker'. Er gründete eine Kirche, zahlreiche Menschen ließen sich taufen. Sein erster Schüler hieß Shiva, er war ein frommer Mann, ein Asket, welcher dann auch durch das Land zog und die Worte Gottes predigte, bis er von fanatischen Anhängern der alten Götter erschlagen wurde, den Märtyrertod starb. Er gilt in Indien als Heiliger, wird noch heute hochverehrt. Die Menschen richten Fürbitten an ihn, führen ihm zur Ehre Tänze auf. Das mag uns fremd erscheinen, doch es entspricht den Gepflogenheiten des Landes. Sie stellen ihn auch mit vier Armen und vier Händen dar, zwei Hände, die beten und zwei Hände, die Wohltaten und Segen spenden. Das entspricht ihren Sitten, ist symbolisch gemeint, denn kein Mensch hat vier Arme und vier Hände. Aber ist es bei uns anders ? Stellen wir nicht auch den Heiligen Sebastian mit Pfeilen durchbohrt dar ?"

Der Bischof blickte ihn groß an.

„Und warum sagt Ihr mir das ?"

„Sunaya, so heißt die Frau, die ich zur Gemahlin nehmen werde, möchte eine kleine Kapelle in der Burg einrichten, in der sie Shiva verehren kann wie sie es gewohnt ist. Das mag den einfachen Menschen in der Grafschaft befremdlich erscheinen. Und daher bitte ich Euch um eine schriftliche Erklärung, daß dies mit den Grundsätzen des Christentums im Einklang steht, also kein heidnischer Brauch ist."

Hagen sah es dem Bischof an, daß dieser ihm kein Wort glaubte. Der Bischof wiederum war sich im Klaren darüber, daß die erbetene Erklärung der Preis für die Wiedergewinnung des Domschatzes war. Und es durfte nicht gezögert werden, denn wenn Arnulf von Giech Gelegenheit erhielt ihn zu veräußern, dann war er für immer verloren. So zögerte er nicht lange.

„Ich werde Euch Euren Wunsch erfüllen. Es ist ja auch nicht sündhaft und schändlich einen frommen und heiligen Mann zu verehren."

Hagen lächelte.

„Und ich verspreche Euch, ein Kloster zu stiften, sobald Ihr die Trauung vollzogen habt und ich Eure Erklärung in Händen halte."

Bereits am übernächsten Tag brach Hagen mit seiner Streitmacht auf und umzigelte die Giechburg.

Hagen führte vier Fässer mit dem Ulugbekschen Pulver mit sich. Er hatte bereits wenige Tage nach Ankunft in Kronach die Ingredienzen besorgen lassen und es dem Rezept des konstaninopolitanischen Alchimisten entsprechend gemischt. Ein Versuch mit einer kleinen Menge befriedigte ihn. Er konnte eine Explosion auslösen. Vor der Giechburg erlebte er allerdings eine Enttäuschung. Nur eines der drei mittels eines Katapultes in die Burg geschleuderten Fässer expoldierte, auch schien die zerstörerische Wirkung geringer zu sein als erwartet. Befriedigender war der Einsatz des vierten Fasses. Es wurde genutzt um den Zugang zur Burg zu öffnen. Die Explosion hob das Fallgitter aus seiner Befestigung, so daß es von den anstürmenden Mannen leicht umgestürzt werden konnte. Desweiteren wurde das hölzerne Eingangstor beschädigt und in Brand gesetzt. Schlimmer als die Zerstörungen war allerdings die Wirkung der Explosionen auf die Burgbesatzung. Der Knall und der Lichtblitz erschreckten die Männer schier zu Tode, da sie solches noch nie erlebt hatten. Sie hielten es für Teufelswerk, wurden von so großer Furcht befallen, daß sie kaum Kampfesmut zeigten. So stießen die Kriegsknechte Hagens und des Bischofs nur auf geringen

Widerstand. Die meisten Verteidiger streckten bald die Waffen. Arnulf von Giech zeigte allerdings, daß er nicht nur ein bösartiger Raubritter war, sondern auch ein tapferer Kämpfer. Er wehrte sich erbittert, stieß zahlreiche Gegner nieder, bis ihn schließlich ein unbekannt gebliebener Kriegsknecht mit dem Schwert durchbohrte.

Der Bischof war glücklich über den Sieg, durch den er seinen Domschatz zurückerhielt. Er löste sein Versprechen ein. Vier Wochen später fand die Vermählung Sunayas mit Hagen in der Burgkapelle in Kronach statt.

Da Arnulf von Giech keinen Erben hinterließ, belehnte Herzog Berthold Otto von Bairen auf Vorschlag Hagens mit dem Giechschen Besitz. Dort lebte er viele Jahre glücklich und zufrieden mit Borthe, die er zur Gemahlin genommen hatte.

Hagen beteiligte sich nicht an den Thronstreitigkeiten zwischen Philipp von Schwaben und Otto von Braunschweig. Nur einmal nahm er an einem Feldzug Philipps teil, der mit dessen Sieg in der Schlacht bei Wassenberg endete. Ansonsten beschränkten sich seine militärischen Unternehmungen auf die Bekämpfung des Raubrittertums, das in jener Zeit immer größere Ausmaße annahm.

Er sah seine vornehmliche Aufgabe darin, die Grafschaft weise zum Wohl seiner Untertanen zu verwalten.

Er führte auch noch einige Versuche mit dem Ulugbekschen Pulver durch, die ihn allerdings nicht befriedigten. Nie wurde die zerstörerische Kraft erreicht, die es bei der Eroberung der Residenzstadt des Fürsten von Huangshi gezeigt hatte.

„Betrogen hat mich der Alchimist sicherlich nicht", sagte er schließlich zu sich, „aber er hat wohl selbst nicht das richtige Mischungsverhältnis herausgefunden oder nicht alle Ingredienzen bestimmen können."

Er gab daher Versuche bald auf und das Pulver geriet in Vergessenheit.

Noch vor dem Zug gegen Arnulf von Giech hatte Hagen sein Versprechen eingelöst und Sunaya eine kleine Kammer für ihre religiösen Übungen zu Verfügung gestellt. Als dann das neue Wohnhaus bezogen wurde, erhielt sie einen größeren, Kapelle genannten, Raum, der ihren Vorstellungen entsprechend eingerichtet wurde, in dem auch eine von Chandra geschaffene

Skulptur Shivas aufgestellt war.

Die Menschen in der Grafschaft wunderten sich zunächst über die seltsamen Gebaren ihrer neuen Herrin, manche fürchteten sich vor ihr, manche hielten sie für eine Hexe. Hagen lud daher die Pfaffen der Grafschaft zu sich ein, führte lange Gespräche mit ihnen, zeigte sich ihnen gegenüber auch großzügigig. Sie erkannten das an, traten dem Hexenaberglauben entgegen, priesen die Gräfin Sunaya als fromme, gottesfürchtige Frau. Und so verloren die Untertanen bald die Scheu vor ihr, zumal sich Sunaya ihnen gegenüber auch milde und gütig zeigte. Sie ließ Häuser für Arme und Sieche, die kein Obdach hatten, errichten, in denen sie wohl versorgt wurden, gründete ein Heim für Waisen und auch ein Spital.

So war sie bald geliebt und geachtet.

Anhang

Personen und Orte
Die in der Erzählung genannten Völker, Städte und Länder existierten zum Teil, etliche sind aber auch 'erfunden'. Letztere sind in kursiver Schrift wiedergegeben.

1. Die Flucht

Adolf von Hagenfels - Vetter Friedrichs von Hohenberg, dessen
                         Nachfolger
Anna – Schankmädchen
Dietmar von Ackelbach – Ritter, Wüstling
Friedrich von Hohenberg – Fürst, an dessen Burg Hagen erzogen wurde
Hagen von Alzay - Ritter, der die 'Welt' bereist
Jork – Schmiedegeselle, zeitweise Weggefährte Hagens
Kuno von Steinbach – Graf, Landesherr
Vater Morgana – Wandermönch

Alzay – Städtchen im Deutschen Reich
Böhmen – im Mittelalter Königreich in Mitteleuropa
China – Kaiserreich in Ostasien
Frankenbach – Städtchen im Deutschen Reich
Frankfurt – ehemalige Freie Reichsstadt im heutigen Bundesland Hessen
Heiliges Land - Land, in dem Jesus wirkte, gemeint ist Palästina
Hohenberg – Fürstentum im Deutschen Reich
Konstantinopel – Zentrum des Oströmischen Reiches, früherer Name
                     'Byzanz', heutiger Name 'Istanbul'
Mainz – Stadt gegenüber der Mündung des Mains in den Rhein, ehemaliges
              Zentrums des Kurfürstentums Mainz, heute Hauptstadt des
              Bundeslandes Rheinland-Pfalz
Odenwald – Mittelgebirge im südlichen Deutschland, umrahmt von Rhein,
              Main und Neckar
Schlesien – im Mittelalter Herzogtum in Mitteleuropa

2. Reiseziel Konstantinopel

Alexos – Grieche, Gelehrter aus Konstantinopel, der Hagen einiges über
    Asien berichtet
Borislaw von Plowdew - bulgarischer Kaufmann
Dracul – räuberischer Fürst auf dem Balkan im heutigen Rumänien
Elena – Tochter Borislaws
Michail – Kommandant von Boreslaws Leibwache
Nenaw – bulgarischer Fürst

Atil – längster Fluß Europas, heutiger Name 'Wolga'
Asien – Kontinent, gemeint ist hier Kleinasien, das etwa die heutige Türkei
    umfaßte
Bulgaren, Bulgarien – Volk und Staat in Südosteuropa
Chartonistan – Reich in Mittelasien, angesiedelt im Gebiet der heutihen
    Staaten Kasachstan, Usbekistan, Turkmenistan
Chasaren – Turkvolk, Beherrscher eines mittelalterliches Reiches nördlich
    des Schwarzen Meeres, das von Südrußland bis nach
    Kasachstan reichte
Donau – Fluß in Mittel- bis Südosteuropa
Griechen – Volk in Südosteuropa
Hagia Sophia – bedeutendste christliche Kirche Konstantinopels
Hyperpyron (Plural: Hyperpyra) – Währung in Konstantinopel (um 1200)
Ikonion – Stadt in Asien, heutiger Name 'Konya'; in der Schlacht bei
    Ikonion (18. Mai 1190) besiegte das deutsche Kreuzritterheer
    unter Kaiser Friedrich I. ('Barbarossa') das Heer der Rum-
    Seldschuken unter Sultan Kilic Arlan II.
Kiew – Zentrum des mittelalterlichen Kiewer Reiches, heute Hauptstadt der
    Ukraine
Magyaren – Eigenname der Ungarn
Mongolen – asiatisches Reitervolk, Beherrscher eines mittelalterlichen
    'Weltreiches' in Zentalasien
Plowdew - heute Plowdiw, Stadt in Bularien
Seldschuken – türkisches Reitervolk, Zweig der Oghusen
Usbeken – Volk in Zentralasien

3. In Chartonistan

Adalena – persische Sklavin, die Graf Zamir Hagen schenkte
Arslan – Seldschuke
Cholchagon - Fürst, Anführer der Rebellion gegen König Gurdulan
Choroncal – Graf in Chartonistan
Consulcanior – 'Oberster Königlicher Berater' König Gurdulans
Emil – Chartonistaner, Diener Hagens
Grosgata – Chartonistanerin, Dienerin Hagens
Gurdulan – König von Chartonistan
Harbanolis – Graf in Chartonistan, Rebell
Izimira – Graf in Chartonistan
Jasmin – 'Hohe Frau', Lieblingsfrau König Gurdulans
Jirimelda – türkische Sklavin, Gattin Jorks
Kacsi – Graf Choroncals älterer Bruder
Manasser – Chartonistaner, Diener Hagens
Maorabator – Chartonistanischer General
Mirabell – Sklavin, die Graf Zamir Tartur schenkte
Saladin – Salah ad-Din Yusuf ibn-Ayyub sd-Dawini (1137/38 – 1193),
        1171 Sultan von Ägypten, 1174 Sultan von Damaskus,
        erfolgreicher Gegenspieler der Kreuzritter im 3. Kreuzzug
Tantaloris – Harbanolis' Heerführer, gewaltiger Krieger
Tartur – Chasare, Ausgestoßener
Urubalarus – Chartonistanischer Offizier, Führer einer Tausendschaft
Zamir – Graf in Chartonistan, Rebell

Amir – Titel eines selschukischen Heerführers
Choresm – mittelalterliches Reich in Asien im Gebiet des heutigen Staates
        Usbekistan
Franken – germanisch – deutscher Volksstamm
Gorgan – Stadt in Persien nahe der Grenze zu Turkmenistan
Indus – Strom im heutigen Pakistan
Katbaluz – Hauptstadt Chartonistans
Odin – Wotan, oberster germanischer Gott
Walküren – Odin geweihte Jungfrauen mit übernatürlichen Kräften

4. Die 'eiserne' Jungfrau

Tamontalara (Larissa) – Tochter des Fürsten Cholchagon
Xamoralis - Gelehrter

Amazonen – kriegerisches Frauenvolk der griechischen Sage, angesiedelt
      in verschiedenen Gebieten entlang der Schwarzmeerküste, im
      Kaukasus oder in Nordanatolien
Jaralpindar – Haptstadt Sakiriens
Sakirien – Reich in Mittelasien, angesiedelt im Süden Kasachstans
Zeus – oberster griechischer Gott

5. Soothi der Schmied

Abdul – Kaufman aus Lahore
Araibandullah – Oberhaupt des Corubulan-Clans im Hindukuschgebirge
Nasiranullah – Anführer einer Räuberbande im Hindukuschgebirge
Navin – Inder, General, Soothis Vater
Premathi – gewaltigster Krieger im Heere Navins
Soothi – Inder, Angehöriger der Kriegerkaste (Ksatriyas), Schmied

Baghlan – auch Baglan, Stadt in Zentralasien, im heutigen Afghanistan
Buchara – Stadt in Zentalasien im heutigen Usbekistan
Duschanbe – Stadt in Zentralasien, Hauptstadt der heutigen Republik
    Tadschikistan
Erinpur – Stadt in Indien, Zentrum eines Fürstentums, Heimatstadt Soothis
Herat - Stadt in Zentalasien im heutigen Afghanistan
Hindukusch – Gebirge in Zentralasien, im wesentlichen im heutigen
    Afghanistan gelegen
Hindustani – alte nordindische Sprache, aus der sich Hindi und Urdu
    entwickelt haben
Indien – hier: Bezeichnung für die Halbinsel in Südasien
Kabul - Stadt in Zentalasien, Hauptstadt des heutigen Staates
    Afghanistan
Khaiberpaß – Gebirgspaß an der Grenze zwischen dem heutigen
    Afghanistan und Pakistan
Kunduz – hier: Kundus-Fluß, Fluß im heutigen Afghanistan, mündet in den
    Amu Darya
Lahore – Stadt im Nordosten des heutigen Staates Pakistan
Maharadscha – hinduistischer indischer Herrschertitel, hoher Fürst
Mary - Stadt in Zentalasien im heutigen Turkmenistan
Normannen – Name einer germanischen Völkerschaft, ursprünglich in
    Dänemark und Norwegen ansässig
Peshawar – auch: Pashawar, Stadt in Zentalasien im Nordwesten des
    heutigen Pakistan

173

Panjubis – Volk im Norden des heutigen Pakistan
Samarkand – Stadt in Zentralasien im im heutigen Usbekistan
Sarazenen – Sammelname für nordafrikanische und vorderasiatische
    islamische Völker
Serawschangebirge – Gebirge in Zentralasien, im heutigen Tadschikistan
Tahoreban – Stadt in Sakirien
Taschkent – Stadt in Zentralasien, Haupstadt der heutigen Republik
    Usbekistan

Indisches Kastensystem (Hindu):
1. Brahmanen (Priester, Gelehrte)
2. Kshatriyas (Fürsten, Krieger, höhere Beamte)
3. Vaishyas (Bauern, Kaufleute)
4. Shadras (Knechte, Dienstleister, Handwerker)
1 -4 bezeichnet man auch als die '4 Varnas'
5. Dalits, Harijans, Parias (Unberührbare)

6. In Indien

Ahmad – Bruder des Sultans Babur
Babur - Sultan von Vadoradbad
Dinesh – Führer der Leibwache General Navins.
Kanja – Maharadscha von Erinaspur
Pradehja – Priester im Brihadishvara – Tempel in Tanjavur,
        Sunayas Lehrer
Raj – Führer einer Tausendschaft im Heere General Navins
Rajendra – Rajendra I. (gest. 1044), König des Chola-Reiches im 11. Jhd.
Sunaya – indische Tempeltänzerin, Gefährtin Hagens
Swaran - Maharadscha von Raipur
Tsang – chinesischer Handelsherr und Botschafter in Mylapore

Bhubaneswar – Stadt an der Ostküste Indiens
Brihadishvara – Tempel – hier: Shiva geweihter Tempel in Tanjavur
Chola – Reich - mittelalterliches Reich in Südindien
Erinaspur – Stadt in Indien, Zentrum eines Fürstentums
Karakorumpaß – Hochgebirgspaß (5575 m) in Zentralasien auf der alten
        Handelsstraße zwischen Ladakh (Leh, Kaschmir) und
        Yarkant (Tarimbecken, China) an der heutigen Grenze
        zwischen Indien und China
Mylapore – Stadt an der Südostküste Indiens, heute Stadtteil von Chennai
        (Madras)
Raipur - Stadt in Indien, altes Siedlungsbebiet, die heutige Stadt wurde
        vermutlich aber erst um 1400 gegründet.
Tanjavur – Stadt im Chola-Reiche, ehemalige Residenzstadt
Tibet – Hochland in Zentralasien
Vadoradbad – indische Stadt, Residenz des Sultans Babur

Parvati – indische Göttin, Gattin Shivas
Shakti – weibliches Gegenstück zu Shiva, Parvati ist deren Verkörperung
Shiva – einer der Hauptgötter des Hinduismus

7. Die Piraten

Badman – Anführer der berüchtigsten Piratenbande im Südchineschen
    Meer
Fürst Schuwigami – japanischer Fürst
Fürst von Hangzhou - chinesischer Fürstentum
Kaiser Friedrich – Friedrich I. ('Barbarossa', etwa 1122 – 1190), 1152
    Deutscher König, 1155 Römisch-Deutscher Kaiser

Bushi – Angehörige des japanischen Kriegerstandes, auch: Samurai
Hangzhou – Stadt an der Ostküste Chinas, 1126-1279 Hauptstadt der
    'Südlichen Song-Dynastie'
Temasek – Hafenstadt am Ausgang der Malakkastraße, 'Vorläuferstadt' des
    heutigen Singapur

8. Aufenthalt in China

Gan – chinesischer General im Dienste des Fürsten von Hangzhou
Hang – chinesischer General, Führer der Truppen des Fürsten von
    Hangzhou
Ulugbek – Magier, Usbeke

Huangshi – auch: Huangschi, Stadt in China

9. In den Steppen Asiens

Andrei – warägischer Ritter aus dem Kiewer Reich
Borthe - mongolische Sklavin
Ebenar – Kaufmann, Nerbeilotse
Hunor – Angehöriger eines Steppenvolkes, Mörder
Morucadi – Vetter Tamontalaras, nach dem Sturz Gurdulans König von
      Chartonistan
Ögur – Kasache, Oberhaupt des Maragol-Clans

Almatu – heute: Almaty, 1921-1993 Alma – Ata; Stadt in Zentralasien,
      im Osten der heutigen Republik Kasachstan
Choramin – Schlachtort in Zentralasien, im Khanat Kirkhanistan
Chorasan – mittelalterliches Reich in Asien, umfaßte den Nordosten des
      heutigen Irans, Afghanistan und Teile Turkmenistans
Große Horde – eine der drei 'Schüs' (Abteilungen) der Kasachen
Kasachen – Volk in Zentralasien
Kirkhanistan – Khanat in Zentralasien, angesiedelt im heutigen
      Kirgisistan
Kokand – Stadt in Zentralasien, im heutigen Usbekistan
Lanzhou – Stadt am Huang Ho ('Gelber Fluß') in Zentralchina
Nerbeilotsen – Volk in Zentralasien
Palirastan – Emirat in Zentralasien, angesiedelt im heutigen Kirgisistan
Schumir – Gott eines zentralasiatischen Steppenvolkes
Tartaren – auch: Tataren, Sammelbezeichnung für verschiedene, über-
      wiegend islamisch geprägte Turkvölker
Turpan – auch: Turfan, Stadt in Nordwestchina, in der Autonomen Region
      Xingjiang ('Sinkiang')
Waräger – aus Skandinavien stammende Händler und Krieger, die sich ab
      dem 8. Jhd. in der heutigen Ukraine und in Südrußland nieder-
      ließen, Gründer des Kiewer Reiches

10. Wiedersehen in Chartonistan

Chandra – indischer Steinmetz, Bildhauer
Otto von Bairen – deutscher Ritter, Kreuzfahrer, in seldschukische
                 Sklaverei geraten, entflohen, in Chartonistan gestrandet

Danaper – heutiger Name 'Dnjepr'; Fluß in Osteuropa
Don – Fluß in Osteuropa
Persien – historische Bezeichnung für den heutigen Iran
Schwaben – mittelalterliches deutsches Herzogtum

11. Der Herzog von Meranien

Adelbert von Kronach – Graf im Herzogtum Meranien
Berthold von Andechs – Berthold IV. von Andechs (gest. 1204), Herzog
      von Meranien
Dong – chinesischer Handelsherr in Konstantinopel
Heinrich der Löwe – Herzog von Sachsen (1142-1180), Herzog von Bayern
      (1156-1180)
Kaiser Alexios – Alexios III. Angelos (um 1160 – nach 1211),
      byzantinischer Kaiser 1195-1203
Kaiser Heinrich – Heinrich VI. (1165-1197), ab 1169 römisch-deutscher
      König, ab 1191 Römisch-Deutscher Kaiser
Otto von Braunschweig – Sohn Heinrichs des Löwen, deutscher König
      1198-1218, Römisch-Deutscher Kaiser 1209 -
      1218; Gegenkönig zu Philipp von Schwaben
Philipp von Schwaben – jüngerer Bruder Heinrichs VI., deutscher König
      1198-1208 (ermordet); Gegenkönig zu Otto von
      Braunschweig

Adrianopel – heutiger Name: Edirne; Stadt im europäischen Teil der Türkei
Akkon – Stadt an der Mittelmeerküste im heutigen Israel, 1191-1291
      Hauptstadt des 'Königreiches Jerusalem'
Andechs – Gemeinde in Oberbayern im Landkreis Starnberg
Angora – heutiger Name: Ankara, Stadt in Anatolien, Hauptstadt der Türkei
Kaifeng – Stadt in China, 960-1126 Hauptstadt der 'Nördlichen Song-
      Dynastie', danach unter der Jin-Dynastie 1214 – 1234 Hauptstadt
      des Chin-Reiches
Kronach – Stadt im bayerischen Regierungsbezirk Oberfranken, die
      'Grafschaft Kronach' ist fiktiv
Meranien – mittelalterliches deutsches Herzogtum (1153 - 1248)
Messina – Stadt auf Sizilien
Serben – auf dem Balkan lebendes Volk
Staufer – schwäbisch-deutsches Adelsgeschlecht
Thessaloniki – Stadt in Nordgriechenland
Welfen – deutsches Adelsgeschlecht

12. Rückkehr ins Deutsche Reich

Adelbert von Grayffenstein – Raubritter
Apostel Thomas – einer der Jünger Jesu
Arnulf von Giech – Raubritter
Hermann von Holzwald – Ritter vim Gefolge des Bischofs von Bamberg
Imre – ungarischer König (1196 – 1204)
Tibor von Szeged – Ritter im Gefolge Herzog Bertholds von Meranien
Stefan Nemanjic – serbischer König (1196-1227)

Staffelstein – Markflecken im Hochstift Bamberg, heute: Stadt Bad
      Staffelstein in Oberfranken
Szeged – Stadt in Südungarn
Walachen – Sammelname für romanischsprachige Volksgruppen in Südost-
      Europa (Balkan)
Wassenberg – Schlacht bei Wassenberg (12. Juli 1206); Sieg Philipps von
      Schwaben über Otto von Braunschweig